Robert Goldsborough

Allegro mordioso für Nero Wolfe

Scherz

Bern – München – Wien

Einzig berechtigte Übertragung aus dem Amerikanischen
von Friedrich A. Hofschuster
Titel des Originals: »Murder in E-Minor«
Schutzumschlag von Heinz Looser
Foto: Thomas Cugini

1. Auflage 1992, ISBN 3-502-51377-5

Gesamtherstellung: Ebner Ulm

Vorwort

Es ist mir durchaus klar, daß über den folgenden Fall eine Menge geschrieben und gesendet wurde, nicht nur hier in New York, sondern quer durchs ganze Land. Aber niemand, nicht einmal Lon Cohen in seiner *Gazette*, hatte den Platz oder das Wissen zur Verfügung, um einer vollständigen Darstellung auch nur entfernt nahezukommen. Ich befürchtete übrigens selbst, daß ein ausführlicher Bericht darüber nie veröffentlicht werden würde. Lassen Sie es mich erklären. Da diese Episode bei Nero Wolfe sehr persönliche Hintergründe berührte, fand er, daß ich nichts darüber schreiben sollte. Und da er wöchentlich meine Gehaltsschecks unterschreibt, fügte ich mich seinem Wunsch, wenigstens für eine Weile. Aber selbst einen Nero Wolfe kann man zermürben, wenn man ihm lang genug zusetzt. Und lang hat es gedauert – schließlich konnte ich das Thema nicht allzuoft zur Sprache bringen –, doch zu guter Letzt gab er nach; inzwischen waren einige Jährchen vergangen. Er nannte übrigens keinen Grund dafür, sondern nickte nur, vermutlich, damit ich endlich Ruhe gebe. So, jetzt wissen Sie's.

ARCHIE GOODWIN

1

November 1977

Nero Wolfe und ich haben viele Jahre lang darüber disputiert, welcher von den Klienten aller Wahrscheinlichkeit nach den interessanteren und lukrativeren Fall zu bieten hat: einer, der am Vormittag zum erstenmal bei uns auftaucht, oder einer, der uns nach dem Mittagessen besucht. Wolfe behauptet, daß der Durchschnittsmensch nicht in der Lage ist, einen vernünftigen Entschluß zu fassen – wie zum Beispiel ihn, Wolfe, zu engagieren –, wenn er nicht das Minimum von zwei ordentlichen Mahlzeiten im Bauch hat. Ich dagegen habe das Gefühl, daß vor allem solche Besucher in jeder Hinsicht bedeutendere Möglichkeiten bieten, die sich die ganze Nacht über zerquält haben, schließlich beim Morgengrauen erkennen, daß nur Wolfe ihr Problem lösen kann, und danach so schnell wie möglich in dieser Richtung tätig werden. Ich stelle es Ihrer Entscheidung aufgrund Ihrer Erfahrungen aus der Vergangenheit anheim, wer von uns eher den Nagel auf den Kopf trifft.

Ich könnte mir viel mehr einbilden auf mein Talent zum Erkennen des günstigsten Augenblicks, wenn ich beim Besuch von Maria Radovich an diesem regnerischen Vormittag die Chance größer als eins zu zwanzig eingeschätzt hätte, daß Wolfe mit ihr sprechen, geschweige denn wieder zu seiner Detektivarbeit zurückkehren würde. Seit Orrie Cather – übrigens mit meinem und Wolfes Segen – Selbstmord begangen hatte, waren über zwei Jahre vergangen. Damals schien Wolfe das Bewußtsein, daß einer seiner längjährigen Mitarbeiter am Tod von drei Menschen schuldig geworden war, gar nicht so viel auszumachen, aber in den Jahren seitdem war mir klargeworden, daß die Affäre ihn doch total aus dem Tritt gebracht hatte. Er würde es natürlich niemals zugeben, mit seinem Ego, das proportional seinem Körpergewicht, dem Siebtel einer Tonne, entspricht, aber es wurmte ihn immer noch, daß einer, der jahrelang an seinem Tisch gesessen, seine erlesenen Spirituosen getrunken und seinen Anordnungen Folge geleistet hatte, in der Lage gewesen war, völlig kaltblütig und vorsätzlich zu morden. Und obwohl unsere beiden Konzessionen von der Staatsanwaltschaft kurz nach Orries Tod wieder in Kraft gesetzt worden waren, schien es, als ob Wolfe von da an den Kopf in den Sand gesteckt und ihn seitdem nicht wieder herausgezogen hätte. Ich hatte versucht, ihn durch Sticheleien so zu reizen, daß er wieder an die Übernahme eines Falls dachte, aber ich war mit der Birne gegen die Wand geprallt, um einen Ausdruck zu benützen, den er nicht leiden kann.

»Archie«, sagte er bei solchen Gelegenheiten und blickte von seinem Buch auf, »ich habe Ihnen oft genug zu verstehen gegeben, daß eine Ihrer lobenswertesten Fähigkeiten in all den Jahren darin bestanden hat, mir so lange zuzusetzen, bis ich wieder einen Fall übernehme. Dieser Vorzug von damals erweist sich jetzt als Belastung. Sie können versuchen, mich anzuspornen, wenn Sie meinen, aber ich sage Ihnen, es ist verlorene Liebesmüh. Ich denke nicht daran, den Köder zu schlucken. Außerdem bitte ich Sie, von dem Begriff ›im Ruhestand‹ Abstand zu nehmen. Ich ziehe vor, zu erklären, daß ich mich aus der Praxis zurückgezogen habe.« Und damit kehrte er zu seiner Lektüre zurück, derzeit zum wiederholten Mal Jane Austens *Emma*.

Nicht, daß es uns an Gelegenheiten gemangelt hätte. Eine reiche Witwe aus Larchmont bot zwanzig Riesen als Anzahlung, wenn Wolfe versuchte, herauszufinden, wer ihren Chauffeur vergiftet hatte, aber ich brachte ihn nicht einmal dazu, daß er sich die Witwe anschaute. Der Mord wurde nie geklärt, obwohl ich mich im Zweifelsfalle an das im Haus lebende Dienstmädchen gehalten hätte, das in einer Dreiecksgeschichte der Gärtnerstochter unterlegen war. Und dann war da dieser Geldmann von der Wall Street – sein Name wäre Ihnen ein Begriff! –, der erklärte, Wolfe könne selbst das Honorar bestimmen, wenn er bereit sei, den Tod seines Sohnes aufzuklären. Die Polizei und der Coroner hatten gemeint, es sei Selbstmord gewesen, aber der Vater war überzeugt davon, daß es sich um einen Mord im Zusammenhang mit einer Rauschgiftsache handelte. Wolfe hatte den Mann höflich, aber bestimmt in einem Zehn-Minuten-Gespräch abgewimmelt, und der Tod des jungen Burschen ging als Selbstmord in die Akten.

Nicht einmal mit finanziellen Argumenten konnte ich ihn aus seiner Zurückgezogenheit hebeln. Bei einigen von unseren letzten großen Fällen hatte Wolfe darauf bestanden, daß die Honorarzahlungen ratenweise über eine lange Periode erfolgen sollten, so daß auch jetzt noch monatlich eine Serie von Verrechnungsschecks – und manche davon nicht von schlechten Eltern – eintraf. Das, zusammen mit ein paar guten Investitionen, brachte genügend ein, um das alte Backsteinhaus an der 35. Straße West nahe dem Hudson, das nun auch schon ein halbes Leben lang mein Zuhause war, in Schwung zu halten. Dabei ist es alles andere als billig, das Haus zu bewirtschaften, denn Nero Wolfe hat teure Vorlieben. Sie schließen mein Gehalt als sein persönlicher Assistent, Botenjunge und – bis vor zwei Jahren – Mann der Tat ein, ebenso wie die Gehälter von Theodore Horstmann, dem Gärtner, der sich um die zehntausend Orchideen kümmern muß, die Wolfe in seinem Gewächshaus auf dem Dach züchtet, und von Fritz Brenner, auf dessen Sieg ich sogar bei einem Wettkochen gegen alle berühmten Köche des Universums setzen würde.

Ich hatte immer noch meine Standardaufgaben, zum Beispiel die Buchführung über die Keimzeiten der Orchideensamen, das Bezahlen der Rechnungen, die Steuererklärung und Wolfes Korrespondenz. Aber jetzt gab es reichlich freie Zeit, und Wolfe hatte nichts dagegen, wenn ich diese freiberuflich nutzte. So arbeitete ich gelegentlich für Del Bascomb, einen erstklassigen Privatdetektiv in New York, und tat mich auch bei einigen Jobs mit Saul Panzer zusammen, so zum Beispiel beim Entführungsfall Masters, über den Sie vielleicht etwas gelesen haben. Wolfe ging so weit, mir zu meiner Arbeit daran zu gratulieren, woraus ich zumindest schließen konnte, daß er sich noch für Verbrechen interessierte, obwohl er es nicht gestattete, daß ich in seiner Gegenwart darüber sprach.

Abgesehen davon, daß er sein berühmtes Gehirn auf Eis gelegt hatte, fuhr Wolfe mit seiner täglichen Routine in der bekannten Weise fort: Er ließ sich das Frühstück auf dem Tablett in seinem Zimmer servieren, verbrachte vier Stunden täglich – von 9 bis 11 und von 4 bis 6 – im Treibhaus, mit Theodore, hielt lange Besprechungen ab mit Fritz über die Menüs und die Zubereitung der Speisen und genoß zu genau festgelegten Stunden die besten Mahlzeiten in ganz Manhattan. Den Rest der Zeit saß er in seinem übergroßen Sessel hinter dem Schreibtisch in seinem Büro, las und trank Bier. Und weigerte sich, zu arbeiten.

Maria Radovich rief an einem Dienstagmorgen um neun Uhr zehn an, und das hieß, daß Wolfe oben im Gewächshaus war. Fritz hatte in der Küche mit den Vorbereitungen zu einem von Wolfes Lieblingsgerichten zu tun: Kalbsbries in Bechamelsauce mit Trüffeln. Ich nahm das Gespräch an meinem Schreibtisch entgegen, wo ich gerade dabei war, die in der vergangenen Woche ausgegebenen Schecks zusammenzurechnen.

»Hier Wohnsitz von Nero Wolfe, Archie Goodwin am Apparat.«

»Ich muß Mr. Wolfe sehen – heute noch. Kann ich einen Termin vereinbaren?« Es war die etwas zitterige Stimme einer jungen Frau, mit einem Akzent, der mir irgendwie vertraut vorkam.

»Tut mir leid, aber Mr. Wolfe berät zur Zeit nicht«, sagte ich und wiederholte damit einen Satz, den ich schon seit längerem haßte.

»Bitte, es ist sehr wichtig, daß ich ihn sehe. Ich glaube, mein –«

»Hören Sie, Mr. Wolfe empfängt keine Klienten, ehrlich. Ich könnte Ihnen ein paar gute Agenturen empfehlen, wenn Sie einen Privatdetektiv brauchen.«

»Nein, ich brauche Mr. Nero Wolfe. Mein Onkel hat so viel von ihm gesprochen, und ich bin sicher, er wird mir helfen. Mein Onkel war vor vielen Jahren mit Mr. Wolfe in Montenegro, und –«

»Wo?« bellte ich heraus.

»In Montenegro. Sie sind zusammen aufgewachsen. Und jetzt mache ich mir große Sorgen um meinen Onkel...«

Seit allgemein bekannt geworden war, daß Nero Wolfe in den Ruhestand getreten ist – ich meine, daß er sich aus der Praxis zurückgezogen hat, gab es so manchen Möchtegern-Klienten, der sich die verrücktesten Geschichten ausdachte, um Wolfe dazu zu bringen, daß er für ihn arbeitete. Ich muß gestehen, daß ich auf der Seite dieser Spinner stand, aber ich kannte Wolfe gut genug, um zu wissen, daß ihn eigentlich gar nichts ins Leben zurückholen konnte. Jetzt erlebte ich es immerhin zum erstenmal, daß jemand so raffiniert war, Montenegro ins Spiel zu bringen, und ich bewundere nun mal Raffinesse.

»Tut mir leid, daß Sie sich Sorgen machen«, sagte ich, »aber Mr.

Wolfe ist äußerst hartherzig. Ich dagegen habe einen Ruf als Softie. Bis wann kann Ihr Onkel hier sein? Ich bin Mr. Wolfes persönlicher Assistent und würde mich freuen, ihn zu sehen, Miss...«

»Radovich. Maria Radovich. Ja, ich erinnere mich an Ihren Namen. Mein Onkel weiß nicht, daß ich anrufe. Er wäre sehr böse. Aber ich komme gleich, wenn Sie nichts dagegen haben.«

Ich versicherte ihr, daß ich tatsächlich nichts dagegen einzuwenden hatte, und legte auf; dann starrte ich auf das Scheckheft, das aufgeschlagen vor mir lag. Es war natürlich ein Schuß ins Blaue, aber wenn es mir irgendwie schaden konnte, daß ich mit ihr sprach, so war ich nicht in der Lage, zu erkennen, warum. Und vielleicht war das mit Montenegro ja auch wirklich wahr. Montenegro ist, für den Fall, daß Sie es nicht wissen, eine kleine Provinz in Jugoslawien und das Land, aus dem Nero Wolfe stammt. Er hat noch einige Verwandte dort; dreien von ihnen schicke ich monatlich einen Scheck. Was die ehemaligen Freunde betrifft, so bezweifelte ich stark, daß noch jemand von ihnen dort lebte. Sein bester Freund, Marko Vucic, war Jahre zuvor ermordet worden, was zur Folge hatte, daß Wolfe und ich einige Zeit durch die montenegrinischen Berge marschierten, um seinen Tod zu rächen. Und obwohl Wolfe alles andere als gesprächig ist, was seine Vergangenheit betrifft, glaubte ich genug darüber zu wissen, um die Möglichkeit ausschließen zu können, daß aus dieser Zeit und dieser Gegend noch ein naher Freund und Kamerad auftauchen würde. Aber gegen die Hoffnung ist bekanntlich kein Kraut gewachsen.

Ich konnte sie mir genau und in Ruhe anschauen durch das Einwegglas in unserer Haustür, als sie draußen im Nieselregen stand und klingelte. Dunkelhaarig, mit dunklen Augen und schlank; ihr Gesicht erinnerte ein wenig an Mia Farrow. Und wie die Farrow in manchen ihrer Rollen wirkte sie verängstigt und unsicher. Aber selbst durch das Fenster in der Tür war ich davon überzeugt, daß es bei Maria Radovich keine Schauspielerei war, sondern Wirklichkeit.

Sie zuckte zusammen, als ich die Tür öffnete. »Oh! Mr. Goodwin?«

»Der nämliche«, antwortete ich mit einer leichten Verbeugung und einem ernsten Lächeln. »Und Sie sind, wenn ich nicht irre, Maria Radovich. Bitte, kommen Sie aus dieser zwanzigprozentigen

Möglichkeit zu Regenschauern ins hundertprozentig Trockene.«

Ich hängte ihren Trenchcoat an die Garderobe in der Halle und deutete in Richtung auf das Büro. Da ich hinter ihr ging, konnte ich feststellen, daß ihre Figur, die von einem Rock in der modischen Länge betont wurde, ein wenig voller war, als ich es von Mia Farrow in Erinnerung hatte, doch dagegen war nichts einzuwenden.

»Mr. Wolfe kommt erst in einer Stunde und zehn Minuten herunter ins Büro«, sagte ich und deutete auf den gelben Stuhl, der neben meinem Schreibtisch stand. »Und das ist gut so, denn er würde Sie nicht sehen wollen. Jedenfalls jetzt noch nicht. Er glaubt, daß er sich aus dem Detektivberuf zurückgezogen hat. Ich dagegen nicht.« Ich klappte mein Notizbuch auf und drehte mich dann mit dem Sessel so, daß ich ihr ins Gesicht sehen konnte.

»Ich bin sicher, wenn Mr. Wolfe von den Schwierigkeiten meines Onkels wüßte, würde er sofort etwas dagegen unternehmen«, sagte sie, knetete einen Schal auf ihrem Schoß und beugte sich gespannt vor.

»Sie kennen ihn nicht, Miss Radovich. Er kann unnachgiebig, reizbar und wütend sein, wenn er will – und das ist meistens der Fall. Ich fürchte, Sie müssen sich vorerst mit mir begnügen. Vielleicht gelingt es uns später, daß wir Mr. Wolfe für den Fall interessieren, aber dazu muß ich erst einmal genau wissen, worum es geht. Wie zum Beispiel: Wer ist Ihr Onkel, und warum machen Sie sich Sorgen um ihn?«

»Er ist eigentlich mein Großonkel«, antwortete sie und saß noch immer auf dem vorderen Viertel des Stuhlpolsters. »Und er ist sehr bekannt. Milan Stevens. Ich bin sicher, Sie haben den Namen schon gehört – er ist Chefdirigent beim New York Symphony Orchestra.«

Da ich nicht blöd aussehen und sie auch nicht enttäuschen wollte, oder beides, nickte ich vorsichtshalber. Ich war vier- oder fünfmal im Symphoniekonzert gewesen, immer in Begleitung von Lily Rowan, und die Idee war jedesmal von ihr gekommen. Es war durchaus möglich, daß Milan Stevens das eine oder andere Mal dirigiert hatte, aber ich hätte keinen Eid darauf geschworen. Der Name war mir im besten Fall flüchtig bekannt.

»Mr. Goodwin, seit zwei Wochen erhält mein Onkel Briefe mit der Post – schreckliche, gemeine Briefe. Ich glaube, jemand will ihn umbringen – aber mein Onkel wirft die Briefe einfach in den Papierkorb. Ich habe Angst um ihn; ich bin sicher, daß –«

»Wie viele von diesen Briefen hat er erhalten, Miss Radovich? Und – können Sie mir einen davon zeigen?«

Sie nickte und langte in ihre Umhängetasche, die sie auf den Boden gestellt hatte. »Bis jetzt drei, und sie sind alle gleich.« Sie reichte mir die zerknüllten Blätter, zusammen mit den Umschlägen, und ich breitete sie auf meinem Schreibtisch aus. Jeder dieser Briefe war auf einem Notizblatt im Format 14 mal 21 Zentimeter geschrieben, das von einem billigen Block abgerissen zu sein schien. Die Briefe waren jeweils handschriftlich verfaßt, mit einem schwarzen Filzschreiber. Der erste, den ich jetzt betrachtete, lautete:

> MAESTRO!
> VERSCHWINDEN SIE VOM PODIUM!
> SIE SCHADEN EINEM GROSSARTIGEN ORCHESTER. LEGEN SIE DEN TAKTSTOCK WEG UND VERSCHWINDEN SIE! WENN SIE NICHT FREIWILLIG GEHEN, WIRD MAN SIE ENTFERNEN – FÜR IMMER!

Ich stellte übrigens fest, daß nicht alle drei Briefe genau gleich waren. Das eine oder andere Wort war anders, obwohl die Texte den gleichen Sinn ergaben. In einem Brief fehlte das ›freiwillig‹, und nach dem ersten Satz gab es bei einem anderen kein Rufzeichen. Maria hatte die drei auf der Rückseite vorsichtig mit Bleistift numeriert: eins, zwei, drei, um die Reihenfolge festzuhalten, in der sie eingetroffen waren. Die Umschläge waren ebenfalls billig und handschriftlich an Milan Stevens und eine Straße in den Siebzigern Ost adressiert. »Seine Wohnung?« fragte ich.

Maria nickte. »Ja, er und ich wohnen dort, seit wir in dieses Land gekommen sind, vor etwas mehr als zwei Jahren.«

»Miss Radovich, bevor wir weiter über diese Briefe sprechen, sollten Sie mir etwas über Ihren Onkel und über sich selbst erzählen. Sie sagten am Telefon, daß er und Mr. Wolfe sich aus Montenegro kennen.«

Sie lehnte sich zurück und nickte. »Ja, mein Onkel – in Wirklichkeit heißt er Stefanovic, Milos Stefanovic ... Wir stammen beide aus Jugoslawien. Ich bin in Belgrad geboren, aber mein Onkel ist Montenegriner. Das ist ein Gebiet an der Adria. Doch das brauche ich Ihnen wohl nicht zu sagen, ich bin sicher, Sie wissen es von Mr. Wolfe.

Mein Onkel hat in ganz Europa dirigiert: vor allem in Italien, Österreich und Deutschland. Bevor wir hierherkamen, leitete er ein Orchester in London. Übrigens war er gemeinsam mit Mr. Wolfe vor langer Zeit in eine Auseinandersetzung verwickelt – in Montenegro. Ich weiß nicht viel davon, aber ich glaube, es hing mit der damaligen Unabhängigkeitsbewegung zusammen. Mein Onkel will nicht darüber sprechen, und er hat mir gegenüber auch nie Mr. Wolfe erwähnt, bis auf einmal, als Mr. Wolfes Foto in den Zeitungen erschien. Es hatte irgend etwas mit einem Mord oder einem Selbstmord zu tun – ich glaube, Ihr Foto wurde damals auch veröffentlicht.«

Ich nickte. Das mußte damals gewesen sein, als Orrie starb. »Was hat Ihr Onkel über Mr. Wolfe gesagt?«

»Ich nehme an, sie hatten im Lauf der Jahre den Kontakt zueinander verloren. Aber er schien auch nicht sonderlich daran interessiert zu sein, den Versuch zu unternehmen und Mr. Wolfe zu sprechen. Damals habe ich zu ihm gesagt: ›Wie wundervoll, daß ein alter Freund von dir hier in New York ist. Du rufst ihn natürlich an, oder?‹ Aber Onkel Milos sagte nein, das sei ein Teil der Vergangenheit. Und aus der Art, wie er sich verhielt, entnahm ich, daß es zwischen den beiden irgendwelche Differenzen gegeben haben mußte. Doch das alles liegt so lang zurück!«

»Wenn Sie das Gefühl hatten, daß Ihr Onkel Mr. Wolfe nicht gerade freundlich gesinnt war, warum haben Sie dann hier angerufen?«

»Nachdem er mir gesagt hat, daß er Mr. Wolfe aus Montenegro kennt, betrachtete er noch einmal das Foto in der Zeitung und nickte dazu. Dann sagte er zu mir: ›Dieser Mann hat den schärfsten Verstand, dem ich jemals begegnet bin. Ich wollte, ich könnte dasselbe über seine Neigungen und Launen sagen.‹«

Ich hielt mit Mühe ein Lächeln zurück. »Aber Sie hatten den Eindruck gewonnen, daß Ihr Onkel und Mr. Wolfe seinerzeit enge Freunde gewesen sein mußten?«

»Absolut«, antwortete Maria. »Onkel Milos erzählte mir auch, daß sie gemeinsam schwere Zeiten durchgemacht hätten. Er zeigte mir sogar dieses Foto aus einem alten Album.« Sie langte wieder in ihre Umhängetasche und reichte mir eine auf Karton geklebte, verblichene Fotografie, deren Ränder ausgerissen waren.

Das Bild, das ich sah, entsprach weitgehend meiner Vorstellung von einer Partisanengruppe, obwohl keiner der Abgebildeten älter als zwanzig Jahre zu sein schien. Es waren neun junge Männer, die vor einer hohen Mauer posierten. Vier knieten vorn, fünf standen dahinter in zweiter Reihe. Manche trugen lange Mäntel, andere hatten dicke Wollpullover an, und zwei trugen Helme auf den Köpfen, wie sie meines Wissens im Ersten Weltkrieg getragen wurden. Natürlich erkannte ich Wolfe auf den ersten Blick. Er war der zweite von links in der hinteren Reihe, hatte die Hände auf dem Rücken, und über eine Schulter hatte er einen Patronengurt geschnallt. Sein Haar war damals dunkler gewesen, und er wog mindestens einen Zentner weniger, aber das Gesicht entsprach erstaunlicherweise weitgehend dem Gesicht, das mich noch gestern abend bei Tisch angeschaut hatte. Auch sein Blick hatte die gleiche Intensität und wirkte auf diesem verblichenen Foto genauso wie im Büro, wenn er findet, daß ich ihm mit meinem Gerede auf die Nerven gehe.

Rechts neben Wolfe stand Marco Vukcic; er hatte ein Gewehr an der Seite hängen. »Welcher ist Ihr Onkel?« fragte ich Maria.

Sie beugte sich herüber zu mir, so daß ich ihr Parfüm riechen konnte, und deutete auf einen der Männer, die in der vorderen Reihe knieten. Er war dunkelhaarig und mit angespannten Zügen wie die anderen, kam mir aber kleiner als die meisten vor. Keiner der neun freilich wirkte so, als ob er versuchte, einen Sympathietest zu gewinnen. Wenn diese Burschen so hart gewesen sind, wie sie aussahen, konnte ich nur froh sein, daß ich nie gegen sie kämpfen mußte.

»Dieses Foto ist in den Bergen aufgenommen«, erklärte Maria. »Onkel Milos hat es herausgekramt, um mir Mr. Wolfe zu zeigen. Er wollte nicht über die anderen Männer sprechen und nicht über das, was sie taten.«

»Sie sind bestimmt nicht auf dem Weg zu einem Picknick gewesen«, bemerkte ich. »Aber so genau will ich es vorläufig gar nicht wissen. Kommen wir jetzt zu Ihnen, Miss Radovich. Wieso leben Sie bei Ihrem Großonkel?«

Sie erzählte mir von ihrer Mutter, die früh ihren Mann verloren hatte und gestorben war, als Maria noch als Kind in Jugoslawien gelebt hatte. Stefanovic, der Onkel ihrer Mutter, hatte sie daraufhin offiziell adoptiert. Geschieden und kinderlos, war er glücklich, die Neunjährige bei sich aufnehmen zu können. Maria sagte, er habe ihr alle elterliche Liebe gegeben, die man sich wünschen konnte, obwohl er auch streng mit ihr sei. Er hatte sie auf seinen Reisen durch Europa mitgenommen, wo er im Laufe der Zeit immer bessere und renommiertere Engagements als Dirigent bekam. Bevor sie nach England zogen, hatte er sich den Künstlernamen Stevens zugelegt – wann das war, konnte sie nicht mehr so genau sagen. Als sie in London lebten, erhielt er das Angebot, den Posten des Chefdirigenten und Musikdirektors beim New York Symphony Orchestra zu übernehmen. Maria, die damals gerade dreiundzwanzig geworden war, zog mit ihm in die Vereinigten Staaten und war jetzt Tänzerin bei einer kleinen Ballett-Truppe in New York.

»Mr. Goodwin«, sagte sie, beugte sich wieder vor, und ich merkte deutlich, wie sie sich versteifte, »mein Onkel hat sein ganzes Leben lang schwer gearbeitet, um diese Position und diesen Ruf zu erlangen. Und jetzt versucht jemand anscheinend, ihm alles wieder wegzunehmen.« Nervös packte sie meinen Unterarm.

»Und warum gehen Sie nicht einfach zur Polizei?« fragte ich und zuckte mit den Schultern.

»Genau das habe ich Onkel Milos vorgeschlagen, und er ist sehr wütend geworden. Er befürchtete, es könnte an die Zeitungen gelangen und einen Skandal beim Orchester hervorrufen. Das könnte ihm selbst und dem Orchester schaden. Er meinte, diese Briefe kämen von einem Verrückten oder von jemandem, der sich einen besonders schlechten Scherz mit ihm erlaubt. Ich war bei ihm, als er den ersten Brief geöffnet hat, sonst wüßte ich wahrscheinlich gar nichts von der ganzen Sache. Er hat den Zettel gelesen und dann ein Wort auf Serbokroatisch gesagt, das soviel wie ›Blödsinn‹ heißt; danach hat er den Brief zerknüllt und in den Papierkorb geworfen. Aber an dem Abend hat er kaum noch ein Wort gesprochen.

Ich habe gewartet, bis er draußen war, dann habe ich den Zettel aus dem Papierkorb geholt. Und später habe ich Onkel Milos vorgeschlagen, zur Polizei zu gehen. Er hat sich furchtbar aufgeregt und gesagt, das sei bestimmt ein dummer Scherz und stamme vielleicht von einem Konzertabonnenten, dem seine Programmauswahl für diese Saison nicht gefällt.«

»Wann kam dann der nächste Brief?« fragte ich.

»Von da an habe ich die Post überwacht. Sechs Tage später bekamen wir wieder einen Brief, der genauso beschriftet war wie der erste. Ich habe ihn natürlich nicht aufgemacht – ich öffne nie die Post meines Onkels. Aber danach habe ich wieder einen zerknüllten Brief im Papierkorb neben seinem Schreibtisch im Arbeitszimmer gefunden. Diesmal habe ich Onkel Milos nicht darauf angesprochen, und er sagte mir nichts, aber er kam mir wieder in Gedanken versunken und bedrückt vor.

Der dritte Brief kam gestern, also sechs Tage nach dem vorhergehenden, und ich habe wieder den Zettel im Papierkorb gefunden. Onkel Milos weiß nicht, daß ich die beiden letzten Zettel gefunden, und erst recht nicht, daß ich alle drei aufgehoben habe.«

»Miss Radovich, hat Ihr Onkel Ihres Wissens Feinde? Kennen Sie jemanden, der einen Vorteil davon hätte, wenn er den Posten als Chefdirigent aufgeben würde?«

»Der Musikdirektor eines großen Orchesters hat immer Kritiker und Neider.« Sie atmete tief ein. »Es gibt immer Leute, die glauben, sie könnten es besser machen. Manche sind einfach eifersüchtig, anderen macht es Spaß, talentierte Menschen zu verspotten und in den Schmutz zu ziehen. Wissen Sie, mein Onkel spricht zu Hause nicht viel über seine Arbeit, aber ich weiß von ihm und von anderen, daß es in den Reihen der Orchestermitglieder eine Opposition gegen ihn gibt. Trotzdem glaube ich nicht, daß einer von ihnen solche Briefe... Ach, ich weiß nicht.«

»*Jemand* muß sie ja wohl geschrieben haben, Miss Radovich. Ich möchte gern noch mehr über diese Opposition gegen Ihren Onkel hören, aber Mr. Wolfe wird in ein paar Minuten unten sein, und es ist besser, wenn Sie dann nicht hier sind. Es ist durchaus möglich, daß ich ihn für Ihr Problem interessieren kann, aber ich möchte ihn gern selbst auf meine Art damit vertraut machen, weil ich ihn kenne und weiß, wie man ihn am besten von einer Sache überzeugt.«

Zum drittenmal griff Maria in ihre Tasche. Diesmal fischte sie ein Bündel Scheine heraus und streckte sie mir hin. »Das sind fünfhundert Dollar«, sagte sie. »Dafür, daß Sie versuchen, herauszufinden, wer diese Briefe schreibt. Wenn es Ihnen gelingt, die Person zu entdecken, und sie darüberhinaus noch zum Aufhören zu bewegen, bezahle ich weitere viertausendfünfhundert Dollar.« Fünftausend Dollar – das war weit entfernt von dem, was Wolfe normalerweise als Honorar bekam, aber ich dachte mir, daß es für Maria Radovich sehr viel Geld sein mußte. Ich wollte ihr schon die Scheine zurückgeben, behielt sie dann aber doch und lächelte.

»Ein faires Angebot«, sagte ich. »Wenn es mir gelingt, Nero Wolfe in Bewegung zu setzen, behalten wir das als Anzahlung. Andernfalls bekommen Sie es zurück. Aber jetzt muß ich Sie von hier wegbringen. Sie hören in Kürze von mir – so oder so.« Ich schrieb ihr eine Quittung für das Geld aus, behielt den Durchschlag und eilte dann mit ihr hinaus in die Halle, wo ich ihr in den Mantel half.

Auf meiner Armbanduhr war es zehn Uhr achtundfünfzig, als sie über die kurze Treppe hinunterging auf die Straße. Ich lief schnell ins Büro zurück, legte die Drohbriefe, Geld und Quittung in den Safe und arrangierte dann Wolfes Morgenpost in einem ordentlichen Stapel auf seiner Schreibunterlage. In dem Stapel steckte auch etwas, was kein Postbote gebracht hatte: eine ausgebleichte, fünfzig Jahre alte Fotografie.

2

Ich hatte gerade Zeit, um Papier in die Schreibmaschine zu spannen und mit der Übertragung des Diktats von gestern zu beginnen, als ich den Lift hörte, der vom Gewächshaus auf dem Dach herunterkam. »Guten Morgen, Archie, haben Sie gut geschlafen?« fragte Wolfe, als er quer durch den Raum zu seinem Schreibtisch ging, eine purpurne Cattleia-Rispe in die Orchideenvase steckte und sich dann in den einzigen Sessel, den er mochte, niederließ und nach Bier klingelte.

»Jawohl, Sir«, antwortete ich und blickte auf. Ich bin immer wieder verblüfft, daß Wolfe sich trotz seines enormen Umfangs – sein Gewicht beträgt immerhin das Siebtel einer Tonne! – so gelenkig und flink bewegt. Manchmal glaubt man, er würde etwas umstoßen oder sich sonst irgendwie ungeschickt benehmen, wenn er sich hinter seinen Schreibtisch begibt, doch das ist bisher nie der Fall gewesen. Seine Bewegungen sind fließend, ja sogar anmutig – wenn man dieses Wort auf einen Mann mit seinem Umfang anwenden kann.

Und dann sein Äußeres: dicken Menschen sagt man oft nach, daß sie sich schlampig kleiden – aber nicht Nero Wolfe. Heute trug er wie üblich einen dreiteiligen Anzug, diesmal in hellem Tweed, mit einem leuchtend gelbem Hemd und einer braunen Seidenkrawatte, die zum Hemd passende, schmale gelbe Streifen aufwies. Sein welliges Haar, immer noch braun, aber mit einem gehörigen Anteil Grau durchsetzt, war sorgfältig gebürstet und gekämmt. Er würde es nie zugeben, weder gegenüber mir noch jemand anderem, aber Nero Wolfe verbrachte jeden Morgen einige Zeit vor dem Spiegel, und dazu gehörte auch die Naßrasur mit einem einfachen Rasierapparat, etwas, was ich vor Jahren aufgegeben habe, als ich es leid war, jeden Morgen mein eigenes Blut sehen zu müssen.

Ich warf weiter verstohlene Blicke in seine Richtung, während er den Stapel mit der Post durchging. Das Foto steckte etwa in der Mitte des Stapels, aber es dauerte seine Zeit, bis er so weit war, weil er zuvor auf den Katalog einer Sämerei stoßen würde, den er sorgfältig durchblättern mußte. Also tippte ich erst einmal weiter.

»Archie!« Es war das bekannte hochwertige Bellen, das erste, das er seit Monaten von sich gab.

Ich blickte auf und tat so, als sei ich überrascht.

»Wo kommt das her?« fragte er und stocherte mit dem Zeigefinger nach dem Foto.

»Um was handelt es sich, Sir?« Ich zog eine Augenbraue hoch, was ihn grundsätzlich ärgert, weil er das nicht fertigbringt.

»Das wissen Sie ganz genau. Wie ist das hierhergekommen? Wo ist der Umschlag, in dem es gesteckt hat?«

»Ach, *das*. Mal nachdenken... Ja, natürlich, beinahe hätte ich es vergessen. Eine junge Frau hat es gebracht – eine hübsche junge Frau. Sie dachte, Sie wären vielleicht daran interessiert, ihr bei einem Problem zu helfen.«

Wolfe funkelte mich an, dann beugte er sich über den Tisch und betrachtete das Foto. »Die müssen inzwischen schon alle tot sein... Zwei davon sind bei einem Feuerkommando umgekommen, einer bei einem verwegenen Duell; einer ist im adriatischen Meer ertrunken. Und Marko...«

»Nicht *alle* sind tot«, bemerkte ich. »Sie zum Beispiel leben noch, zumindest dem Buchstaben nach, obwohl Sie sich seit zwei Jahren mit gutem Erfolg totgestellt haben. Und ansonsten lebt mindestens noch ein Mann auf diesem Foto.«

Wolfe wandte sich wieder der Fotografie zu, beschäftigte sich diesmal länger als eine Minute damit. »*Stefanovic.*« Er sprach den Namen ganz anders aus, als ich es getan hätte. »Meines Wissens ist er noch am Leben.«

»Bravo! Sie haben unseren Hauptpreis, eine Kiste Mineralwasser gewonnen«, sagte ich. »Er atmet nicht nur auf dieser schönen Erde, er lebt sogar hier, direkt vor Ihrer Nase, in New York. Und obendrein ist er auch noch berühmt. Natürlich hat er seit der Zeit, in der Sie ihn kannten, seinen Namen geändert.«

Wolfe warf mir wieder einen wütenden Blick zu. Sein Zeigefinger malte Kreise auf die Armlehne seines Sessels, das einzige äußere Zeichen seines Zorns. Es gab etwas, worüber ich mehr wußte als er, und ich zwang ihn auch noch, Fragen zu stellen; das machte es noch schlimmer.

»Archie, ich habe Ihre Unverschämtheiten länger ertragen, als ich das jemals für möglich gehalten hätte.« Er zog eine Schnute. »Zum Henker, so erzählen Sie schon!«

»Jawohl, Sir«, sagte ich und behielt vorsichtshalber die düstere Miene bei. Und dann entlud ich mich sozusagen Wort für Wort, von Marias Anruf bis zu den fünfhundert Dollar Anzahlung. Als ich bei den drei Drohbriefen angekommen war, öffnete ich den Safe und nahm sie heraus, doch Wolfe weigerte sich, auch nur einen Blick darauf zu werfen. Während meines ganzen Berichts saß er mit geschlossenen Augen da und hatte die Finger über seinem Nullmeridian verschränkt. Zweimal unterbrach er mich, um Fragen zu stellen. Als ich fertig war, blieb er schweigend sitzen und hatte die Augen immer noch geschlossen.

Nach etwa fünf Minuten fragte ich: »Sind Sie eingeschlafen, oder warten Sie darauf, daß ich einen Porträtmaler rufe, damit er Sie in Ihrer Lieblingspose konterfeit?«

»Archie, halten Sie den Mund!« Das war schon das zweite Bellen an einem Tag. Ich versuchte, mir etwas Schlaues auszudenken, womit ich ein drittes hervorrufen und damit einen Rekord aufstellen könnte, aber Fritz kam herein und teilte mit, daß der Lunch fertig sei.

Es war ein bis dahin nie gebrochenes Gesetz bei Wolfe, daß während der Mahlzeiten keine geschäftlichen Dinge besprochen wurden, und dieses Gesetz war in den vergangenen zwei Jahren mühelos einzuhalten gewesen, da es keine geschäftlichen Dinge zu besprechen gab. An diesem Tag jedoch war ich in Gedanken anderswo und hatte kaum Sinn für das großartige Kalbsbries, das uns von Fritz zubereitet worden war. Wolfe dagegen bediente sich dreimal in seiner normalen, gelassenen Ruhe und sprach zwischendurch über die Frage, warum eine dritte Partei bei amerikanischen Wahlen seit jeher erfolglos gewesen war.

Schließlich kehrten wir zurück ins Büro, wo uns der Kaffee serviert wurde. Im Verlauf des Mittagessens war mir klargeworden, daß ich Wolfe genügend angeschubst hatte und den nächsten Schritt ihm nun selbst überlassen mußte. Wir saßen einige Minuten schweigend da, und ich war schon dabei, meine Strategie in Gedanken umzustellen, als er plötzlich aufstand und zum Bücherregal ging. Er nahm den großen Weltatlas heraus, brachte ihn zum Schreibtisch und setzte sich wieder. Dann schlug er den Atlas auf, befaßte sich eingehend mit einer Seite und wandte sich dann wieder der Fotografie zu, die er sachte berührte und in die Hand nahm.

»Archie?« Er sog ein Fuder Luft ein und stieß es dann langsam aus.

»Ja, Sir?«

»Sie kennen Montenegro – zumindest oberflächlich.«

»Ja, Sir.«

»Sie wissen auch – ich habe es Ihnen gesagt –, daß ich in meiner Jugend, die ich dort verbrachte, ungestüm und unbesonnen gewesen bin und daß mir manchmal jegliches Urteilsvermögen fehlte.«

»Das haben Sie gesagt, ja.«

»Vor einem halben Jahrhundert, in Montenegro, waren Milos Stefanovic und ich verhältnismäßig gute Freunde, auch wenn ich nie sein zeitverschwendendes Interesse für die Musik teilte. Wir kämpften gemeinsam, zusammen mit Marko und anderen auf dieser Fotografie, für eine Sache, an die wir felsenfest glaubten. Bei einer bestimmten Gelegenheit, in Cetinje, hat mir Stefanovic das Leben gerettet. Später trennten wir uns, aus Gründen, die heute bedeutungslos sind, und diese Trennung erfolgte nicht ohne einen gewissen Groll. Seit damals habe ich ihn nicht mehr gesehen, und ich habe vermutlich seit mindestens zwanzig Jahren nicht mehr an ihn gedacht. Ich erwähne das, weil ich Ihnen damit klarmachen will, daß wir es mit außergewöhnlichen Umständen zu tun haben.«

»Ja, Sir.« Obwohl Wolfe in seinem Oberstübchen über viel mehr PS verfügt als ich, kannte ich ihn gut genug, um zu bemerken, wenn er sich der Vernunft ergab. Ich unterdrückte ein Lächeln.

»Also ist es meine Pflicht, diese Frau zu empfangen.« Er breitete die Hände aus in einer Geste, die bei ihm so etwas wie dramatisch betonte Hilflosigkeit bedeutet. »Ich habe keine andere Wahl. Sagen Sie ihr, sie soll um drei Uhr herkommen. Außerdem fällt mir ein, daß Mr. Cohen schon lange nicht mehr unser Gast beim Dinner gewesen ist. Rufen Sie ihn an und laden Sie ihn für heute abend ein. Sagen Sie ihm, wir servieren den Cognac, den er so liebt.«

Ich war natürlich hocherfreut darüber, daß Wolfe von sich aus vorgeschlagen hatte, Maria zu empfangen. Und daß er Lon Cohen zum Abendessen einlud, war ein zusätzlicher Bonus. Lon arbeitet bei der *Gazette*, wo er sein Büro zwei Türen neben dem Verleger hat, im zweiundzwanzigsten Stockwerk des Verlagsgebäudes. Ich weiß nicht, was für Titel und Preise er gewonnen hat, aber es gibt wohl keine bedeutende Story in New York, über die er nicht mehr weiß, als jemals in der *Gazette* gestanden hat oder in irgendwelchen anderen Zeitungen. Lon und ich kommen einmal wöchentlich zum Pokern zusammen, aber Wolfe besucht er höchstens zweimal im Jahr zum Dinner und rein zufällig fast immer dann, wenn Wolfe Informationen von ihm braucht. Lon hat nichts dagegen, denn er hat im Gegenzug von uns schon ein ganzes Archiv voll Exklusivstorys bekommen, abgesehen von manchen Drei-Sterne-Mahlzeiten.

Wie sich herausstellte, hatte Lon Zeit, aber er wollte wissen, worum es ging. Ich sagte ihm, er müßte abwarten, aber dafür gebe es das eine oder andere Glas Remisier, mit dem er sich nach dem Essen den Bauch wärmen könnte. Dafür, sagte er, würde er sämtliche Staatsgeheimnisse verraten, die er in seinem Büro liegen habe. Und auch Maria konnte um drei Uhr nachmittags hier sein. »Heißt das, Mr. Wolfe übernimmt den Fall?« fragte sie atemlos am Telefon.

»Wer weiß?« antwortete ich. »Immerhin ist er bereit, Sie zu empfangen, und das ist bereits ein gewaltiges Zugeständnis.«

Danach ging ich in die Küche, um Fritz zu sagen, daß wir zum Abendessen einen Gast erwarteten.

»Archie, hier geht heute etwas vor sich, das kann ich deutlich spüren«, erklärte er. »Wird er wieder arbeiten?«

Fritz machte schon seit jeher ein Mordstheater, wenn Wolfe einen seiner periodischen Anfälle von Arbeitsscheu erlitt. Dann tat er, als wären wir stets am Rande der Pleite, und wenn Wolfe nicht ständig Meisterstücke der Detektivkunst vollbrachte, befürchtete er, es sei nicht genug Geld da, daß er sein Gehalt beziehen und – noch wichtiger – die Rechnungen der Feinkostlieferanten begleichen konnte. Überflüssig zu sagen, daß die beiden letzten Jahre, in denen Wolfes detektivische Talente brachlagen, Fritz dazu veranlaßten, seine Visage auf Dauer schmerzhaft zu verziehen, und ich hatte ihn mehrmals dabei überrascht, wie er in der Küche die Hände rang, gen Himmel blickte und in französischer Sprache Stoßgebete murmelte. »Archie, er muß einfach arbeiten«, sagte Fritz in solchen Fällen zu mir. »Dann schmeckt ihm auch das Essen besser. Die Arbeit verstärkt seinen Appetit.« Ich erwiderte meist, daß mir sein Appetit bereits jetzt stark genug vorkomme, aber er schüttelte dazu nur traurig den Kopf.

Diesmal jedoch hatte ich das Vergnügen, ihm berichten zu können, daß sich die Aussichten besserten. »Drücken Sie die Daumen und die Tranchiermesser«, sagte ich, »und schicken Sie ein Stoßgebet zu Brillat-Savarin.«

»Ich werde noch mehr tun als das«, erwiderte er. »Heute abend koche ich Ihnen, Mr. Wolfe und Mr. Cohen ein Menü, an das Sie alle noch lange denken werden.« Pfeifend drehte er sich um und machte sich an die Arbeit, und ich pfiff auch ein bißchen auf dem Weg zurück ins Büro.

3

Maria kam zehn Minuten zu früh, und sie sah genauso erschreckt aus wie am Vormittag. Sie hatte sich umgezogen und trug jetzt eine zart pfirsichfarbene Angelegenheit aus einem weichen Wollstoff, eines von den Kleidern, die man ebensogut am Tag wie zum Dinner oder zum Tanzen tragen kann. Ich hätte sie am liebsten umarmt, aber stattdessen führte ich sie zum roten Ledersessel und legte wieder die drei Zettel, die Stefanovic erhalten hatte, auf die Schreibunterlage von Wolfes Schreibtisch. Selbst Genies brauchen schließlich gewisse Anhaltspunkte.

Wolfe war in der Küche und besprach das Abendessen mit Fritz: Tournedos vom Rinderfilet mit Sauce Béarnaise, Kürbis mit Sauerrahm und Dill, Sellerie- und Melonensalat und als Dessert eine Heidelbeertorte. Als ich ihm sagte, daß Maria eingetroffen sei, schnitt er eine Grimasse. Die Vorstellung, eine Frau im Haus zu haben, bringt ihn stets auf die Palme, und es ist um so schlimmer, wenn ihre Anwesenheit bedeutet, daß er wieder an die Arbeit muß. Ich ging zurück ins Büro, und zwei Minuten später kam er herein, machte einen weiten Bogen um Maria und neigte den Kopf einen Viertelzentimeter in ihre Richtung, ehe er sich setzte. Das ist seine Version einer Verbeugung.

»Madam«, sagte er, »Mr. Goodwin hat mich über Ihren Besuch heute vormittag informiert. Er hat Ihnen auch korrekterweise mitgeteilt, daß ich derzeit nicht aktiv als Privatdetektiv tätig bin. Aber Ihr Onkel, Milos Stefanovic – wenn es sich tatsächlich um ihn handeln sollte –, ist ein Mensch, dem ich in unschätzbarer Weise verpflichtet bin. Diese Verpflichtung allein ist mir Grund genug, Sie bei mir zu empfangen.

Allerdings muß ich Sie vor allzu hochgespannten Erwartungen warnen«, sagte er und drohte ihr mit dem Zeigefinger, »da diese Besprechung keineswegs zwangsläufig auf ein Engagement meinerseits hinauslaufen muß.«

Maria nickte langsam und zog zugleich die Stirn in Falten. »Mr. Wolfe, Sie sagten vorhin, ›wenn es sich tatsächlich um ihn handeln sollte‹. Bezweifeln Sie, daß ich die Nichte von –«

Wolfe unterbrach sie, aber ich kann nicht berichten, was er ihr sagte, weil es Serbokroatisch war, eine Sprache, in der ich höchstens fünfzehn Wörter verstehen kann. Er sprach zwei oder drei Sätze, wie mir schien, und Maria antwortete ihm in derselben Sprache. So ging es etwa eine Minute lang hin und her. Dann nickte Wolfe und wandte sich an mich. »Archie, ich habe Miss Radovich ein paar Fragen gestellt, die nur jemand beantworten kann, der mit Milos Stefanovic sehr vertraut ist. Ich bin zufrieden mit dem, was sie mir antwortete. Wenn Sie den Inhalt dieser kleinen Konversation erfahren wollen, werde ich ihn Ihnen später erläutern.«

»Kein Problem«, sagte ich. »Ich habe heimlich seit acht Jahren oben in meinem Kämmerlein Serbokroatisch mit Hilfe von Schallplattenkursen studiert und alles, was Sie sagten, mitstenographiert.«

Wolfe funkelte mich an und wandte sich dann wieder an Maria. »Wie mir Mr. Goodwin mitteilte, weiß Ihr Onkel nichts von Ihrem Besuch bei mir. Außerdem will er, wie es scheint, diese Briefe ignorieren.«

Maria nickte. »Onkel Milos hat sich furchtbar aufgeregt, als ich ihm den Vorschlag machte, zur Polizei zu gehen.«

Wolfe verengte die Augen. »Miss Radovich, wer hat Ihrem Onkel diese Zettel geschickt?«

»Nun, ich... Wenn ich es wüßte, hätte ich nicht zu Ihnen zu kommen brauchen. Ich hoffte, Sie würden das herausfinden.«

»Na, hören Sie«, sagte Wolfe und beugte sich vor. »Sie halten Mr. Goodwin und mich doch nicht für Dummköpfe. Sie müssen einen Verdacht haben – einen begründeten Verdacht, wer Ihren Onkel in dieser Weise belästigt. Und Sie wollen, daß wir diesen Ihren Verdacht entweder bestätigen oder entkräften. Deshalb sind Sie hergekommen.«

»Ich bin hier, weil ich wissen will, wer diese Zettel geschickt hat, und ich will wissen, wie ernsthaft die Drohungen sind, die darin gegen meinen Onkel ausgesprochen werden«, antwortete Maria gelassen und erwiderte Wolfes Blick, ohne mit der Wimper zu zucken. Ihre Angst schien sich verflüchtigt zu haben, obwohl sie die Hände immer noch auf dem Schoß ineinander schlang.

Wolfe hob die Schultern einen halben Zentimeter und senkte sie dann wieder. »Sehr gut. Sie sagten Mr. Goodwin, Ihr Onkel hätte Leute im Orchester, die ihm feindlich gesinnt sind. Berichten Sie etwas darüber.«

»Ich habe Mr. Goodwin auch gesagt, daß es nicht ungewöhnlich ist, wenn ein Dirigent bei einem so großen Orchester eine starke Opposition vorfindet. Nennen Sie mir einen berühmten Dirigenten, und ich versichere Ihnen, er hat mit dem einen oder anderen Orchestermitglied ebenfalls seine Schwierigkeiten.«

»Aber *tödliche* Schwierigkeiten?« fragte Wolfe und zog die Augenbrauen hoch. »Ich muß gestehen, ich weiß weder genug von der Materie noch kümmere ich mich genug um Symphonieorchester, daß ich ihre Leiter nennen könnte, aber ich erinnere mich auch nicht, jemals von Drohungen gehört zu haben, die das Leben von

Dirigenten betrafen, und hier in diesen Briefen geht es ja wohl um tödliche Drohungen. Madam, ohne Pulver kann ich nicht schießen. Sie können mir sicher jemanden nennen, der davon profitieren würde, wenn sich Ihr Onkel von seinen Aufgaben als Dirigent zurückzöge.« Er drehte eine Hand um und zeigte die Handfläche. »Eine alte Feindschaft? Eine Kränkung? Eifersucht? Unstimmigkeiten über künstlerische Kompetenzen?«

»Ich kann einfach nicht glauben, daß jemand, der bei einem so berühmten Symphonieorchester spielt –«

»Sie hatten das Gefühl, daß diese Notizen einen Besuch bei mir wert sind. Nun sind Sie hier, und ich bin ganz Ohr. Sie suchen Hilfe; aber wir können sie nur dann geben, wenn Sie auf der ganzen Linie mit uns zusammenarbeiten. Wenn Sie es vorziehen, meinen Fragen auszuweichen, ist es sinnlos, dieses Gespräch fortzusetzen.«

Maria zuckte zusammen. »Entschuldigen Sie. Natürlich haben Sie recht.« Sie hielt inne und überlegte sich, wie sie weitermachen sollte. »Als mein Onkel zum musikalischen Leiter des Orchesters bestimmt wurde, da ist diese Entscheidung nicht von allen mit großer Begeisterung aufgenommen worden. Aber Jason Remmers – der Vorsitzende des Verwaltungsrats, der über das Orchester bestimmt – hat darauf bestanden, Onkel Milos zu engagieren. Er hatte mehrmals in London mit ihm darüber gesprochen und dabei sehr viel Überredungskunst angewendet, um ihn hierherzulocken.«

»Remmers – von der Bier-Dynastie?« fragte Wolfe.

»Ich weiß es nicht genau, aber ich glaube, er besitzt mehrere Brauereien«, sagte Maria.

Wolfe nickte. Remmers ist seine Marke und war es, seit ich ihn kenne, was wohl bedeutet, daß er inzwischen – bei seinem Konsum – einen Güterzug voll Remmers-Bier geleert haben dürfte. Er nützte die Gelegenheit, um die erste der beiden Flaschen auszutrinken, die ihm Fritz hereingebracht hatte. »Und wer hat gegen die Entscheidung von Mr. Remmers opponiert?« fragte er, während er den Inhalt der zweiten Flasche ins Glas schenkte.

»Mr. Meyerhoff, der Verwaltungsdirektor des Orchesters, war von Anfang an gegen Onkel Milos. Er hatte den Eindruck, hörte ich, daß mein Onkel zu streng ist und zuviel von den Musikern fordert.«

»Und daß er vielleicht auch etwas schwierig im Umgang ist?« fügte Wolfe in liebenswürdigem Ton hinzu.

»Das wohl auch. Sie kennen meinen Onkel von früher, Mr. Wolfe; er ist nun mal ein Perfektionist. Er begnügt sich nur mit der maximalen Leistung der Musiker. Wenn er zuviel fordert, dann deshalb, weil er die bestmöglichen Aufführungen musikalischer Werke erreichen will. Mr. Remmers wußte das, als er meinen Onkel in London besuchte. Onkel Milos hatte dort einen Ruf als strenger Orchesterleiter, und das hiesige Symphonieorchester brauchte eine etwas entschiedenere Hand. Aber Mr. Meyerhoff und Mr. Hirsch waren ihm gegenüber von Anfang an feindselig eingestellt.«

»Mr. Hirsch?« fragte Wolfe.

»David Hirsch, der stellvertretende Dirigent des Orchesters«, erklärte Maria.

»War Mr. Hirsch schon stellvertretender Dirigent, als Milos Stefanovic zu dem Orchester kam?« fragte Wolfe.

»Ja, und darin besteht, wie ich meine, ein Teil des Problems. Er soll damals selbst den Posten des Chefdirigenten angestrebt haben. Von dem Tag an, als mein Onkel in New York zu arbeiten begann, standen die beiden in einer gespannten Beziehung zueinander, wie man sagen könnte, obwohl Mr. Hirsch zu mir immer sehr nett gewesen ist. Übrigens auch Mr. Meyerhoff.«

»Standen oder stehen noch andere Orchestermitglieder oder Angestellte in einer – gespannten Beziehung zu Ihrem Onkel?«

Maria wartete ein paar Sekunden, ehe sie den Kopf schüttelte. »Nein... Jedenfalls nicht mehr als üblich ist, wenn ein Dirigent mit den Musikern streng verfährt. Ich jedenfalls habe nichts dergleichen gehört.«

»Miss Radovich, hat Ihr Onkel gute Freunde hier in New York? Personen, die er gesellschaftlich oder auch privat trifft?«

Wieder entstand eine Pause. »Onkel Milos gehört zu den Menschen, die nicht leicht Freundschaften schließen. Er ist gern allein. Aber es gibt eine *Frau*...« Sie landete unsanft auf dem letzten Wort.

»Ja?« drängte Wolfe.

Maria zog eine Schnute. »Sie und Onkel Milos gehen oft ins Theater und auf Partys. Sie lädt ihn zum Dinner ein, und manchmal kommt sie auch zu uns, nach dem Konzert, auf einen Drink oder ein spätes Souper.«

»Ihr Name?«

»Lucinda Forrester-Moore. Sie ist eine Witwe und in der guten

Gesellschaft sehr bekannt. Ihr Foto erscheint oft in den Zeitungen.«

Dagegen war nichts einzuwenden. Lucinda Forrester-Moores Name tauchte alle paar Tage mindestens in einer der Gesellschafts- und Klatschspalten auf, und sie war auch ein Lieblingsobjekt der Fotografen. Ihre Fotokartei bei der *Gazette* war vermutlich übervoll. Lily Rowan hatte uns vor längerer Zeit miteinander bekanntgemacht, ich glaube in Rustermans Restaurant, und obwohl sie ein paar Jahre zuviel drauf hat für meinen Geschmack, muß ich zugeben, daß sie für ein älteres Modell noch recht gut in Schuß ist. Man konnte Onkel Milos sicher verstehen.

»Könnte man die Beziehung Ihres Onkels zu dieser Frau eine romantische nennen?« fragte Wolfe.

»Ich wollte, ich könnte nein sagen«, antwortete Maria. »Aber ich glaube, er ist – sehr, sehr interessiert. Und sie macht Jagd auf ihn.« Sie schlug mit der Faust auf die Armlehne des Sessels. »Sie war immer hinter berühmten Männern her, das wissen alle. Nur Onkel Milos weiß es nicht. Ich habe versucht, ihm klarzumachen –«

»Steuert die Beziehung auf eine Heirat zu, Miss Radovich?« fragte Wolfe.

»Großer Gott, ich hoffe nicht!«

Ich zuckte zusammen, so temperamentvoll war ihre Antwort, und ich glaube, Maria erschrak selbst darüber. Sie errötete, was ihr sehr gut stand, und räusperte sich, bevor sie fortfuhr. »Onkel Milos hat im Lauf der Jahre öfter gesagt, daß er nicht daran denkt, noch einmal zu heiraten.«

»Mr. Goodwin erwähnte mir gegenüber, daß Ihr Onkel einmal verheiratet war«, sagte Wolfe. »Lebt seine frühere Frau noch?«

»Ja. Sie ist eine wunderbare und schöne Frau, Mr. Wolfe. Sie und Onkel Milos ließen sich scheiden, bevor ich geboren wurde, und sie ist nach London gezogen.«

»Wer ist sie?«

»Ihr Name lautet Alexandra Adjari. Ich habe sie kennengelernt, als Onkel Milos und ich nach London kamen und uns dort niederließen – ich meine, als er dort ein Orchester leitete. Sie waren nicht besonders freundlich miteinander, aber Alexandra wollte mich unbedingt kennenlernen.«

»Jetzt führt sie wieder ihren Mädchennamen«, sagte Wolfe. Es war keine Frage, sondern eine Feststellung.

»Ja, sie hat nicht wieder geheiratet. Ich glaube, sie besitzt genügend Geld aus der Zeit, bevor sie Onkel Milos kennenlernte. Sie hat eine große Wohnung in Mayfair.«

»Richtig«, sagte Wolfe. »Haben Sie in letzter Zeit Kontakt gehabt mit ihr?«

»Wir schreiben uns zu Weihnachten, aber das ist alles, und ich habe sie nicht mehr gesehen, seit wir von London hierhergezogen sind«, sagte Maria.

Wolfe kam wieder auf das Orchester zurück; ich hatte schon ganz vergessen, wie gut seine Technik war, wenn ihm nach Arbeit zumute war, und dieses Gespräch war das äußerste, was er seit langer Zeit in dieser Richtung unternahm. Er plauderte mit Maria über Orchester im allgemeinen, dann arbeitete er sich nach und nach zu den einzelnen Musikern vor, ehe er wieder auf allgemeinere Begriffe kam. Das wiederholte er immer wieder, und ich füllte mindestens zwei Dutzend Seiten in meinem Notizbuch mit der Wiedergabe des Gesprächs. Die folgenden Auszüge geben Ihnen einen Begriff von der ganzen Sitzung:

Wolfe: Wie viele Musiker umfaßt das Orchester?
Maria: Das ist verschieden; es hängt von dem Werk ab, das gespielt wird, aber bei einem großen symphonischen Werk sind über hundert auf der Bühne.
W: Sitzen sie immer auf denselben Plätzen?
M: Meistens, es sei denn, es werden besondere Instrumente verwendet.
W: Zum Beispiel?
M: Ach, Gitarre, Glockenspiel, Celesta, solche Dinge.

Und auf einer anderen Seite:

W: Sind auch Frauen beim Orchester?
M: O ja.
W: Wie viele? Zehn? Fünfzig?
M: Ich weiß nicht genau – vielleicht fünfzehn.
W: Hat sich Ihr Onkel jemals für eine von ihnen interessiert?
M: (errötend) Nein, ich weiß nicht. Ich bin gar nicht auf den Gedanken gekommen, und Onkel Milos ist in diesen Dingen sehr

streng. Er unterscheidet strikt zwischen seinem Privatleben und seiner Arbeit.

W: Was hält er von Liebschaften unter Orchestermitgliedern?

M: (wieder errötend) Ich weiß es wirklich nicht. Ich habe nie darüber nachgedacht.

Und weiter in meinen Notizen:

W: Kennen Sie viele von den Musikern des Orchesters – ich meine, kennen Sie sie gut?

M: (nach kurzer Pause) Nur ein paar. Ich habe sie auf Partys und Empfängen kennengelernt, das ist alles.

W: Als Gruppe gesehen – mögen Sie Musiker?

M: Ich... na ja, es ist wie bei allem anderen: Es hängt vom einzelnen ab. Manche sind nett, manche sind – nicht so nett.

W: Haben Sie eine spezielle Abneigung gegen jemanden im Orchester?

M: Nein, das kann ich nicht sagen. Nein.

W: (beugt sich etwas vor) Und was ist mit besonderen Vorlieben?

M: (kurze Pause) Ich bin sehr mit Tanzen beschäftigt und deshalb nur selten beim Orchester oder im Konzertsaal. Wenn wir nicht zu Hause sind, bewegen wir, mein Onkel und ich, uns in verschiedenen Kreisen.

Und so fort. Alles in allem blieb Wolfe fast eine Stunde dabei, und jedesmal, wenn er sie nach speziellen persönlichen Bindungen fragte, versteifte sie sich. Ich merkte, daß er allmählich das Interesse verlor. Die Fragen wurden alberner, so wollte er zum Beispiel wissen, was für Kleider die weiblichen Orchestermitglieder tragen. Als ich begann, an ihm zu verzweifeln, verlagerte Wolfe sein Gewicht auf dem Sessel und sagte unvermittelt: »Miss Radovich, ich habe eine andere Verabredung. Ich nehme an, Mr. Goodwin weiß, wie er Sie erreichen kann.«

Maria schaute ihn überrascht an, nickte, stand auf und dankte uns beiden. Wolfe blieb sitzen, als ich sie hinausbegleitete in die Halle, ihr dort in den Mantel half und versicherte, ich würde mich spätestens am nächsten Tag bei ihr melden.

»Aber ich weiß noch immer nicht: Wird mir Mr. Wolfe jetzt helfen oder nicht?« fragte sie zuletzt.

»Ich kenne ihn seit Jahren, aber ich weiß es ebensowenig, Miss Radovich. Es ist nicht leicht, mit einem Menschen unter einem Dach zu leben, der sich für ein exzentrisches Genie hält. Ich kann Ihnen nicht mehr versprechen, als daß ich mich morgen bei Ihnen melden werde.« Ich öffnete ihr die Tür und sah zu, wie sie zum zweitenmal an diesem Tag über unsere Treppe hinunterging auf den Gehsteig. Als ich zurückkam ins Büro, schaute mich Wolfe mit düsterer Miene an.

»Sie verschweigt natürlich etwas«, sagte er.

Ich nickte. »Sie hat ein paarmal zu zögernd geantwortet.«

»Sie versucht, jemanden zu schützen«, sagte er. »Jemanden, der ihrer Meinung nach diese Notizen geschrieben hat. Aber sie will es nicht glauben.«

»Dagegen ist nichts einzuwenden«, sagte ich.

»Und Ihr Eindruck?« fragte Wolfe. Im Laufe der Jahre hatte sich seine Ansicht gefestigt, daß ich ein Experte bin, was Frauen betrifft, und ich habe alles getan, um dieses Image zu pflegen.

»Ich finde, sie ist verantwortungsbewußt und vernünftig, wenn man von ihrer Nervosität absieht«, sagte ich. »Und außerdem ist sie sehr attraktiv. Bestimmt hat sie einen Freund. Ich dachte, Sie würden sie da noch etwas mehr aushorchen, aber wahrscheinlich haben Sie die Lust verloren. Es ist durchaus möglich, daß sie mit einem vom Orchester eine Affäre hat – und damit eröffnen sich interessante Möglichkeiten.«

Wolfe gab sich einen Ruck. »Sprechen Sie mit ihr. Führen Sie sie aus, gehen Sie zum Tanzen mit ihr. Finden Sie heraus, wen sie schützen will.« Nachdem er mir gezeigt hatte, daß er noch in der Lage war, direkte Befehle zu erteilen, hievte er seinen mächtigen Körper aus dem Sessel und ging zum Aufzug, um seine Nachmittags-Verabredung mit den Orchideen einzuhalten.

4

Nach dem Dinner saßen wir zu dritt bei Kaffee und Cognac im Büro; Wolfe und ich an unseren Schreibtischen und Lon im roten Ledersessel. Fritz hatte sein Versprechen eines unvergeßlichen Mahles eingelöst: die Tournedos waren nie zuvor so gut gewesen, und die Heidelbeertorte wurde sogar zweimal herumgereicht. Die Konversation beim Essen hatte sich mit Themen befaßt, die von der Rolle der Palästinenser im Nahen Osten über die Zukunft amerikanischer Großstädte bis zur Wirksamkeit von Lohn-Preis-Kontrollen reichten.

Lon strich sich mit der Hand über das dunkle, glatt nach hinten frisierte Haar und lächelte. »Wie üblich, habe ich einen großartigen Abend hier genossen, und seit ich zum erstenmal die Ehre hatte, ihn zu kosten, hat sich der Cognac noch verbessert, falls das möglich ist. Aber ich kenne Sie gut genug, um zu wissen, daß das nicht nur ein geselliges Beisammensein ist. Und heute abend bin ich noch neugieriger als sonst, wegen Ihrer seit Jahren andauernden – sagen wir, Zurückhaltung.«

»Mr. Cohen, wir hatten in der Vergangenheit bei zahllosen Anlässen die Möglichkeit, einander zu helfen«, sagte Wolfe zwischen zwei Schlucken Kaffee. »Und ich möchte eine Frage wiederholen, die ich schon früher einmal gestellt habe: Sind wir in dieser Hinsicht weitgehend quitt?«

Lon wedelte mit der Hand durch die Luft und lachte. »Keine Klagen. Gar keine. Wie auch ich schon einmal sagte, ich glaube, ich habe mein Konto in dieser Hinsicht wahrscheinlich etwas überzogen. Wenn ich eine Antwort weiß, die Ihnen in irgendeiner Weise helfen kann, sollen Sie sie haben.«

Wolfe nickte. »Aus Gründen, die ich derzeit und vielleicht auch in Zukunft nicht darlegen kann, brauche ich Informationen über den Betrieb und das Personal beim New York Symphony Orchestra. Nach meiner Erfahrung mit dem Ausmaß Ihres Wissens bei einer Vielzahl von Gegenständen und Themen bin ich sicher, daß Sie uns diese Information übermitteln können.«

Lon grinste und trank wieder einen kleinen Schluck Remisier. Er hatte nichts dagegen, daß ihm der beste, fetteste Detektiv in New York und wahrscheinlich auf der ganzen Welt in sehr direkter Weise Honig ums Maul schmierte.

»Ich hatte ja keine Ahnung, daß Sie sich für symphonische Musik interessieren«, sagte er und kratzte sich dabei am Kinn. »Ja, ich glaube, ich weiß eine Menge über das, was drüben in der Symphony Hall vor sich geht. Und wenn das nicht reicht, habe ich einen Musikkritiker zur Hand, der über mehr Pipelines verfügt als die OPEC. Schießen Sie los.«

Wolfe klingelte nach Bier und setzte sich bequemer hin. »Nach dem wenigen, was ich über das Orchester erfahren habe, scheint es dort gewisse Spannungen zwischen den Führungskräften zu geben, und zwar sowohl bei den künstlerischen Leitern als auch bei der Orchesterverwaltung. Wissen Sie, ob das tatsächlich der Fall ist?«

»Sie haben es sehr taktvoll ausgedrückt«, sagte Lon. »In Wirklichkeit ist das Symphony Orchestra seit Jahren ein richtiger Dschungel. Es gab eine Reihe schwacher Musikdirektoren, die sich nicht durchsetzen und das Orchester nicht in den Griff bekommen konnten. Dann holte man vor ein paar Jahren diesen Stevens aus England herüber, und er hat den Ruf, eine harte Nuß zu sein. Aber dadurch scheint sich die Situation nicht gebessert, sondern eher noch verschlechtert zu haben.«

»Ist denn dieses Gezänk hinter den Kulissen ein Ausdruck künstlerischen Temperaments?« fragte Wolfe. Er hatte seit jeher nicht viel von hochgestochener Musik gehalten und von den Leuten, die sie produzierten.

»Das gehört natürlich dazu«, sagte Lon. »Aber es ist in diesem Fall nicht alles. Charlie Meyerhoff zum Beispiel, der geschäftsführende Direktor, hat Jason Remmers nie leiden können. Er findet, Remmers ist ein Dilettant, der von Musik im Grunde keine Ahnung hat und seine Position nur wegen seines Vermögens und seiner gesellschaftlichen Macht halten kann.«

»Mr. Remmers ist der Vorsitzende des Verwaltungsrats, nehme ich an?«

»Richtig, und er stammt aus der alten Bier-Dynastie – dieses Bier«, sagte Lon und zeigte auf die Flasche, die inzwischen auf Wolfes Schreibtisch stand. »Nur, daß er sich nie für das Brauereigeschäft interessierte, was seinen Vater schwer enttäuschte. Henry Remmers muß jetzt an die Achtzig sein und hat die Brauerei immer noch fest im Griff. Aber Jason, der um die Fünfzig ist, hat in die oberen Zehntausend hineingeheiratet, und seine Frau war seit jeher eine Bewunderin und Förderin der Künste. In den letzten Jahren, mit den Remmers-Millionen an der Hand, fühlt sie sich am Gipfel ihres Glücks. Und Jason hat seine Sache als Verwaltungsratsvorsitzender keineswegs schlecht gemacht. Es ist ein Ehrenamt, und es geht dabei hauptsächlich darum, Spenden lockerzumachen. Jason kommt herum, ist sehr bekannt und populär bei den Leuten und scheint zu wissen, wie man den reichen Witwen das Geld aus den Matratzen zieht, denn das Defizit des Orchesters ist weitgehend geschrumpft.«

»Und er ist auch für das Engagement von Stevens verantwortlich?« fragte Wolfe.

»Absolut. Wie gesagt, Stevens gilt als einer, der sich durchzusetzen versteht, ein zäher Bursche. Das Orchester litt jahrelang unter einem Mangel an Führungspersönlichkeiten und an Disziplin – jedenfalls fühlte sich unser Musikkritiker veranlaßt, jeden zweiten Sonntag darüber zu schreiben.«

»Aber Mr. Stevens ist auch nicht die erwünschte Lösung des Problems?« fragte Wolfe.

»Nicht so ganz«, bekannte Lon und trank wieder einen Schluck Cognac. »Ich muß gestehen, daß ich mich für die Symphoniker nicht so interessiere wie für die Knickerbockers, aber ich weiß, daß es dort hinter den Kulissen eine Menge Intrigen und Streit gibt. Sowohl Meyerhoff als auch David Hirsch, der stellvertretende Dirigent des Orchesters, haben aus ihrer Einstellung gegenüber Stevens kein Hehl gemacht. Sie glauben, daß – und damit zitiere ich wieder unseren Musikkritiker – seine ›preußische Art‹, das Problem anzugehen, nichts gebracht hat. O ja, das Orchester spielt jetzt wesentlich disziplinierter als zuvor, aber das ging auf Kosten der Inspiration. Sie haben alle solche Angst vor Stevens – wenn man dem Gerücht glauben darf –, daß die Qualität darunter leidet. Natürlich wetzen Meyerhoff und Hirsch aus persönlichen Gründen die Messer: Meyerhoff kann Remmers nicht leiden und wäre mit keinem Dirigenten einverstanden, den er vorschlägt. Und Hirsch wollte selbst Chefdirigent werden, wie ich hörte, besitzt aber nicht die dafür notwendigen Qualifikationen.«

»Sind derartige Spannungen und interne Streitigkeiten üblich bei einem großen Symphonieorchester?« fragte Wolfe, während ich Lons Schwenkglas und das meine neu vollschenkte.

»Bis zu einem gewissen Grad sicherlich«, antwortete Lon. »Hirsch ist mit dem ehemaligen Musikdirektor auch nicht zurechtgekommen, und was ich über Meyerhoff weiß, stellt ihn auch nicht gerade als umgänglichen Typen dar. Das künstlerische Temperament, von dem Sie vorhin sprachen, gilt als Rechtfertigung für jegliches schlechte Benehmen in der Theater- und Musikwelt. Dennoch bleibt die Tatsache, daß es Stevens – so groß seine musikalischen Fähigkeiten sein mögen – nicht geschafft hat, das Orchester so zusammenzuschweißen und zu konsolidieren, wie Remmers das gehofft hatte.«

Wolfe schnitt eine Grimasse und stellte sich vermutlich gerade die Orchestermusiker vor, die einander mit rollenden Augen anbrüllten und in Wutanfälle ausbrachen. Er fuhr fort, Lon auszuhorchen, und fragte nach dem technischen Personal und dem allgemeinen Betrieb in der Symphony Hall. Lon behauptet zwar immer, daß er nicht viel über dieses oder jenes Thema weiß, doch dann erweist er sich als wandelndes Lexikon, ganz gleich, wie ausgefallen das Thema auch sein mag, das man ihm vorgibt. Doch der Lon Cohen, den ich kenne, ist am besten mit einem ›Paar‹ in der Hand und einem Einsatz auf die ›Bank‹ vertraut, daher setzte sein Wissen über das Orchester selbst mich in Erstaunen. Ich merkte, daß sich Wolfe bemühte, nicht allzu großes Interesse an Stevens zu zeigen, doch er kehrte bei seinen Fragen immer wieder zu ihm zurück.

Schließlich, um Viertel vor eins, streckte Lon die Arme aus und entschuldigte sich, weil er zu einer Vormittagsbesprechung mit seinem Verleger ausgeschlafen sein müsse. »Ich würde meine Großmutter umbringen, um zu erfahren, worauf Ihre Fragen hinauslaufen«, sagte er und grinste Wolfe an, »aber ich weiß, daß Sie es mir nicht sagen werden, also bleibt mir nichts übrig, als darauf zu hoffen, daß Sie mich als ersten benachrichtigen, falls irgend etwas dabei herauskommt. Und wenn nicht, habe ich immerhin einen Abend hinter mir, der mich vergessen ließ, daß wir uns hier mitten in einer der gefährlichsten und gewalttätigsten Städte der Welt befinden.« Lon hob dankend sein leeres Glas in Richtung auf Wolfe und stand auf.

»Mr. Cohen, ich weiß Ihre Geduld zu würdigen und danke Ihnen dafür, daß Sie mit uns diniert haben«, sagte Wolfe. »Nur noch eine Gefälligkeit, wenn Sie wollen: Können Sie Mr. Goodwin Zugang gewähren zu den Unterlagen Ihres Archivs im Hinblick auf das Orchester?«

»Gern und jederzeit«, sagte Lon. »Archie, rufen Sie mich bitte nur an, bevor Sie kommen, und ich spreche mit unserer Archivverwaltung.« Ich begleitete Lon zur Tür, ließ ihn hinaus und verriegelte dann das Haus für die Nacht, bevor ich ins Büro zurückkehrte, wo Wolfe sich in seinem Sessel mit geschlossenen Augen zurückgelehnt und die Finger über dem Bauch gefaltet hatte.

»Okay«, sagte ich, als ich zu meinem Schreibtischsessel ging, »ich nehme einiges von dem, was ich in der letzten Zeit gesagt habe, zurück. Sie verstehen Ihre Arbeit noch immer so gut, als ob Sie keinen Tag Pause gemacht hätten. Aber wo stehen wir in diesem Fall? Was haben wir in Händen? Wir wissen doch eigentlich nur, daß –«

»Archie!« Es war zwar noch kein richtiges Bellen, dennoch fuhr ich ganz schön zusammen. »Ihr Notizbuch. Ich habe ein paar Anweisungen für den morgigen Tag.«

5

Da ich am besten nach einem Schlaf von mindestens acht Stunden funktioniere, war es halb zehn, als ich mich aus den Federn wälzte und eine Dusche nahm, und schon fast zehn, als ich in die Küche kam. Fritz hatte mein Exemplar der *New York Times* auf den Küchentisch gelegt, wo ich normalerweise frühstücke, und eine dampfende Glaskanne mit Kaffee stand ebenfalls bereit, zusammen mit Eierkuchen und Schinken. Ich nickte ihm zu und warf mich sofort über die Zeitung her, fühlte aber seine Blicke auf mir, während ich las und gleichzeitig einen Schluck Kaffee trank. Schließlich schaute ich von meiner *Times* auf.

»Na, Archie, wie war der gestrige Abend?« fragte er und knetete dabei seine Hände. »War das Essen in Ordnung? Ist alles gut gegangen?«

»Die Tournedos waren überirdisch gut, meisterhaft. Mr. Cohen hat sie mindestens dreimal gelobt. Er sagt, es ist das beste Essen gewesen, das er seit Jahren bekommen hat.«

»Archie...« Die dunklen Augen von Fritz flehten mich an. »Sie wissen, warum ich frage. Geht er wieder an die Arbeit?«

Ich begann, die Eierkuchen zu schneiden, bevor ich ihm antwortete. »Es ist möglich. Sogar wahrscheinlich. Er hat mir ein paar Anweisungen gegeben, aber ich kann mich nicht darauf konzentrieren, wenn man mich nicht in Ruhe frühstücken läßt.« Fritz errötete und wandte sich rasch ab, um seine Vorbereitungen für das Mittagessen fortzusetzen.

Ich hatte tatsächlich Instruktionen erhalten, aber sie waren eher dürftig. Wolfe hatte am Abend zuvor noch gesagt, er würde den Fall übernehmen, aber mit dem Proviso – sein eigener Ausdruck —, daß Maria Radovich ihren Onkel zu einem Gespräch in sein Haus brachte. Als wir an diesem Punkt angelangt waren, hatte ich ihm vorgeworfen, er würde die Arbeit durch unerfüllbare Vorbedingungen hintertreiben, doch er bestand darauf, mit dem Empfänger der Drohbriefe zu sprechen. »Nur Mr. Stevens selbst kann uns genaue Angaben machen, wer seine möglichen Feinde sein könnten, zumindest innerhalb des Orchesters«, hatte Wolfe erklärt. »Es handelt sich dabei fast sicher um ein Nest von exzentrischen Personen, und keiner kennt sie besser als er. Daß seine Nichte uns nicht viel helfen kann – oder will –, liegt inzwischen auf der Hand.« Ich sollte außerdem das Archiv der *Gazette* im Hinblick auf Stevens und das Orchester durchgehen, aber auch herausfinden, bei welchen Orchestern Stevens zuvor gearbeitet hatte und was die Zeitungsausschnitte sonst noch an Wissenswertem über ihn aussagten.

Es war halb elf, als ich unser Büro betrat, die Morgenpost öffnete und versuchte, Maria anzurufen und ihr die gute und die schlechte Nachricht zu übermitteln – daß nämlich Wolfe bereit sei, den Fall zu übernehmen, aber nur, wenn es ihr gelang, ihren Onkel in die 35. Straße West zu schleppen. Doch sie meldete sich nicht. Wahrscheinlich war sie auf einer Probe ihrer Tanzgruppe, und Stevens war vermutlich in seinem Büro in der Symphony Hall. Danach rief ich Lon an, und bei ihm hatte ich mehr Glück. Er war fertig mit seiner Besprechung und meinte, ich solle gleich rüberkommen.

»Ich bin noch satt von gestern abend«, sagte Lon, als ich sein Büro im zwanzigsten Stock betrat. »Bitte schicken Sie Fritz meine besten Grüße, verbunden mit meinem tiefsten Dank für seine große Leistung. Jetzt zum Geschäftlichen: unser Archivverwalter weiß, daß Sie zu ihm runterkommen, um ein paar Ausschnitte durchzusehen. Sie dürfen allerdings nichts aus dem Archiv entfernen – eine Hausregel. Aber es gibt ein Fotokopiergerät dort. Und, Archie, wenn etwas Größeres beim Symphony Orchestra vorgehen sollte – vergessen Sie Ihre Freunde nicht!«

Zehn Minuten später saß ich in der Ecke eines schäbigen Raums mit hoher Decke und hatte einen Stapel von Umschlägen mit der Aufschrift ›NY Symphony‹ vor mir auf einem Tisch, wobei jeder der dicken Umschläge die Ausschnitte eines Jahres enthielt. Außerdem hatte ich einen einzelnen, dünneren Umschlag bekommen, auf dem stand: ›Stevens, Milan, NY Symph. Dirig., 1975 –‹

In den Zeitungsausschnitten fand ich nicht viel, was wir noch nicht von Lon oder Maria erfahren hatten; mich interessierte vor allem Stevens' Biographie, die nach seiner Ernennung zum Chefdirigenten in allen Zeitungen erschienen war. Man bezeichnete ihn dort als ›gebürtigen Jugoslawen‹ und nannte auch seinen wirklichen Namen. Es war nur allgemeines Material: Eheschließung und Scheidung, frühere Engagements, Preise und Auszeichnungen und eine kurze Notiz, daß seine Nichte hier in New York bei ihm lebte. Die wenigen wörtlichen Zitate waren allgemeine und belanglose Aussprüche, so zum Beispiel, wenn er sagte: ›Das New York Symphony Orchestra ist eines der größten Orchester der Welt‹, oder ›Ich bin überwältigt von dem Angebot, mit dem New York Symphony Orchestra arbeiten zu dürfen.‹ Ich fertigte Fotokopien des biographischen Materials an, zusammen mit einer besonders negativen Konzertkritik, welche der Kritiker der *Gazette* im vergangenen Jahr geschrieben hatte, und in der es hieß, daß Stevens ›einfallslos in seiner Programmauswahl, uninspiriert bei seiner Orchesterleitung und unbeeindruckend als Dirigent auf dem Podium‹ gewesen sei.

Wolfe saß an seinem Schreibtisch, las und trank Bier, als ich fünf Minuten vor eins unser Büro betrat. »Es gibt nicht viel zu berichten«, begann ich als Antwort auf seinen fragenden Blick. »Ich war bei der *Gazette* und habe ein paar Ausschnitte über Stevens in Fotokopien mitgebracht.« Ich legte sie ihm auf die Schreibunterlage. »Nichts Aufregendes, außer daß die Biographien seinen wirklichen

Namen nennen, was zumindest einem von den neunhunderttausend Lesern der *Gazette* entgangen sein dürfte.«

Wolfe schenkte mir zur Erwiderung nicht einmal einen düsteren Blick. Er breitete die Fotokopien auf seinem Schreibtisch aus und begann sie zu lesen. Nach zwei Minuten blickte er hoch. »Ist er bereit, zu kommen?«

»Ich habe Maria nicht erreicht, und auch sonst scheint bei ihm niemand zu Hause zu sein«, sagte ich und wandte mich dem Telefon zu. »Ich versuche es jetzt gleich noch einmal.«

»Später, nach dem Lunch», sagte er, hievte seinen gewaltigen Leib aus dem Sessel und machte sich auf den Weg ins Speisezimmer.

Ich bin sicher, die Kartoffelpuffer, die Fritz servierte, waren großartig, aber zum zweitenmal in zwei Tagen waren meine Geschmacksknospen auf Automatik gestellt. Als wir zum Kaffee zurückkamen ins Büro, versuchte ich wieder, in der Stevens-Radovich-Wohnung anzurufen. Diesmal kam jemand an den Apparat, aber nicht die Gewünschte. Das Dienstmädchen sagte, Maria werde erst spät abends zu Hause erwartet, also hinterließ ich, sie möge mich anrufen, wenn sie heimkäme, gleichgültig, wie spät es sei. »Wir können natürlich auch versuchen, uns direkt mit Stevens in Verbindung zu setzen«, schlug ich vor. »Er ist jetzt vermutlich drüben in der Symphony Hall.«

Wolfe legte langsam sein Buch nieder und markierte die Seite durch ein Eselsohr. »Nein, Archie, wir stehen Miss Radovich im Wort, nicht Mr. Stevens. Ein jeder Kontakt mit ihrem Onkel muß über sie laufen oder zumindest mit ihrer Billigung.«

Ich drehte mich rasch um, bereit, ihm zu widersprechen, aber er hatte schon wieder das Buch aufgeschlagen und hielt es sich vor das Gesicht. Nach fünf Minuten, in denen ich mich mit dunklen Gedanken befaßte, stand ich geräuschvoll auf und ging hinaus in die Halle, nahm meinen Mantel vom Garderobenhaken und knallte dann die Haustür hinter mir zu. Draußen hatte es leicht zu regnen begonnen, was haargenau zu meiner Stimmung paßte. Ich stellte den Mantelkragen hoch und ging in Richtung Osten. Dabei kühlte ich allmählich ab. Ich machte mir sogar Vorwürfe, weil ich mich gegenüber Wolfe unfair verhalten hatte. Immerhin war er bereit gewesen, den Fall zu übernehmen, wenn auch unter einer Bedingung. Und natürlich war ich derjenige, der dafür zu sorgen hatte, daß diese Bedingung erfüllt wurde. An der Eighth Avenue bog ich nach Norden ab und betrat ein Imbißlokal, wo ich manchmal Kaffee trinke. Diesmal bestellte ich Milch an der Theke. Es gab nur einen weiteren Gast, einen alten Mann, etwa sechs Hocker weiter, der sich über einen Teller Chilisuppe beugte.

Ich trank ein paar Schlucke Milch und ging dann zum öffentlichen Telefon, um die Nummer von Marias Tanzgruppe nachzuschlagen, deren Studio sich in der 46. Straße befand, also mitten im Theaterviertel. Ich wählte, und am anderen Ende meldete sich eine weibliche Stimme samt Hintergrundmusik.

»Ja, Miss Radovich ist hier«, sagte die Stimme, »aber sie ist momentan mitten in einer Probe. In ungefähr fünf Minuten gibt es eine Pause.« Ich hinterließ meinen Namen und die Telefonnummer des Lokals. Und ich trank gerade mein drittes Glas Milch und aß dazu ein Stück Pfirsichkuchen, als das Telefon klingelte. »Mr. Goodwin?« Ihre Stimme war wieder atemlos, aber diesmal konnte es auch vom Tanzen kommen.

Nachdem ich ihr versichert hatte, daß ich es war, trotz der anderen Telefonnummer, sprudelten ihre Fragen heraus.

»Moment mal, immer mit der Ruhe«, sagte ich. »Sehen Sie zu, daß Sie erst einmal Luft bekommen, und hören Sie, was ich Ihnen mitteilen kann. Mr. Wolfe ist einverstanden, Ihr Geld zu nehmen und Ihr Problem zu lösen. Aber Sie müssen auch etwas dazutun.«

»Ja – was denn?«

»Miss Radovich, Sie müssen Ihren Onkel überreden, daß er in Mr. Wolfes Haus kommt – zu einem Gespräch.«

Mehrere Sekunden vergingen, und als sie dann sprach, klang ihre Stimme verzweifelt. »Sie wissen, daß er das nicht tun wird – ich glaube nicht, daß ich ihn dazu bringen kann.«

»Hören Sie, Miss Radovich, als Sie das erstemal anriefen, hätte ich keinen kanadischen Kupferpfennig gegeben für unsere Chance, Mr. Wolfe aus dem Dornröschenschlaf zu wecken. Es freut mich, sagen zu können, daß ich mich täuschte. Jetzt ist er wach, aber er ist auch stur – unglaublich stur. Er will Milan Stevens in seinem Büro sehen. Wenn Sie glauben, es gelingt Ihnen nicht, Ihren Onkel dazu zu bringen, dann leiste ich Ihnen gern Beistand, und wir versuchen gemeinsam, ihn zu überreden.«

»Nein!« entgegnete sie, und es war ein Mittelding zwischen Flüstern und Brüllen. »Wenn Sie kämen, würde er sehr wütend werden, auf Sie und auf mich. Ich muß jetzt zurück zur Probe, und nach dem Abendessen haben wir noch Übungsstunden, so daß ich nicht vor Mitternacht heimkommen werde. Aber dann werde ich Onkel Milos fragen, ich verspreche es.« Ich wiederholte, daß ich gern bereit wäre, sie moralisch zu unterstützen, doch das brachte sie nur noch mehr durcheinander. Schließlich gab ich es auf und sagte, ich würde warten, bis sie sich bei mir meldete.

Es hatte aufgehört zu regnen, und ich brauchte etwas Bewegung, daher ging ich zu Fuß. Als ich nach Hause kam, war es kurz nach vier, also hielt sich Wolfe noch in seinem Gewächshaus auf, und ich würde ihn an diesem Tag nicht mehr zu Gesicht bekommen, da ich mit Lily Rowan verabredet war. Wir wollten erst zu einem frühen Abendessen zu Rusterman gehen und danach zum Spiel der Rangers gegen Boston: Hockey im Madison Square Garden.

Wenn ich jemals die Absicht haben sollte, den Rest meines Lebens mit nur einer einzigen Frau zu verbringen – und die Wetten darauf stehen gut –, dann wird Lily Rowan diese Frau sein. Das heißt, falls sie sich je entschließen kann, den Rest ihres Lebens mit nur einem einzigen Mann zu verbringen, und wie die Chancen stehen, müssen Sie sie selbst fragen. Aber das gibt Ihnen dann auch einen Eindruck von unserer Beziehung.

Lilys vor kurzem verstorbener Vater war aus Irland herübergekommen und hatte festgestellt, daß New York neue Kanalisationen brauchte, also verbrachte er sein Leben damit, sie zu bauen, und dabei wurde er reich und mächtig und konnte zuletzt entscheiden, wer in welches Büro der Stadtverwaltung gewählt wurde, ja manchmal sogar, wer in den Kongreß kam und wer nicht. Heute wohnt Lily in einem Penthaus an der Park Avenue, und die Kuratoren von vier Museen brechen in Begeisterungsstürme aus über mindestens einen der Impressionisten, die sie bei sich hängen hat.

Das ist alles nett und schön, aber mir sind ihre dunkelblauen Augen wichtiger und das Haar, das kaum dunkler ist als die Seidenfäden an den Maiskolben, ganz zu schweigen von den schönsten langen Beinen zwischen Paris und Chicago, Beine, die nicht nur gut anzusehen sind, sondern sich auch noch besser auf jedem Tanzparkett bewegen, als ich es jemals erlebt habe. Aber das allerwichtigste ist es, daß jeder von uns den anderen stets hoch genug einschätzt, um ihm nichts vorzumachen und keine falschen Gefühle zu heucheln.

»Escamillo, mein Geliebter«, sagte Lily beim Kaffee nach dem Essen, »ich fürchte, deine Gedanken sind weit entfernt von irischen Maiden und von Hockeyturnieren. Nein, versuche nicht, es zu leugnen«, sagte sie, streckte den Arm aus und drückte den meinen. »Vielleicht ist es Intuition, oder wie auch immer man es heutzutage in den Damenmagazinen nennt, aber ich habe ein Gefühl bis hinunter zu den Zehen, daß Nero Wolfe wieder zu arbeiten begonnen hat. Vielleicht kommt es daher, daß du dich heute abend schon mindestens viermal an der rechten Backe unterhalb dem Ohrläppchen gekratzt hast, was du nur tust, wenn du nervös bist, und du bist nur nervös, wenn du an einem Fall arbeitest. Natürlich würde ich alles dafür tun, um zu erfahren, worum es dabei geht, aber du weißt genau, daß ich nicht daran denke, dich zu fragen.«

Ich grinste und lehnte mich quer über die Nische, um Lily einen Kuß auf die Wange zu geben – direkt unter dem rechten Ohr. »Jetzt verstehe ich, warum du immer gewinnst, wenn du mit mir Poker spielst«, sagte ich. »Jetzt wirst du mir gleich noch sagen, daß ich mir das Kinn reibe, wenn ich ein Paar habe, oder daß mein linkes Auge zuckt, wenn ich eine Serie bekomme.« Sie antwortete mit einem Augenzwinkern.

Von da an blieb Lily ihrem Wort treu und brachte Wolfe nicht mehr ins Gespräch, und ich achtete darauf, daß sich meine linke Hand nicht mehr meinem Gesicht näherte. Die Rangers schlugen Boston sechs zu fünf mit einem geschenkten Tor drei Minuten vor dem Ende des Spiels. Wir brüllten so laut wie die anderen Siebzehntausend im Madison Square Garden, doch unsere Begeisterung löste sich in ein etwas unangenehmes Schweigen auf, sobald wir draußen waren.

»Es ist mir klar«, sagte Lily, nachdem wir ein Taxi ergattert hatten, »daß du eine Million Meilen fort bist von hier. Eigentlich hatte ich vor, dich noch auf einen Cognac zu mir einzuladen, aber wenn du lieber die Mücke machen willst – mir soll's recht sein. Es schadet mir nicht, wenn ich zur Abwechslung mal zu einer anständigen Zeit ins Bett komme.«

»Du weißt natürlich, daß dein Trick, immer genau das richtige zur richtigen Zeit zu sagen und zu tun, dich erst recht vollkommen unwiderstehlich macht für mich«, sagte ich.

»Natürlich weiß ich das. Ich habe zum Beispiel für heute in zwei Wochen einen Tisch für eine Wohltätigkeitsveranstaltung im Churchill reservieren lassen und erwarte, daß du mich dorthin begleitest.«

»Ist schon gelaufen«, sagte ich, als wir vor ihrem Haus anhielten. Ich begleitete sie bis ins Foyer, und wir küßten uns, während der Portier den Kopf taktvoll in einem Taschenbuch vergrub. »Paß auf dich auf, Escamillo«, sagte sie, löste sich aus meiner Umarmung und drückte dann den rechten Zeigefinger gegen meine Nasenspitze. »Ich will alles erfahren über das, woran ihr zwei, du und Wolfe, gerade arbeitet – sobald du bereit bist, es mir mitzuteilen.«

Als ich wieder im Taxi saß, nannte ich dem Fahrer eine Adresse in der 46. Straße. Während des Hockeyspiels hatte ich mich entschlossen, Maria nach ihrer Probe abzuholen und nach Hause zu fahren – falls ich sie noch erreichte. Unterwegs hoffte ich, sie so zu beschwatzen, daß sie mich zuletzt doch noch ihrem Onkel Milos vorstellte.

Auf meiner Armbanduhr war es Viertel nach elf, als das Taxi vor einem Backsteingebäude in einem dunklen Straßenabschnitt einen halben Block östlich vom Broadway anhielt. Auf Straßenebene gab es ein Schreibwarengeschäft, und auf der Seite daneben war ein Eingang mit einem Schild, auf dem stand: »Elmar Dance Company, 1. Stock.« Ich ging eine lange, knarrende Treppe nach oben in Richtung auf das Licht, das zusammen mit den Geräuschen vom ersten Stock herunterdrang, die wie die Begleitmusik zu einem Tanz anmuteten. Die Treppe endete an einer kleinen Empfangstheke, neben der sich eine Couch befand und wo staubige Fotografien von Tänzern schief an den Wänden hingen. Ein Korridor führte nach hinten in die Richtung, aus der die Musik herkam.

Gerade als ich mich weiter dem Geräusch nähern wollte, kam eine große Blondine mit viel Augen-Make-up und einer Übernachtungstasche aus einer Tür in der Mitte des Korridors und war offensichtlich dabei, das Studio zu verlassen.

»Hallo – was suchen Sie denn hier?« fragte sie und zeigte dabei einen Mund voll Zähne, die es wert gewesen wären, für eine Kaugummireklame verwendet zu werden. Als ich ihr antwortete, meinte sie, Maria sei gerade dabei, sich umzuziehen. »Setzen Sie sich doch – sie muß ja hier vorbei, wenn sie geht.«

Drei weitere Tänzerinnen, zwei davon ausgesprochen gutaussehend, segelten schnatternd an mir vorüber, ehe Maria herauskam, in einer Sporthose, das Haar mit einem Schal nach hinten gebunden. Sie sah mich und blieb stehen, aber bevor sie etwas sagen konnte, war ich aufgestanden und lächelte sie an.

»Je länger ich darüber nachdachte, desto mehr bekam ich das Gefühl, ich sollte sie heute abend nach Hause bringen. Kommen Sie, wir nehmen uns ein Taxi drüben am Broadway. Und unterwegs werde ich Ihnen sagen, warum wir gemeinsam mit Ihrem Onkel sprechen sollten.«

Maria zog die Stirn in Falten und schüttelte den Kopf. »Nein, ich habe Ihnen doch gesagt, er wird nicht mit Ihnen sprechen, wenn er erst weiß, weshalb Sie da sind. Bitte, ich habe Ihnen am Telefon versprochen, daß ich ihn heute abend noch fragen werde, ob er Mr. Wolfe besuchen will.«

Beim kurzen Fußmarsch bis zum Broadway und während der Taxifahrt in Richtung Norden hörte ich nicht auf damit, Maria zu drängen, aber wenn Wolfe behauptet, ich übe einen gewissen Zauber auf Frauen aus, so hat er zumindest bei dieser ganz und gar nicht funktioniert. Ihr einziges Zugeständnis bestand darin, daß sie mir gestattete, mit ihr hineinzugehen in das Haus, aber nur bis zum Foyer. Dort sollte ich warten, während sie hinaufgehen und mit ihrem Onkel sprechen wollte. Wenn sie dann Verstärkung brauchte, würde sie nach mir rufen. Ich war nicht begeistert über dieses Arrangement, weil mir dieser Stefanovic nicht vorkam wie einer, der sich von seiner Nichte irgend etwas aufschwatzen ließ. Aber ich hatte keine andere Wahl.

Das Taxi hielt vor einem unscheinbaren Backsteinhaus im ersten Block östlich des Central Parks. Ich hatte eigentlich mit etwas mehr Eleganz gerechnet, zumindest mit einem Portier, aber dieses Haus sah genauso aus wie ein Dutzend andere etwa fünfzig Jahre alte Häuser in dieser Gegend. Ich bezahlte den Fahrer, und wir gingen in ein kleines, nur schwach beleuchtetes Foyer. »Tom, das ist Mr. Goodwin; er wird hier auf mich warten«, sagte Maria zum Concierge, einem jungen Mann mit hohlen Wangen, der hinter seiner Theke aufschaute und nickte. »Ich komme herunter oder rufe herunter – in ein paar Minuten.«

Hoffentlich, dachte ich, als sie mit dem Lift nach oben fuhr. Dann ließ ich mich auf eines der dunkelroten Sofas nieder und begann eine

Illustrierte durchzublättern, die auf einem kleinen Couchtisch lag. Es waren keine zwei Minuten vergangen, als das Telefon am Pult der männlichen Concierge klingelte. »Mr. Goodwin, Miss Radovich bittet Sie, hinaufzukommen«, sagte Tom. »Sie wohnt im neunten Stock, die Tür rechts neben dem Lift. Sie können nicht falsch gehen – es gibt nur zwei Wohnungen in dem Stockwerk.«

Entweder Onkel Milos war nicht zu Hause, oder Maria war überraschend schnell zu einem Ergebnis gekommen, so oder so: Ich war auf das Schlimmste gefaßt und überlegte mir, wie ich den Onkel umstimmen konnte, während sich der Aufzug mit Selbstbedienung knarrend in den neunten Stock emporarbeitete. Dennoch war ich keineswegs auf das vorbereitet, was ich sah, als die Türen des Lifts aufglitten.

Maria stand unter der Wohnungstür, oder genauer, sie lehnte am linken Türstock. Ihre Augen waren weit aufgerissen, aber sie schien mich kaum wahrzunehmen. Ich legte ihr einen Arm um die Taille, um sie zu stützen, als auch schon ihre Beine nachgaben. »Im Arbeitszimmer, auf dem Boden...« sagte sie und bedeckte das Gesicht mit den Händen. »Tot, tot, tot...«

6

Ich brachte Maria hinein und schloß die Tür. Wir befanden uns in einer Diele mit einem Kristallüster und einem schönen Orientteppich. Ich führte Maria zu einem Sessel, und sie setzte sich, während sie zu schluchzen begann. »Wo?« fragte ich. Sie zeigte auf eine offene Tür am entgegengesetzten Ende der Diele. »Bleiben Sie hier«, sagte ich. »Versuchen Sie nicht erst, aufzustehen.«

Durch die offene Tür kam ich in ein gut proportioniertes Arbeitszimmer im Stil einer Bibliothek mit hoher Decke, einem offenen Kamin, dunklen Vertäfelungen an den Wänden und vielen Bücherregalen, dazu einem Flügel und wieder einem guten Orientteppich, einem Kashan, auf dem Parkett. Der Körper lag mit dem Gesicht nach unten auf dem Teppich in einer Ecke nahe einem hohen Schreibpult, hinter dem ein ebenfalls hoher Hocker stand. Ich kniete mich hin und sah nach ihm, aber Maria hatte recht gehabt. Milan Stevens war tot, und der Grund dafür war leicht zu erkennen: Die Rückseite seines weißen Hemds war zerrissen und blutgetränkt, und ein Brieföffner mit langem Griff, einer von denen, die wie ein kleines Schwert gestaltet sind, lag einen Meter neben ihm. Das Blut auf dem Brieföffner funkelte im Licht, und so, wie Stevens' Hemd aussah, hatte man ihm dieses kleine Schwert mehrmals in den Rükken gerammt.

Ich versuchte, die Szene in meinen Gedanken festzuhalten und einfrieren zu lassen – aber es gab nicht viel festzuhalten. Keines der Möbelstücke schien verrückt worden zu sein, und es gab auch keinerlei Hinweise auf einen Kampf. Ein großes, broschiertes Buch lag aufgeschlagen auf dem Lesepult, und ich umwickelte meine rechte Hand mit meinem Taschentuch, als ich die Seiten umblätterte. Es war Musik, lauter Noten, und dazu viele Bemerkungen, die mit Bleistift eingetragen und für mich so unverständlich waren, als ob sie in Urdu geschrieben wären. Nur um der Genauigkeit willen: Auf dem Umschlag des großen, broschierten Bandes stand: ›Symphonie No. 4 in e-moll für großes Orchester von Johannes Brahms, op. 98.‹

Ich ging wieder hinaus in die Diele, wo Maria noch immer auf dem Stuhl saß. Sie hatte aufgehört zu weinen und starrte unbewegt vor sich hin. »Er ist tot, nicht wahr?« fragte sie und blinzelte dabei.

»Ja. Und nun hören Sie mir bitte gut zu: Ich muß die Polizei anrufen, und zwar bald. Wenn sie kommt, müssen Sie den Beamten alles über die Briefe sagen, und daß Sie deshalb Mr. Wolfe besucht haben, alles. Ich habe zuvor noch zwei Dinge zu erledigen. Bitte, bleiben Sie inzwischen, wo Sie sind.«

Sie nickte, zeigte sonst aber keinerlei Reaktion oder Ausdruck. Vermutlich hatte die Wirkung des Schocks eingesetzt.

Danach ging ich wieder ins Arbeitszimmer, benützte mein Taschentuch und wählte die Nummer, die ich am besten kannte. Wolfe kam nach dem ersten Rufzeichen an den Apparat.

»Diese Notizen scheinen echt gewesen zu sein«, sagte ich. »Stevens ist tot. Erstochen in seinem Arbeitszimmer. Ich bin jetzt dort, zusammen mit Maria, und muß die Polizei verständigen. Wollen Sie mir irgendwelche Instruktionen geben?«

Ich hörte, wie er die Luft einsog und dann langsam ausstieß. »Nein«, sagte er. »Sie werden vermutlich ins Präsidium müssen.«

»Zweifellos«, sagte ich. »Und ich habe Maria eingeschärft, daß sie der Polizei nichts verschweigen darf. Es wird vermutlich eine lange Nacht werden. Ich melde mich gleich morgen früh – wenn sie mich bis dahin freigelassen haben.«

»Sehr gut«, sagte Wolfe angeekelt. »Haben Sie wenigstens gegessen?«

Ich versicherte ihm, daß Rustermans Lammkoteletts für die Nacht ausreichten, und ging dann zu Maria zurück. Sie hatte sich nicht von der Stelle gerührt und nickte mir jetzt wieder völlig mechanisch zu, als ich ihr sagte, ich würde auf ein paar Minuten hinunterfahren ins Foyer.

Tom war noch hinter seiner Theke. »Entschuldigen Sie«, sagte ich und zeigte ihm das, was ich für ein freundliches Lächeln hielt. »Hat Mr. Stevens heute abend Besuch gehabt, ich meine, bevor Miss Radovich und ich hier eingetroffen sind?«

Er blickte mit leicht spöttischer Miene hoch. »Warum fragen Sie ihn nicht selbst?«

»Er schläft«, antwortete ich. »Und Miss Radovich hat einen Besuch erwartet. Sie hätte jetzt gern gewußt, ob er gekommen ist.«

Tom musterte mich, als überlegte er, ob ich okay sei oder nicht, und kam zuletzt zu einem Entschluß. »Also ja – es war jemand da«, sagte er. »Sein Name war Milner oder so ähnlich. Er ist um Viertel nach acht hergekommen, aber nicht lange geblieben – höchstens fünf Minuten.«

»Wie hieß er mit Vornamen?« fragte ich.

»Er hat es mir nicht verraten. Ich sollte nur nach oben telefonieren und Mr. Stevens sagen, daß Mr. Milner hier ist, und daraufhin hat Mr. Stevens gesagt, ich soll ihn raufschicken.«

»Hat Mr. Milner etwas gesagt, als er gegangen ist?«

»Nee – der ist einfach rausgegangen – und zwar ziemlich schnell. Ich hab' nur noch seinen Rücken gesehen, wie er durch das Foyer gerannt ist.«

»Und er war heute der einzige Besucher bei Mr. Stevens?«

»Ja.«

»Danke, Tom«, sagte ich. »Sie haben mir erzählt, was Sie wissen, also sollte ich Ihnen gegenüber auch aufrichtig sein. Mr. Stevens ist tot. Er ist umgebracht worden. Die Polizei wird gleich eintreffen.«

Ich beobachtete seine Miene sehr genau und sah den zu erwartenden Ausdruck, die weit aufgerissenen Augen und den offenen Mund. »Was? He, warum haben Sie das nicht gleich gesagt?« Er sprang auf, und dabei fiel sein Stuhl um. Offensichtlich war er sehr erschrocken. »Ich kann Ihnen gar nichts sagen«, rief er und schluckte mehrmals. »Es muß dieser Milner gewesen sein, oder? Was soll ich tun, wenn die Polizei kommt?«

»Immer mit der Ruhe«, sagte ich. »Die werden das gleiche wissen wollen, was Sie jetzt gerade mir gesagt haben. Über Mr. Milner und über alles, was sich an diesem Abend hier ereignet hat, soweit es ungewöhnlich oder auffallend gewesen ist. Hat es solche Ereignisse gegeben?«

Wieder schluckte er und schüttelte den Kopf. »Nein... Ein sehr ruhiger Abend... Nein, gar nichts.«

«Okay, Tom. Nur noch eines: haben Sie Mr. Milner hier schon einmal gesehen?«

Er wartete ein paar Sekunden und verzog dazu nachdenklich das Gesicht. »Ja, ich glaube... Vielleicht mit Miss Radovich. Aber ich bin nicht sicher, könnte es nicht beschwören.«

Ich bedankte mich noch einmal und ließ ihn auf seinem Posten, wo er bis zum Eintreffen der Polizei noch ganz schön schwitzen würde. Doch die Polizei kam nicht, bevor jemand sie benachrichtigte – und genau das mußte ich jetzt tun, aber schnell! Als ich nach oben kam saß Maria immer noch in der Diele, starr und versteinert wie ein Zombie. Ich drückte sachte ihren Arm und ging dann hinein ins Arbeitszimmer, um die Mordkommission Süd anzurufen.

»Mein Name ist Goodwin«, sagte ich der Stimme, die sich am anderen Ende gemeldet hatte. »Ich möchte einen Mordfall bekanntgeben.« Ich nannte die Adresse und das Stockwerk, aber die Stimme wollte mehr wissen, mehr Details und meinen vollen Namen. »Schicken Sie erst einmal jemanden her«, sagte ich, »dann bekommen Ihre Leute alles, was sie brauchen, aus erster Hand.« Und damit legte ich den Hörer auf.

Es würde fünf oder auch zehn Minuten dauern, bis wir Gesellschaft bekamen. Ich kümmerte mich solange um Maria. »Die Polizei wird bald hier sein«, sagte ich. »Geht es wieder einigermaßen?«

Ihr Gesicht war ohne jede Farbe, und sie zitterte. Ich brachte sie so weit, daß sie mir verriet, wo der Sherry stand, und ich schenkte ihr ein Glas ein. Ein paar Schlucke schienen zu helfen; sie atmete tief durch und versuchte ein Lächeln.

Ich kniete auf einem Bein neben ihrem Stuhl. »Bevor die Polizei kommt, sehe ich mich rasch noch um in der Wohnung, wenn Sie nichts dagegen haben. Aber zuerst eine Frage: Kennen Sie jemanden, der Milner heißt?«

Sie zuckte zusammen, als ob ich sie geschlagen hätte. »Jerry. Was... Woher kennen Sie ihn? Wie...« Sie wollte aufstehen, aber ich legte ihr eine Hand auf die Schulter.

»Er war heute abend hier«, sagte ich. »Der Bursche unten am Empfang hat es mir gesagt. Er glaubt auch, Sie zuvor in seiner Gesellschaft gesehen zu haben.«

Maria strich sich das Haar aus dem Gesicht. »Ja, Jerry und ich, wir – wir kennen uns. Er ist Geiger im Orchester. Aber ich kann mir nicht vorstellen, weshalb er heute abend hergekommen sein soll. Er wußte, daß ich auf der Probe war, bis mindestens...« Die Worte wurden unhörbar, und Maria verzerrte das Gesicht. »O nein, *nein*, er doch nicht... Er könnte nie... Nein!« Sie kniff die Lider zusammen und schüttelte den Kopf, bis ich sie an der Schulter packte.

»Wie ist er mit Ihrem Onkel ausgekommen?«

Maria atmete tief ein. »Die beiden waren ganz gegensätzliche Persönlichkeiten. Es hat hier und da Auseinandersetzungen gegeben, aber nichts, das einen von ihnen...« Sie drehte die Handflächen nach oben und machte eine Geste, die unendlich hilflos wirkte.

»Fanden diese Auseinandersetzungen – Ihretwegen statt, Maria?«

Sie nickte, dann begann sie wieder zu schluchzen. Ich drückte ihr die Hände und bat sie, zu bleiben, wo sie war, während ich mich in der Wohnung umschaute.

Die Behausung des Dirigenten war nicht luxuriös zu nennen, aber alles, was man sah, wirkte solide und gediegen. Die Räume waren groß und gut möbliert. Und die Orientteppiche allein mußten mehr gekostet haben, als die meisten Leute während ihres ganzen Lebens für ihre Einrichtung ausgeben; auch die Gemälde waren gut, und an einer Wand im Wohnzimmer hing ein Cezanne, der Lily neidisch gemacht hätte.

Nirgendwo gab es Anzeichen dafür, daß in den letzten Stunden etwas verändert worden wäre. Eine Schmuckschatulle auf einer Kommode in Marias Zimmer war voll mit Dingen, die jeder Dieb, der etwas auf sich hält, hätte mitgehen lassen. Im Schlafzimmer ihres

Onkels lag ein Paar goldene Manschettenknöpfe oben auf der Kommode.

Die Wohnung umfaßte acht Räume, und ich beendete gerade meinen kleinen Rundgang, als es klingelte. Draußen standen zwei Kriminalbeamte in Zivil und ein uniformierter Polizist. Ich kannte einen von den beiden Kriminalern, einen Mann namens Henderson, dem ich schon ein paarmal begegnet war. Er war genau das, was man sich im Polizeipräsidium unter einem Kriminalbeamten vorstellte: mit lockigem Haar, einem vierschrötigen Kopf und einem hellen Trenchcoat mit allen möglichen Schließen und Schnallen. Aber er war, soweit ich das wußte, ein anständiger Kerl und genoß in seiner Abteilung einen guten Ruf.

Er zeigte ein gepreßtes Lächeln, als er mich sah. »Kaum zu glauben: man hat mir zwar gesagt, daß ein gewisser Goodwin angerufen hat, aber ich wäre nie auf die Idee gekommen, daß Sie es sind, nachdem sich Wolfe seit einiger Zeit eingemottet hat.«

Ich erwiderte das Lächeln. »Das zeigt nur, daß man sich heutzutage auf gar nichts mehr verlassen kann. Haben Sie schon mit dem Burschen unten im Foyer gesprochen?«

»Ich habe Mills bei ihm gelassen und bin gleich nach oben gefahren. Worum geht es denn?«

»Der Tote ist Milan Stevens, der Dirigent des New York Symphony Orchestras. Er liegt dort drinnen«, sagte ich. »Und das ist seine Nichte, Maria Radovich.«

Henderson war kurzzeitig geschockt über das, was ich ihm berichtete, doch er riß sich rasch wieder zusammen und schaltete um auf die ›Wir-wollen-ja-nur-helfen‹-Routine gegenüber Maria, die inzwischen aufgestanden war. »Bitte, setzen Sie sich wieder, Miss Radovich. Sie können vorläufig hier bleiben, aber wir möchten danach noch mit Ihnen sprechen, nur ganz kurz.« Ich folgte Henderson in das Arbeitszimmer, wo sich sein Partner und der Uniformierte über den Toten beugten.

»Meine Güte, das war ein ziemlich berühmter Mann, wie?« flüsterte mir Henderson zu. »Möglich, daß das Cramer und den Polizeipräsidenten aus dem Bett reißt.«

»Sieht aus, als ob er ganz schön geschnetzelt worden wäre«, sagte der andere Kriminalbeamte. »Vermutlich mit diesem Brieföffner.«

Henderson nickte. »Ed, rufen Sie den Gerichtsmediziner an«,

sagte er zu dem Uniformierten. »Aber benützen Sie ein Taschentuch beim Telefonieren. Okay, Goodwin, und nun will ich alles wissen. Wieso sind Sie hier, um damit zu beginnen?«

Es war mir klar, daß ich meine Geschichte noch einige Male wiederholen mußte, bevor der Tag anbrach, aber ich sagte ihm dennoch alles, was ich wußte, und er machte sich währenddessen ein paar Notizen.

»Und Sie sagen, Wolfe hat diese Briefe, die Stevens erhielt, bei sich im Safe?« fragte er, als ich fertig war.

Ich nickte, und Henderson schaute sich im Arbeitszimmer um. Erst allmählich wurde ihm bewußt, welche Bedeutung man diesem Fall bei der Mordkommission und in der Öffentlichkeit einräumen würde, und er überlegte sich genau, wie er vorgehen wollte. »Goodwin, Sie sollten nachher mit uns kommen, ins Präsidium. Aber zuvor möchte ich noch mit Stevens' Nichte sprechen.«

Henderson brachte Maria ins Wohnzimmer, während ich im Arbeitszimmer blieb und zusah, wie die beiden anderen Polizeibeamten den Raum durchkämmten und sich Notizen machten. Eine Weile später traf der Gerichtsmediziner ein, schwer atmend, mit seinem kleinen schwarzen Köfferchen, gefolgt von einem Polizeifotografen. »Mindestens drei, vielleicht auch vier Stichwunden«, sagte der Arzt nach einer kurzen Überprüfung. »Also, vorläufig würde ich sagen, er ist länger als drei Stunden tot.« Auf meiner Armbanduhr war es elf Uhr fünfunddreißig, was die Sache für Marias Freund Jerry Milner nicht gerade rosig aussehen ließ.

Die nächsten paar Stunden kann man zusammenfassen. Maria mußte noch einmal den Toten ansehen, damit die Polizei über dessen Identität zweifelsfrei informiert war, und ich fuhr mit ins Präsidium, wo der von mir am wenigsten geschätzte Mann unter den Freunden und Helfern New Yorks, ein gewisser Lieutenant George Rowcliff, im Dienst war. Er zog es vor, Inspektor Cramer und den Polizeipräsidenten schlafen zu lassen, damit er persönlich mein Verhör durchführen konnte. Im Lauf der Jahre hatte sich die Beziehung zwischen Rowcliff und mir von Abneigung über Widerwillen bis zu offenem Haß entwickelt, doch in dieser Nacht wirkten alle unsere vorausgegangenen Begegnungen vergleichsweise freundschaftlich. Rowcliff war mehrmals von Wolfe fertiggemacht worden, und er ließ sich nie eine Chance entgehen, um sich zu revanchieren. Im Präsidium hieß es, er habe nur zwei Ziele in seinem Leben: Mir und Wolfe die Konzession entziehen zu lassen und zum Captain befördert zu werden – in dieser Reihenfolge. Bisher war ihm weder das eine noch das andere gelungen, obwohl er seinem ersten Ziel im Fall Orrie Cather ziemlich nahe gekommen war.

»Fein, fein, fein, Goodwin«, begann er, als wir allein waren in seinem schäbigen Büro. »Ich sage dem Inspektor seit Monaten, daß wir nichts von Ihnen und diesem fetten, krankhaften Egozentriker gehört haben. Er war sicher, daß sich Wolfe aufs Altenteil zurückgezogen hat, aber ich wußte, daß es keiner von euch beiden fertigbringt, für längere Zeit auf das öffentliche Aufsehen zu verzichten. Und jetzt seid ihr also wieder da – und steckt auch schon bis obenhin drin.«

»Sagten Sie Egozentriker? Sehr gut, Rowcliff, Sie haben scheinbar wieder ein neues Fremdwort gelernt. Mr. Wolfe wird stolz sein auf Sie. Ich wußte gar nicht, daß Sie Wörter kennen, die mehr als zwei Silben haben. Können Sie es vielleicht auch noch buchstabieren?«

»Jetzt hören Sie mir mal zu, Sie unfähiger Dampfquaßler, diesmal werde ich...« Rowcliffs Augen fielen fast aus den Höhlen, wie immer, wenn er die Beherrschung verliert, und er mußte sich zurückhalten, sonst hätte er zu stottern begonnen. Er atmete ein paarmal tief durch, dann begann er mit seinem Verhör. Es dauerte, mit gelegentlicher Assistenz seiner Kreaturen, länger als zwei Stunden. Rowcliff konnte sehr gründlich sein, wenn er es sich fest genug vornahm. Er stellte manche Fragen immer und immer wieder, und ich antwortete ihm stets vollkommen gleichlautend.

»Wir wollen doch einmal folgendes feststellen«, sagte er nun schon zum vierzehntenmal. »Sie wollen mir weismachen, daß diese Radovich zu Ihnen gekommen ist, weil Stevens vor vielen Jahren Wolfe in Europa gekannt hat?«

»Das versuche ich Ihnen klarzumachen, Lieutenant. Es ist genau das, was sie mir gesagt hat.«

»Und Sie haben angeblich drei Briefe zu Hause in Ihrem Safe, in denen Stevens bedroht wird, Briefe, die Sie nicht für wichtig genug erachteten, daß Sie sie rechtzeitig der Polizei übergeben hätten?«

»Zum ersten Punkt ja. Und zu zwei: zur Übergabe an die Polizei bestand kein Anlaß.«

»Sie behaupten ferner, daß Miss Radovich Ihnen den Auftrag erteilt hat herauszufinden, wer diese Zettel geschrieben hat, ist das richtig? Da habt ihr zwei überragenden Genies aber schwache Arbeit geleistet. Es ist Ihnen doch wohl klar, Goodwin, daß Milan Stevens noch am Leben wäre, wenn Sie damit zu uns gekommen wären?«

Ich steckte die Hände in die Hosentaschen und bewunderte die abblätternde Farbe am Plafond. »Lieutenant, es ruft zwar Erinnerungen wach, wenn ich mich heute nacht mit Ihnen hier unterhalte, aber ich habe allmählich das Gefühl, daß Ihnen die Fragen ausgehen. Können wir nicht einen Stenographen hereinrufen, damit ich ihm meine Aussage diktiere?«

»Verdammt, Goodwin – wann der Stenograph kommt, entscheide immer noch ich!« schrie Rowcliff. »Ich könnte Sie ebensogut wegen Beihilfe einbuchten lassen.«

Das konnte er natürlich nicht, und das war uns beiden klar, aber er mußte noch etwas Dampf ablassen, und ich brauchte ein Kissen und eine Matratze. Ich war schon müde gewesen, als Rowcliff mit seinem Gestotter angefangen hatte, und mir war es im Grunde egal, was er noch alles zu sagen hatte. Ich nahm an, daß man inzwischen Milner gefunden und hierhergebracht hatte, und es wunderte mich, daß Rowcliff nicht schon längst von mir abgelassen hatte, um ihn zu bearbeiten.

Schließlich, gegen Viertel nach zwei Uhr morgens, kam er zu der Erkenntnis, daß es nicht mehr der Mühe wert war, das Verhör mit mir fortzusetzen, und er rief einen Stenographen herein, der meine Aussage protokollieren sollte. Zwanzig Minuten später war ich auf der Fahrt nach Hause, in einem Streifenwagen mit einem Sergeant namens Foley am Steuer, der Rowcliff etwa ebensogut leiden konnte wie ich und der mir die Fahrt in die 35. Straße von sich aus angeboten hatte. Es war drei Uhr, als ich ins Bett fiel und den Wekker für vier Stunden später stellte.

7

Egal, wie oft ich Wolfe im Bett sehe, wo er halb sitzend mit dicken Kissen hinter dem Rücken zu thronen pflegt, ich bin jedesmal wieder überrascht von dem Anblick. Vielleicht ist es sein gelber Pyjama, die dicke, seidenbezogene Daunendecke oder die Ungewißheit, wo er endet und das Bett beginnt, aber in dieser Umrahmung wirkt er noch wesentlich größer als sonst, und das sagt mehr als genug. Ich kam kurz nach acht in sein Zimmer, direkt hinter Fritz und seinem Tablett, auf dem sich Orangensaft, heiße Schokolade, gedünstete Pfirsiche mit Sahne, Würstchen mit Rührei und Toast mit Johannisbeermarmelade befanden. Mein Wecker hatte mich um sieben aus dem Bett geworfen, und nachdem ich mich rasiert und geduscht hatte, war ich hinuntergegangen in die Küche zu einem kleinen Frühstück, damit ich Wolfe noch morgens, bevor er hinauffuhr zu seinen Orchideen, über die Ereignisse des vergangenen Abends und der Nacht in Kenntnis setzen konnte. Berufliche Gespräche im Speisezimmer sind ausnahmslos und strengstens verboten, aber bei seinem Frühstück macht er zu seltenen Anlässen eine Ausnahme von der Regel.

»Die vergangene Nacht war in jeder Beziehung so reizend, wie ich befürchtet hatte«, sagte ich, als er mit den Pfirsichen begann. »Wer, glauben Sie, hatte Dienst an der Einundzwanzigsten Straße, als ich dort ankam?«

»Doch nicht etwa Lieutenant Rowcliff?« Wolfe schnitt eine Grimasse wie immer, wenn er diesen Namen ausspricht. Er kann es Rowcliff nie verzeihen, daß er vor Jahren eine Hausdurchsuchung in unserem Backsteinhaus angeordnet und durchgeführt hat.

»Erraten. Wir tauschten die üblichen Höflichkeiten, aber damit greife ich dem Lauf der Ereignisse vor. Ich nehme an, Sie wollen alles hören, und der Reihe nach?«

Wolfe nickte. Das bedeutete, ich mußte ihm einen ausführlichen Bericht über den Abend geben, was keine große Mühe machte. Bei früheren Gelegenheiten habe ich ihm schon manchen Dialog wortgetreu wiedergegeben und bin bereit, jedes Tonbandgerät in dieser

Hinsicht zu schlagen.

Ich begann mit meinem Besuch in Marias Tanzstudio und endete mit Rowcliffs Verhör, seinen Ausfällen und schließlich mit meiner Nachhausefahrt. Wolfe unterbrach mich drei- oder viermal, konzentrierte sich aber ansonsten auf sein Frühstückstablett. Als ich fertig war, trank er die Schokolade aus und zog die Stirn in tiefe Falten. »Ich nehme an, die Polizei hat diesen Mr. Milner inzwischen festgenommen. Was sagen die Zeitungen?« Er deutete auf die *Times* und die *Daily News*, die Fritz mit heraufgebracht hatte. Ich hatte meine eigenen Exemplare bereits gelesen.

»In diesen Ausgaben steht kein Wort über Stevens«, sagte ich. »Vermutlich haben sie die Story zu spät bekommen. Aber in den Abendausgaben dürfte es große Schlagzeilen geben, und Sie können sicher sein, daß Lon uns in Kürze anrufen wird. Dito die Reporter der anderen Zeitungen und der Fernsehsender. Und ich setze einen Zehndollarschein darauf, daß Cramer noch vor Mittag an unserer Schwelle steht und den Finger auf unsere Klingel drückt.«

»Leicht verdientes Geld«, sagte Wolfe. »Wenn Mr. Milner der Mörder ist, werden Mr. Cramer und seine Armee von Beamten keine Mühe haben, ihn darauf festzunageln. In diesem Fall müssen wir Miss Radovich die Anzahlung zurückgeben, zusammen mit unserem tiefempfundenen Beileid. Aber wenden wir uns für den Augenblick vom Offensichtlichen ab. Wie beurteilen Sie Miss Radovich?«

»Meinen Sie, ob sie es getan haben könnte? Ausgeschlossen. Oder sagen wir, zweihundert zu eins. Mindestens. Sie hat den alten Herrn gern gehabt, und außerdem war sie den ganzen Nachmittag und Abend in ihrem Tanzstudio. Das ließe sich übrigens leicht überprüfen.«

»Sehr gut«, erklärte Wolfe. »Ich bin wie Sie überzeugt davon, daß wir ganz sicher noch heute vormittag von Mr. Cohen und Mr. Cramer hören werden – wobei uns der eine mit Fragen, der andere mit einer bombastischen Strafpredigt kommen wird.« Er lehnte sich gegen die Kissen und schloß die Augen.

»Und das ist alles?« fragte ich nach einer halben Minute des Schweigens. »Jemand, den Sie seit vielen Jahren kannten, wurde in der vergangenen Nacht ermordet, keine vier Meilen von hier, und ich habe das Gefühl, als ob ich Sie am Weiterschlafen hindern würde. Beeindruckend, wie es Ihnen gelingt, Ihren Zorn zu verbergen.«

Er schaute mich aus großen Augen an. »Archie, der Zorn gehört zu Ihren flegelhafteren Gemütsbewegungen. Und wenn ich Ihnen widersprechen darf: Mr. Stevens ist jemand, den ich seit vielen Jahren *nicht mehr* kannte. Außerdem – und ich weiß, daß Ihnen das Kopfschmerzen bereitet – weise ich jegliche Behauptungen oder Andeutungen zurück, die zu verstehen geben, wir hätten Mr. Stevens' Tod verhindern können, wenn wir diese drei Zettel der Polizei übergeben hätten. Wie ich auch in Ihrer Gegenwart schon oft genug erklärt habe, ist es ausgeschlossen, den Akt des Mordes zu verhindern, wenn eine Person entschlossen ist, eine andere zu töten – es sei denn, man tötet zuvor den möglichen Mörder. Und wer auch immer Milan Stevens ins Jenseits befördert hat – geplant hat er es zweifellos lange vor dem gestrigen Abend.«

Danach schlug Wolfe die *Times* auf, was mir das Ende der Diskussion signalisierte. Zum zweitenmal in zwei Tagen hatte ich das Bedürfnis, eine Tür hinter mir zuzuknallen, fand dann aber, daß das vergeudete Energie gewesen wäre. Ich ging hinunter ins Büro und stellte fest, daß mein Schreibtisch mit Nachrichten geradezu übersät war, die Fritz entgegengenommen und hier deponiert hatte. Eine stammte natürlich von Lon, andere kamen von der *Times*, von der *Daily News*, der *Post* und von drei Fernsehstationen. Ich zog mir das Telefon her, wählte eine Nummer, und Lon antwortete nach dem ersten Rufzeichen.

»Also, wissen Sie, Archie, das bringt uns ganz schön ins Rotieren. Was war denn nun mit Wolfe und Stevens? Natürlich haben wir der Polizei noch nicht gesagt, daß Sie diese Zeitungsausschnitte haben wollten, aber ich könnte jederzeit Cramer anrufen und ihm –«

»Drohungen führen bei hartgesottenen Leisetretern wie mir nicht weit«, sagte ich. »Und außerdem brächten Sie es ebensowenig fertig, einen Freund hinzuhängen wie Ihren Job bei der Zeitung für einen beim Fernsehen zu tauschen. Was haben Sie denn über diese Stevens-Sache erfahren?«

»Was *ich* erfahren habe? Warum, zum Teufel, rufe ich Sie wohl an? Nero Wolfe lädt mich zum Dinner ein, es soll ganz offenbar ein rein gesellschaftlicher Abend werden, obwohl ich natürlich weiß, worauf es hinausläuft. Ich werde ausgequetscht über das New York

Symphony Orchestra im allgemeinen und Milan Stevens im besonderen. Dann kommen Sie zu uns in die Redaktion, durchforsten das Archiv nach dem Mann und dem Orchester, und zwölf Stunden später ist Stevens tot. Ermordet. Und als Garnierung muß ich ausgerechnet in der letzten Ausgabe der *Daily News* lesen, daß Stevens mit Nero Wolfe vor einer Million Jahren in Jugoslawien befreundet war und daß Stevens' Nichte zu Ihnen gekommen ist, um Hilfe zu erbitten wegen ein paar Drohbriefen, die ihr Onkel erhalten hat. Und dann –«, Lon mußte innehalten, um Luft zu schöpfen, »– stürmt unser großer Boss in mein Büro, wedelt mir die Story aus der *News* um die Ohren und schreit: ›Ich hab' gedacht, *Sie* sind so besonders dick mit Wolfe und seinem Assistenten, diesem Wie-heißt-er-noch!‹«

»Das mit ›Wie-heißt-er-noch‹ ist auf Ihrem eigenen Mist gewachsen«, sagte ich und gab mich erst einmal beleidigt. »Und ich habe den Artikel in der *News* noch nicht gelesen; er stand nicht in der Ausgabe, die wir ins Haus bekommen. Aber wenn dort Wolfe oder ich zitiert werden, dann müssen die sich das aus den Fingern gesogen haben.« Ich blätterte die Telefonnotizen auf meinem Schreibtisch durch. »Mal sehen – die *News* hat hier angerufen, und zwar um sechs Uhr fünfzig heute morgen. Fritz ist an den Apparat gegangen, aber ich habe noch nicht zurückgerufen. Sie sind das einzige Mitglied des vierten Standes, mit dem ich gesprochen habe.«

»Nein, man hat Sie nicht zitiert, und man hat vermutlich auch die Nichte nicht erreicht. Wir nehmen an, dieser Vollidiot von Rowcliff hat der *News* den Mist über Wolfe mitgeteilt und auch erklärt, daß Sie dort waren, als der Leichnam entdeckt wurde. Geben Sie mir etwas, in Gottes Namen! Wir brauchen einen starken Aufmacher für unsere Straßenausgabe, und außerdem steht mein Image zur Diskussion, bei dem Mann, der meine Gehaltsschecks unterschreibt.«

»Was schreibt denn die *News* über einen Verdächtigen?« fragte ich.

»Es heißt, daß die Polizei einen verhört«, antwortete Lon. »Sein Name ist Milner; er ist Geiger beim New York Symphony Orchestra. Der Mann unten in der Lobby behauptet, daß er der letzte Besucher bei Stevens war, bevor man seine Leiche fand.«

»Hören Sie, ich kann Ihnen wahrscheinlich nicht viel mehr geben als das, was Rowcliff der *News* hat zukommen lassen«, sagte ich.

»Sie können aber meinetwegen drucken, daß Maria Radovich unsere Klientin ist und daß wir den Fall untersuchen. Und wenn Sie wollen, kann ich Ihnen eine genaue Beschreibung der Wohnung geben, und wie es dort aussah, als ich Stevens dort liegend vorfand. Darüber hinaus gibt es nicht viel, was ich Ihnen ohne Einverständnis unserer Klientin mitteilen könnte. Übrigens, ich muß jetzt dann gleich mit ihr sprechen.«

»Da kommen Sie vermutlich nicht durch«, sagte Lon. »Einer unserer Leute versucht seit einer Stunde, sie zu erreichen; die Nummer ist ständig besetzt. Vielleicht hat sie einfach ausgehängt.«

Lon ließ sich meine Beschreibung der Wohnung durchgeben sowie ein paar andere Kleinigkeiten, die ich ihm vorzuwerfen wagte, und ich versprach ihm, mindestens eine Stunde lang bei keinem von den anderen Presseleuten zurückzurufen.

Was Maria betraf, hatte Lon mit seiner Vermutung recht. Ich versuchte mehrmals, bei ihr anzurufen, und die Nummer war stets belegt. Außerdem hielt ich Wort und sprach mit keinem der Reporter, die innerhalb der nächsten Stunde bei uns anriefen. Fritz nahm die Gespräche auf dem Apparat in der Küche entgegen und gab allen die gleiche Auskunft: Ich sei außer Haus, genau wie Wolfe. Als ich schließlich daranging, bei den Leuten zurückzurufen, bekam keiner von mir mehr als die nackten Knochen vorgesetzt.

Nach dem Durcheinander der Telefonate, ankommenden wie ausgehenden, hatte ich etwas Zeit, die Post zu öffnen und kurz an der Keimzeitenliste zu arbeiten, obwohl Fritz alle fünf Minuten hereinkam und versuchte, mich über den Fall auszuhorchen oder zu fragen, ob ich glaubte, daß Wolfe genug zu essen bekam.

Das Telefon hatte eine Weile nicht geklingelt, und ich hatte wieder einmal das Belegtzeichen von Marias Anschluß gehört, als das Summen des Aufzugs zu vernehmen war. Punkt elf Uhr kam Wolfe herein, mit zwei Zweigen Ondontoglossum für die Vase, aber da wir zuvor schon miteinander gesprochen hatten, machte er sich diesmal nicht die Mühe, zu fragen, wie ich geschlafen habe, und das war mir ganz recht. Immerhin war ich noch etwas verstimmt wegen der gelangweilten Schau, die er oben in seinem Schlafzimmer abgezogen hatte.

Nachdem er sich in seinem Sessel niedergelassen und nach Bier geklingelt hatte, drehte ich mich um und schaute ihn an. »In der letzten Morgenausgabe der *Daily News* steht etwas über den Mord; Lon meint, Rowcliff hätte es der Zeitung mitgeteilt, und wir kommen beide in der Story vor. Ich habe Lon noch ein paar Farbtupfer verraten; die anderen Zeitungen und die Fernsehsender habe ich dagegen ziemlich hart abserviert. Außerdem versuche ich seit einer Stunde, Maria telefonisch zu erreichen, doch bei ihr ist ständig besetzt.«

Fritz kam herein mit zwei Flaschen Bier und einem Glas auf einem Tablett. Als er es vor Wolfe auf den Schreibtisch stellte, klingelte es an unserer Haustür.

Es war sechs Minuten nach elf – ich schaute auf die Uhr, um danach genau darüber berichten zu können. Wolfe und ich sahen uns an, und ich ging zur Tür, aber ich wußte schon, bevor ich aufgestanden war, wer auf der anderen Seite des Einwegfensters stand. Immerhin war es, was meine Wette betraf, befriedigend, das rötliche, wütende Gesicht zu sehen. Wie erwartet, begehrte Lionel T. Cramer von der Mordkommission Manhattan Süd Einlaß.

»Kommen Sie herein, Inspektor«, sagte ich und grinste dazu. »Ob Sie's glauben oder nicht, wir haben erst heute morgen von Ihnen gesprochen und versucht, uns zu erinnern, wann Sie uns zuletzt die Ehre Ihres Besuchs zuteil werden ließen. Mr. Wolfe und ich kommen uns wahrhaftig vernachlässigt vor, und –«

Ich brach ab, weil er mich völlig ignorierte und durch die Halle ins Büro schoß, ohne auch nur den Mantel abzulegen. Er steuerte direkt auf den roten Ledersessel zu, setzte sich, nahm eine Zigarre aus der Brusttasche seines Jacketts und steckte sie sich unangezündet zwischen die Zähne.

»Gott steh' mir bei, ich hätte nie gedacht, daß ich noch einmal diesen Raum betreten würde«, zischte er dann Wolfe an. »Ich dachte ehrlich, ich hätte dieses Haus zum letztenmal von innen gesehen.«

»Ja, es ist lange her«, sagte Wolfe. »Wenn ich mich recht erinnere, haben Sie mich bei Ihrem letzten Besuch zu diesem Raum beglückwünscht und mir erklärt, was es für ein gutes Arbeitszimmer sei. Außerdem haben Sie, glaube ich, dem Globus einen Schubs gegeben, daß er sich eine Weile drehte. Leisten Sie mir Gesellschaft bei einem Glas Bier?«

»Nein, verdammt, ich will kein Bier«, sagte Cramer und warf einen Blick auf den großen Gouchard-Globus in der Ecke. Cramer sah genauso aus wie vor zwei Jahren, als ich ihm das letzte Mal begegnet war. Sein Haar war so grau und zerwühlt wie damals, und er hatte höchstens ein paar Zentimeter bei seinem ohnehin ziemlich dicken Wulst um den Bauch zugelegt. Aber er bewegte sich noch immer schnell für einen so wuchtigen Mann, und seine Augen hatten nichts von ihrer Schärfe verloren. Trotz all ihrer Streitigkeiten und Fehden im Lauf der Jahre empfanden er und Wolfe voreinander durchaus Achtung und Respekt.

›Mr. Cramer repräsentiert die besten Eigenschaften eines Gesetzeshüters‹, hatte Wolfe einmal in einem seiner seltenen Lobeshymnen erklärt. ›Sicher, er ist impulsiv und aufbrausend, aber dahinter – und das ist wichtiger – steht ein Mann, der ehrlich, mutig, einsatzfreudig und von unerbittlichem Stolz erfüllt ist, was die Polizei von New York betrifft. Er haßt Übeltäter und Versager innerhalb ihrer Reihen und lebt unter der ständigen Sorge, er könnte eines Tages verantwortlich sein für einen Justizirrtum.‹ Genug der Hymnen von damals. Im Augenblick zeigte Cramer die aufbrausende Impulsivität seines Charakters.

»Sie wissen genau, weshalb ich hier bin«, fuhr er Wolfe an und kaute dabei an seinem Glimmstengel. »Ich hätte es nicht glauben sollen, daß Sie und Goodwin den Beruf tatsächlich an den Nagel gehängt haben. Es war wirklich zu ruhig und friedlich in den letzten paar Jahren, aber nun haben wir es mit einem der größten Mordfälle in der Geschichte dieser Stadt zu tun, und ich sitze schon wieder hier!

Dabei hätte ich gedacht, daß Sie nach dieser Cather-Sache erledigt seien«, fuhr Cramer fort und beugte sich nach vorn in seinem Sessel. »Ich habe Sie noch nicht gefragt, wie man sich fühlt, wenn man einen Killer als Mitarbeiter hat, dem man ein Gehalt bezahlt –«

»Mr. Cramer!« Wolfe spuckte ihm die Worte ins Gesicht und schlug mit der Handfläche so kräftig auf die Schreibtischplatte, daß sowohl Cramer als auch ich in die Höhe fuhren. »Habe ich Sie jemals verantwortlich gemacht für die Missetäter, ja, Verbrecher, die bei der Polizei arbeiteten – einige davon sogar bei der Mordkommission? Habe ich Sie je gefragt, wie man sich fühlt, wenn einer Ihrer eigenen Lieutenants seine Frau und seine Kinder ermordet und sich dann selbst den Todesschuß verpaßt? Archie« – er wandte sich abrupt an mich –, »wie viele Mitarbeiter waren im Lauf der Jahre hier bei uns engagiert?«

»Vier oder fünf regelmäßig und fünfzehn oder zwanzig bei Gelegenheit, schätze ich. Ich könnte nachsehen.«

Wolfe schüttelte den Kopf. »Alle diese Männer – ausgenommen Mr. Cather – haben sich stets ehrenvoll, anständig und mutig verhalten, und einer von ihnen wurde sogar in Ausübung seiner Pflichten getötet«, sagte Wolfe. Damit bezog er sich auf Johnny Keems, der vor Jahren bei der Arbeit an einem Fall von einem Auto überfahren wurde. »Soll ich jetzt verantwortlich gemacht werden für die Taten eines einzigen unter den vielen, die ich im Lauf der Jahre bei mir angestellt hatte? Ich bitte Sie, Mr. Cramer.« Wolfe trug wieder einmal dick auf.

»Okay, regen Sie sich doch nicht gleich auf«, lenkte Cramer ein. Sein Gesicht war noch dunkler rot geworden als bei seiner Ankunft. »Außerdem ist das alles Vergangenheit. Weshalb ich hier bin – und das wissen Sie –, ist Gegenwart: der Mord an Milan Stevens.«

»Wir hatten Sie erwartet«, sagte Wolfe. »Und wir schenken Ihnen unsere uneingeschränkte Aufmerksamkeit.«

»Das freut mich aber ungemein«, erwiderte Cramer. »Sie wissen, daß ich erneut Ihre Konzessionen zurückziehen könnte, weil Sie der Polizei Beweismaterial verheimlichen. Ich bin hier wegen dieser Briefe. Hätten Sie sie uns rechtzeitig übergeben, statt den Schlauen zu spielen, wäre Stevens noch am Leben.«

»Ich bitte Sie, Mr. Cramer!« sagte Wolfe und drehte eine Hand um. »Nehmen wir einmal an, nur für den Augenblick, wir hätten Ihnen diese Zettel übermittelt, nachdem Miss Radovich sie in meine Verwahrung gegeben hatte. Können Sie wirklich ernsthaft behaupten, diese drei Briefe hätten Sie veranlaßt, eine große Aktion in die Wege zu leiten, um den eventuellen Mörder zu finden? Oder hätten Sie sie, was ich stark vermute, als das Werk eines Verrückten abgetan? Und selbst wenn Sie eine Suche nach dem Verfasser in die Wege geleitet hätten – wo hätte die geendet?«

»Genau da, wo wir jetzt stehen«, sagte Cramer. »Mit einem dringend der Tat verdächtigen Gerald Milner in der Untersuchungshaft.«

»Ach, tatsächlich?« sagte Wolfe und zog die Augenbrauen hoch. »Haben Sie schon Anklage gegen Mr. Milner erhoben, wegen Mordes?«

»Das wissen Sie ganz genau«, sagte Cramer sehr laut. »Wir haben ihn heute in den frühen Morgenstunden verhaftet.«

»Hat er denn die Tat gestanden?« fragte Wolfe.

»Nein, aber er ist inzwischen so durcheinander, daß er, wenn ich mich nicht sehr irre, im Laufe des Tages ein Geständnis ablegen wird. Der Mann im Foyer des Hauses, in dem Stevens eine Wohnung hat, sah ihn hinauffahren, und wir haben seine Fingerabdrücke in der Wohnung feststellen können. Er ist ohne Zweifel der Täter. Übergeben Sie mir jetzt diese Zettel.«

»Selbstverständlich. Archie, bitte holen Sie sie aus dem Safe, und übergeben Sie sie Mr. Cramer. Na, da sieht es ja ganz so aus, als ob Ihr Fall rasch gelöst wäre, und ich kann Ihnen gratulieren. Haben Sie Milner schon ein Motiv nachweisen können?«

»Zum Teufel, ja«, sagte Cramer, während ich ihm einen Umschlag gab, in dem sich die Zettel befanden. »Wir haben uns bereits mit mehreren Orchestermitgliedern unterhalten, die hörten, wie Stevens vor etwa sechs Wochen nach einer Probe Milner angebrüllt hat. Sieht so aus, als ob Milner Stevens' Nichte heiraten wollte, und als der Alte dahinterkam, wurde er ganz wütend, weil er glaubte, daß Milner ihrer nicht wert sei. Danach hat er Milner bei den Proben immer schikaniert, auf ihm herumgehackt und versucht, ihn vor allen anderen zu blamieren.«

»Und was sagt Mr. Milner über den vergangenen Abend?« fragte Wolfe.

»Er behauptet, Stevens hätte ihm eine Notiz geschickt und darin gebeten, daß Milner ihn in seiner Wohnung besuchte. Milner sagt, er nahm an, daß Stevens mit ihm über Maria sprechen wollte. Als er aus dem Lift stieg – so behauptet er jedenfalls –, habe die Wohnungstür offengestanden. Er habe Stevens' Namen gerufen, und als niemand antwortete, sei er hineingegangen und habe Stevens tot auf dem Boden in seinem Arbeitszimmer liegen gesehen. Er erklärte, daß er daraufhin in panischer Angst davongerannt sei«, sagte Cramer. »Er stellt es so dar: Er ist hinausgelaufen aus der Wohnung, hat die Tür offengelassen, ist mit dem Lift hinuntergefahren und dann stundenlang durch die Straßen geirrt, während er sich überlegte, was er tun sollte. Unsere Leute warteten in seiner Wohnung in Queens schon auf ihn, als er um halb zwei Uhr morgens dort ankam.«

Wolfe nickte. »Sie haben ihn vermutlich ins Präsidium gebracht, während Lieutenant Rowcliff noch Mr. Goodwin verhörte.«

Cramer stieß einen unterdrückten Fluch aus. »Und da fragt er sich, warum er noch nicht zum Captain befördert worden ist! Einer der Prominenten in dieser Stadt wird ermordet, und dieser Idiot meint, er könnte den Fall allein bearbeiten. Nicht, daß Goodwin kein zweistündiges Verhör verdient hätte, aber die Zeit, die Rowcliff für ihn vergeudet hat, wäre besser genutzt gewesen, wenn... Ach, zum Teufel damit. Wenn Sie mich zitieren, ich habe kein Wort davon gesagt. Und außerdem bin ich froh, daß diese Geschichte so schnell erledigt wurde. Andernfalls hätte man uns ganz schön eingeheizt. Der Bürgermeister hätte dem Polizeipräsidenten in den Hintern getreten, und der hätte den Tritt an jeden in der Mordkommission weitergegeben; außerdem hätten die Journalisten in den Zeitungen tagelang durchgedreht.«

»Wie gesagt, man kann Ihnen nur gratulieren«, bemerkte Wolfe.

»Ja, danke. Für Sie ist das freilich keine große Hilfe. Kann sein, daß ich nun wirklich zum letztenmal in diesem Büro gewesen bin.« Cramer stand auf und schaute sich um.

»Das hoffe ich nicht«, sagte Wolfe. »Ich habe mich stets aufrichtig über Ihre Besuche gefreut.«

»Das ist mehr, als ich behaupten kann«, antwortete Cramer. »Ja, dann...« Er schaute den großen Globus an und überlegte sich wohl, ob er ihm noch einmal einen Schubs geben sollte, damit er sich drehte. Nach ein paar Sekunden zuckte er mit den Schultern und ging hinaus, die Zigarre immer noch unangezündet zwischen den Zähnen. Ich folgte ihm in die Halle, aber er war schon an der Haustür und draußen, ehe ich sie ihm öffnen konnte.

»Nun?« fragte ich Wolfe, als ich wieder in seinem Büro war.

»Mr. Cramer möchte unbedingt daran glauben, daß er den Mörder gefaßt hat«, sagte er. »Aber er macht sich Sorgen, ist sich seiner Sache keineswegs sicher. Und er ist viel zu ehrlich, als daß er den Weg des geringsten Widerstands wählen und einen Unschuldigen opfern würde, nur um den Druck seiner Vorgesetzten abzuwehren.«

»Die anonymen Drohungen«, erinnerte ich Wolfe.

»Natürlich.« Er nickte. »Die komplizieren die Situation, und das ist Mr. Cramer vermutlich klar. Warum würde ein Mörder, sei es nun Mr. Milner oder sonst jemand, seinem Opfer vorher drei Warnungen zukommen lassen?«

»Vielleicht stammen die Zettel von jemand anderem«, wandte ich ein. »Ein zufälliges Zusammentreffen. Stevens hatte offenbar viele Kritiker.«

»Pah!« Wolfe wischte meinen Einwand mit einer ausladenden Handbewegung beiseite. »Ohne Frage ist die Person, welche die Briefe geschrieben hat, auch der Mörder. Aber können Sie sich vorstellen, daß Sie so etwas täten, wenn Sie vorhätten, jemanden umzubringen?«

»Nein«, antwortete ich. »Zuviel Mühe, und, wie Sie sagten, es bringt das Opfer dazu, daß es auf sich aufpaßt.«

»Ihre Reaktion ist normal«, sagte Wolfe und legte eine Hand mit der Handfläche nach unten auf die Schreibunterlage. »Vermutlich würde ich ebenso reagieren. Aber derjenige, der Milan Stevens umgebracht hat, verachtete ihn so sehr, daß er die Briefe als zusätzliches Mittel benutzte, um sein Opfer zu quälen. Außerdem war sich der Mörder seines Erfolgs so sicher, daß er – oder sie – das Gefühl hatte, dieses zusätzliche Maß an sadistischer Befriedigung wiege stärker als jede Gefahr, die für ihn damit verbunden war.« Er warf einen Blick auf die Wanduhr. »Versuchen Sie noch einmal, Miss Radovich zu erreichen.«

Ich drehte mich um und wählte die Nummer, während Wolfe seinen Zweithörer abhob. Diesmal ertönte der Freiton statt des Besetztzeichens, und eine weibliche Stimme, die ich nicht kannte, kam an den Apparat.

»Bedaure, aber Miss Radovich ruht und kann nicht gestört werden«, sagte sie.

»Können Sie ihr bitte sagen, Mr. Goodwin ist am Apparat?«

»Wirklich, sie ist nicht –«

»Sagen Sie es ihr wenigstens, und lassen Sie sie selbst entscheiden, ob sie das Gespräch annehmen will oder nicht.«

Die Frau verließ das Telefon. Nach etwa einer Minute meldete sich Maria. »Ich weiß, daß Sie in den letzten zwölf Stunden die Hölle durchgemacht haben«, begann ich, »aber Mr. Wolfe möchte dringend mit Ihnen sprechen. Können Sie heute nachmittag zu uns kommen?«

»Ja, ich – ich wollte schon bei Ihnen anrufen. Ich habe Schlaftabletten genommen und bin eben erst aufgewacht. Ich wollte Sie dringend sehen und mit Ihnen über Jerry sprechen. Wann soll ich kommen?« fragte sie mit etwas schleppender, benommener Stimme.

»Paßt Ihnen drei Uhr nachmittags?« fragte ich. Es war eine Frage, die ebenso Wolfe wie Maria galt. Er nickte, und sie versprach zu kommen. Dann legte ich den Hörer auf und drehte mich um, weil ich noch mit ihm darüber reden wollte, aber er hatte seine Nase bereits in ein Buch gesteckt, wo sie blieb, bis Fritz verkündete, daß der Lunch serviert sei.

8

Nach dem Lunch ging ich hinüber in die Eighth Avenue und holte die Nachmittagsausgaben der Zeitungen. Sowohl die *Gazette* als die *Post* benützten den Mordfall als großen Aufmacher, und jede hatte ein Foto von Stevens auf der Titelseite. Die Story in der *Gazette* sprang dann gleich in den Innenteil, auf eine Seite, wo sich außerdem Artikel über Stevens' künstlerische Laufbahn und über Gewaltverbrechen im heutigen New York fanden. Auch Wolfes Rolle wurde angedeutet, einschließlich der Fotos von uns beiden. Das, was ich Lon mitgeteilt hatte, fand sich überwiegend in der Aufmacher-Story, mit einer Skizze des Arbeitszimmers und der Stelle, an der wir Stevens' Leichnam entdeckt hatten. Maria allerdings wurde nirgends zitiert. Es hieß, sie habe sich ›zurückgezogen‹.

In keiner der Zeitungen wurde Gerald Milner erwähnt, dafür stand in jeder, daß der Polizeipräsident und der Staatsanwalt eine gemeinsame Pressekonferenz für drei Uhr nachmittags anberaumt hätten, um ›eine entscheidende Entwicklung bei der Untersuchung des Falles bekanntzugeben.‹ Mittlerweile schlugen mehrere Bürgervertreter Alarm, und einer hatte der Presse die Frage gestellt: ›Was ist das für eine Stadt, wo nicht einmal die berühmtesten und prominentesten Bürger in ihren eigenen Häusern sicher sind?‹ Der Bürgermeister nannte den Mord ›eine schreckliche, sinnlose Tragödie‹, erklärte aber, er habe volles Vertrauen in die Polizei, der es zweifellos gelingen werde, den Mörder zu finden und zur Rechenschaft zu ziehen.

Wolfe saß an seinem Schreibtisch und las, als ich zurückkam. »Jetzt steht es in allen Zeitungen«, sagte ich und legte sie vor ihm auf den Schreibtisch. »Übrigens finde ich, wir sollten der Presse neue Fotos zur Veröffentlichung anbieten. Dem Ihren fehlen die grauen Schläfen, während das meine mich älter macht, als ich –«

»Archie, Mund halten!«

»Jawohl, Sir. Jedenfalls, der Präsident und der Staatsanwalt haben eine Pressekonferenz für drei Uhr anberaumt – zu der Zeit, wo wir hier Maria erwarten. Nach dem, was Cramer gesagt hat, wird man die Tat bestimmt Milner anhängen. Soll ich Lon anrufen und ihn bitten, daß er uns verständigt, sobald sein Reporter die Story durchgegeben hat?«

Wolfe nickte, während er die oberste Zeitung aufschlug und mit der Lektüre begann. Wie fast jeder andere Mensch sieht er seinen Namen gern gedruckt, also blätterte er rasch weiter zu der Seite, wo unsere Fotos prangten. Er las eine Minute lang, blickte dann hoch. »Angenommen, Mr. Milner wird des Mordes angeklagt – wird man eine Kaution festlegen?«

»Wahrscheinlich«, antwortete ich. »Aber bestimmt eine sehr hohe.«

Ich hatte damit gerechnet, daß Maria früh dran sein würde, daher wunderte ich mich nicht, als unsere Türglocke um sieben Minuten vor drei klingelte. Durch die Einwegscheibe sah ich, daß sie allein war und trotz des bedeckten Tages eine dunkle Sonnenbrille trug. Ich öffnete ihr die Tür, schenkte ihr ein mitleidiges Lächeln und half ihr aus dem Mantel.

Ich will nicht behaupten, daß Wolfe niemals bei der Begrüßung von Frauen aufsteht, aber es kommt zumindest nicht oft vor. An diesem Tag jedoch war er auf den Füßen, als Maria das Büro betrat, und blieb stehen, bis ich sie in dem roten Ledersessel geparkt hatte.

»Ich darf Sie unseres aufrichtigen Mitleids versichern«, sagte er. »Ich kann nichts sagen zu den musikalischen Leistungen Ihres Onkels, da mir in diesem Punkt keine Vergleichsmöglichkeiten zur Verfügung stehen, aber ich weiß, daß er ein Mann von großem Engagement, Charakter und Mut war, und dies sind keine Worte, die ich sorglos benütze.«

»Danke«, sagte Maria mit rauher Stimme. Sie ließ die Sonnenbrille auf der Nase.

»Überflüssig, zu erwähnen«, fuhr er fort, »daß wir alle, Sie, ich und Mr. Goodwin das gleiche wollen: die Festnahme und Verurteilung des Täters, wer immer es sein mag. Aber bevor wir fortfahren, möchte ich eines klarstellen.

Inspektor Cramer von der Mordkommission war heute vormittag hier, und er ließ durchblicken, daß Mr. Goodwin und ich zumindest indirekt verantwortlich seien für den Tod Ihres Onkels, weil wir die an ihn gerichteten Drohbriefe nicht unmittelbar an die Polizei gegeben haben. Stimmen Sie dem Inspektor in diesem Punkt zu?«

»Nein – ganz und gar nicht«, sagte Maria und beugte sich vor. »Selbst wenn wir gegen seinen Wunsch diese Zettel der Polizei übergeben hätten, wäre Onkel Milos keinesfalls bereit gewesen, sich irgendwelchen Anordnungen zu fügen. Er hätte erklärt, es handle sich um kompletten Unsinn.«

»Das entnahm ich dem, was Sie bei Ihren früheren Besuchen sagten«, erklärte Wolfe. »Aber ich wollte noch einmal Ihr Vertrauen in uns bestätigt wissen.«

»Darüber gibt es keinen Zweifel«, erwiderte Maria. »Als ich das erste Mal hierherkam, bat ich Sie, herauszufinden, wer diese Briefe geschrieben hat. Diesmal bitte ich Sie, einen Mörder zu finden, und ich nehme an, daß ich jetzt... Ich bin in der Lage, jedes Honorar, das Sie fordern, zu bezahlen.« Sie schaute hinunter auf ihre Hände, die sie in den Schoß gelegt hatte, und zuckte mit den Schultern. »Ich weiß, daß es nicht Jerry gewesen sein kann. Ich bin hundertprozentig sicher. Er ist einfach nicht...« Sie verstummte.

»Madam«, sagte Wolfe, »erstens darf ich sie bitten, sich keine Gedanken zu machen, was unsere Bezahlung betrifft. Wie ich bei Ihrem vorherigen Besuch sagte, ich bin Ihrem verstorbenen Onkel in beträchtlichem Umfang zu Dank verpflichtet. Und zweitens: wenn ich eine Untersuchung übernehme, kann es keine Einschränkungen irgendwelcher Art geben. Es könnte sein, daß Mr. Milner tatsächlich schuldig ist. Falls das –«

»Nein!« unterbrach ihn Maria. »Gewalt gehört nicht zu seinem Charakter.«

»Im Lauf der Geschichte hat die Leidenschaft nicht selten gerade die sanften Wesen zu extremen Gewaltakten getrieben«, bemerkte Wolfe trocken. »Ich will damit nur darlegen, daß alle Informationen, die wir im Verlauf unserer Untersuchung zutage fördern, zuletzt an die Polizei weitergegeben werden müssen, so unangenehm die Wahrheit für uns oder für Sie sein mag. Aber da wir jetzt zum Thema Mr. Milner gekommen sind und da die Polizei ihn als Hauptverdächtigen ansieht, habe ich ein paar Fragen an Sie.«

Maria nickte.

»Als Sie das erste Mal in diesem Sessel saßen, war deutlich zu erkennen, daß Ihre Sorge wegen der Briefe sich zumindest teilweise auf denjenigen richteten, der sie geschrieben hatte. Fürchteten Sie, Mr. Milner könnte der Verfasser gewesen sein?«

»Mr. Wolfe, ich habe mir um meinen Onkel Sorgen gemacht.« Maria nahm die Sonnenbrille ab und lehnte sich in dem großen Sessel zurück. Sie sah aus, als ob sie tagelang nicht geschlafen hätte.

»Und mit gutem Grund, wie sich herausstellte«, sagte Wolfe. »Madam, wir müssen offen zueinander sein. Ich weiß, daß es zwischen Ihrem Onkel und Mr. Milner Unstimmigkeiten gegeben hat. Habe ich recht, wenn ich vermute, daß Sie der Anlaß dazu gewesen sind?«

»Ja. Ich habe Jerry vor einigen Monaten kennengelernt, als ich in der Symphony Hall auf meinen Onkel wartete. Danach trafen wir uns öfter, und...« Sie machte eine Geste, als könnte sie damit alles erklären.

»Wußte Ihr Onkel von dieser Freundschaft?« fragte Wolfe.

»Nein. Onkel Milos ist noch mit keinem einverstanden gewesen, der mich ausführte. Er hat mir einmal gesagt, daß Musiker furchtbare Ehemänner seien. Lange Zeit – das heißt, einige Monate lang – trafen wir uns heimlich. Aber –« Wieder gestikulierte Maria. »Aber wir haben uns verliebt, und Jerry sagte, daß er mich heiraten wollte.«

»Und was sagten Sie dazu?« fragte Wolfe.

»Ich sagte ihm, daß auch ich ihn heiraten möchte, aber Angst habe vor dem, was mein Onkel dazu sagen würde. Jerry meinte, er würde mit ihm darüber reden, doch ich entgegnete ihm, daß das Onkel Milos furchtbar wütend machen würde und daß es Jerrys Laufbahn beim Orchester schaden könnte.«

»Dennoch hat er mit Ihrem Onkel gesprochen?«

»Ja, vor etwa drei Wochen, und es kam genau so, wie ich es vorausgesagt hatte. Ich war nicht dabei, aber Jerry erzählte mir später, daß er nach einer Probe meinem Onkel in dessen Garderobe gefolgt ist und daß er ihm auf dem Weg dorthin über unsere Beziehung reinen Wein eingeschenkt hat. Onkel Milos ist furchtbar wütend geworden und hat Jerry angebrüllt, auf dem Korridor hinter der Bühne, wo es viele andere gehört haben.«

»Wann haben Sie davon gehört?« fragte Wolfe.

»Jerry hat mich gleich danach angerufen. Er sagte, Onkel Milos habe gedroht, ihn aus dem Orchester zu entfernen, und ihm gesagt, daß er leicht Ersatz für ihn finden könne. Jerry war sehr aufgeregt, als er mich anrief. Er meinte, er sei bereit, das Orchester zu verlassen, wenn es darauf ankäme, aber dennoch entschlossen, daß wir heiraten, egal, ob mein Onkel seinen Segen dazu gebe oder nicht. Ich entgegnete ihm, er solle, um Himmels willen, nichts tun, was seiner Laufbahn schaden könne. Ich wolle selbst mit meinem Onkel reden und sehen, ob ich ihn zur Vernunft bringen könne.

Onkel Milos kam eine Weile später nach Hause, aber bevor ich beginnen konnte, sagte er: ›Ich will nicht, daß du dich noch einmal mit diesem Milner triffst. Wie kannst du dich für so einen Mann interessieren? Er steht weit unter deinem Niveau, und er ist obendrein bestenfalls ein mittelmäßiger Musiker!‹ Er meinte, Jerry zeige wohl nur deshalb Interesse an mir, weil er hoffe, damit seine Position im Orchester verbessern zu können. Ich erwiderte, daß das Gegenteil der Fall sei und Jerry sei sich bewußt, daß seine Gefühle mir gegenüber sehr leicht seine Karriere zerstören könnten. Aber Onkel Milos wollte die Sache nicht mehr mit mir diskutieren.«

»Haben Sie das Thema später noch einmal angeschnitten?« fragte Wolfe.

»Ich habe es in den nächsten Tagen mehrmals versucht, aber er weigerte sich von da an strikt, auch nur ein Wort über Jerry zu sprechen. Wenn ich den Versuch unternahm, ist er einfach wortlos aus dem Zimmer gegangen.«

Das Telefon klingelte, und ich drehte mich um und nahm den Hörer ab. Es war Lon.

»Archie, unser Berichterstatter hat vor ein paar Minuten aus der Centre Street angerufen; es ist genauso, wie wir es uns gedacht haben. Milner wurde unter Mordanklage gestellt. Der Polizeipräsident und der Staatsanwalt haben den größten Teil der Pressekonferenz dazu benützt, sich gegenseitig zu der schnellen Arbeit zu gratulieren, und so weiter. Die Kaution wurde auf eine Viertelmillion Dollar festgesetzt. Ich muß weiter.«

»Vielen Dank«, sagte ich in geschäftsmäßigem Ton, legte auf und drehte mich zu Wolfe um. »Das war Mr. Wilson. Er hat angerufen, um die Einzelheiten unseres vorherigen Gesprächs zu bestätigen und zu sagen, daß der Preis bei zwei-fünf-null liegt.«

Wolfe nickte und wandte sich wieder an Maria. »Madam, ich werde jetzt eine Frage wiederholen, die ich vorhin schon einmal gestellt habe und der Sie ausgewichen sind. Als Sie bei Ihrem ersten Gespräch mit mir diese Briefe erwähnten, dachten Sie da nicht, sie könnten von Mr. Milner geschrieben worden sein?«

Sie atmete tief ein. »Ich... Ja, vermutlich. Jerry war so deprimiert über die Entwicklung, daß ich fürchtete, er könnte etwas Törichtes getan haben, nur um meinem Onkel Angst einzujagen. Aber er könnte niemals einen Menschen töten. Er –«

»Ja, ich weiß«, unterbrach Wolfe. »Sie brauchen Ihre Gefühle für Mr. Milner nicht noch eingehender zu beschreiben. Haben Sie diese Briefe jemals ihm gegenüber erwähnt?«

»Nein«, sagte Maria. »Ich sah keinen Grund, ihn – ihn noch mehr zu beunruhigen.«

»Lassen Sie mich jetzt eine weitere Frage wiederholen, die ich bei Ihrem letzten Besuch gestellt habe: Gab es jemanden beim Orchester, der Ihrem Onkel den Tod gewünscht hätte?«

»Ich kann es mir nicht denken. Wie ich damals sagte, es gab Spannungen und Eifersüchteleien, aber das ist bei großen Orchestern durchaus üblich. Mörderischer Haß – nein, das kann ich mir nicht vorstellen.«

Wolfe spitzte die Lippen. »Miss Radovich, waren Sie und Ihr Onkel zufrieden mit dem Haus, in dem Sie wohnten?«

»Ihn hat es nie sonderlich interessiert, wo wir uns aufhielten«, sagte Maria. »Als wir nach New York kamen, haben wir einige Monate in einem Hotel am Central Park South gewohnt, das bei Künstlern, vor allem Musikern, sehr beliebt ist. Es war nicht schlecht, aber Onkel Milos wollte etwas Größeres, also sind wir auf die Wohnung gekommen. Er hat sie gleich nach der Besichtigung gekauft. Ich fand sie keineswegs so schön, wie sie hätte sein sollen. Bei seinem Einkommen hätte er sich ein viel besseres Heim leisten können. Aber er war zufrieden damit. Mr. Remmers versuchte ihm klarzumachen, daß er in ein größeres, luxuriöseres Haus umziehen sollte. Er sagte, der Chefdirigent des New York Symphony Orchestras hätte etwas besseres verdient, aber mein Onkel ist – war – in manchen Dingen sehr stur. Und das Arbeitszimmer gefiel ihm sehr gut. Er sagte, es sei ein wunderbarer Ort, um sich auf die Arbeit zu konzentrieren. Und dann ist er ausgerechnet dort…« Maria hielt inne und schaute zu Boden, den Kopf auf die eine Hand gestützt.

»Fanden Sie die Sicherheitsvorkehrungen ausreichend?« fragte Wolfe.

Maria nickte. »Ja, ich glaube, obwohl Mr. Remmers auch sagte, wir sollten in ein Haus ziehen, in dem wir besser geschützt seien. Aber im Foyer sitzt stets ein Mann, der aufpaßt, und tagsüber gibt es auch noch einen Portier.«

»Ist tagsüber jemand in Ihrer Wohnung?«

»Wir haben ein Hausmädchen, das Montag bis Freitag zwischen zehn Uhr vormittags und drei Uhr nachmittags da ist«, sagte Maria.

»Gibt es auch eine Köchin?« fragte Wolfe.

»Nein, wir gehen normalerweise zum Essen aus, und manchmal habe ich etwas für uns beide zubereitet.«

Wolfe schnitt eine Grimasse. Der Gedanke, keinen Koch zu haben, der sich um sein leibliches Wohl sorgte, war ihm unerträglich. »Ich habe noch einen Termin«, sagte er und warf einen Blick auf die Wanduhr. »Doch bevor wir diese Besprechung abschließen, muß ich Ihnen mitteilen, daß gegen Mr. Milner Mordanklage erhoben worden ist.«

Maria erstarrte, zeigte aber sonst wenig Reaktion; wahrscheinlich hatten die beiden vergangenen Tage alle Gefühle in ihr ersterben lassen, und sie sah aus, als ob sie an der Grenze dessen angelangt sei, was sie ertragen konnte. »Ich muß ihn sprechen – ich habe nicht mit ihm gesprochen, seit… Bevor es geschehen ist.« Sie wandte sich an mich, dann wieder an Wolfe.

»Ich habe die Absicht, Mr. Milner gegen die geforderte Kaution in Freiheit setzen zu lassen«, sagte Wolfe. »Dann können Sie ihn sehen. Außerdem ist es unerläßlich, daß ich mit ihm spreche – und zwar hier. Brauche ich Ihre Hilfe, um ihn davon zu überzeugen, daß er zu mir kommen muß?«

»Jerry wird alles tun, worum ich ihn bitte«, antwortete Maria.

»Gut«, erwiderte Wolfe. »Noch eine Frage, bevor Sie gehen: Hätten Sie Mr. Milner auch gegen den Wunsch Ihres Onkels geheiratet?«

Maria hielt Wolfes Blick stand. »Ich war entschlossen, dieses eine Mal Onkel Milos die Stirn zu bieten«, sagte sie.

»Sehr gut. Mr. Goodwin und ich werden Sie über die Entwicklungen auf dem laufenden halten.« Zum zweitenmal an diesem Nachmittag stand Wolfe in Gegenwart einer Frau auf.

»Ich besorge Ihnen ein Taxi«, sagte ich, als ich ihr draußen in den Mantel half. »Ist jemand bei Ihnen?«

Maria verneinte. »Freunde haben mir vorgeschlagen, ich sollte ein paar Tage zu ihnen kommen, aber... ich wollte jetzt nicht bei anderen Leuten sein.«

»Sie sollten sich nicht allein in dieser Wohnung aufhalten. Ich kenne eine Freundin mit einer großen Wohnung, und sie würde sich freuen, wenn Sie eine Weile bei ihr wohnen würden. Sie ist nur selten zu Hause, und Sie wären völlig ungestört.«

Maria sträubte sich zunächst, aber ich überzeugte sie, indem ich ihr zu verstehen gab, daß sie sich besser vom Tatort fernhalten sollte. »Fahren Sie gleich hin; ich komme nachher vorbei und wir holen dann gemeinsam ein paar Sachen aus Ihrer Wohnung«, sagte ich, bevor ich sie in ein Taxi setzte und ihr Lily Rowans Namen und Adresse mitteilte. Als ich wieder hineinkam, stand Wolfe in der Halle.

»Rufen Sie Mr. Parker an«, sagte er. »Er soll Mr. Milner so schnell wie möglich aus dem Gefängnis holen. Ich will, daß Milner noch heute abend hierherkommt, nach dem Abendessen. Heben Sie die für die Kaution nötige Anzahlung von unserem Konto ab.« Nachdem er seine Rolle als leitendes Befehlsorgan erfüllt hatte, fuhr er mit dem Aufzug hinauf zu seiner zweistündigen nachmittäglichen Unterhaltung mit den Orchideen und überließ mir die profane Verantwortung, seine Anordnungen in die Tat umzusetzen.

9

Ich glaube, Nero Wolfe hat meine Rolle als Erfüller seiner Wünsche noch nie wirklich zu schätzen gewußt. Während der hundertzwanzig Minuten, in denen er oben auf dem Dach im Gewächshaus mit seinen Orchideen beschäftigt war, erledigte ich eilige Telefongespräche, sprang von einem Taxi ins andere und unterzeichnete einen Auszahlungsscheck über fünfundzwanzigtausend Dollar. Und als er dann mit dem Aufzug nach unten kam und sein Büro betrat, konnte ich mich lässig in meinem Sessel umdrehen und beiläufig sagen: »Alles erledigt. Milner ist frei und wird heute abend um neun Uhr hier sein.«

Nicht, daß meine Bemühungen völlig übersehen wurden. Immerhin sagte er: »Sehr zufriedenstellend«, als er sich hinsetzte, und das entspricht in etwa der Reaktion eines geringeren Sterblichen, der die Hacken zusammenknallt, Handstand mit Überschlag macht oder die beiden ersten Strophen von ›Yankee Doodle Dandy‹ singt.

Ich muß mich noch ein bißchen über die zwei Stunden auslassen, obwohl ich ein paarmal ausgesprochenes Glück hatte. In dem Augenblick, als sich die Lifttüren hinter Wolfe geschlossen hatten, war ich am Telefon, um Lily anzurufen, die zu Hause war. Glückszufall Nummer eins. Sie war nur mittelmäßig verschnupft darüber, daß ich ihr einen nicht vorangekündigten Hausgast schickte, der sozusagen während unseres Gesprächs schon unterwegs war zu ihrem Palast in der Park Avenue. Ihr Interesse wuchs allerdings, als sie hörte, daß es sich um die Nichte des jüngst dahingegangenen Dirigenten Milan Stevens handelte.

»Escamillo, darf ich annehmen, daß das etwas zu tun hat mit deiner Geistesabwesenheit von gestern abend?«

»Du darfst annehmen, was du willst, Liebste. Ich kann dir jetzt noch keine Details berichten, aber ich verspreche dir, daß das früher oder später nachgeholt wird. Inzwischen bitte ich dich, Maria herzlich aufzunehmen, damit sie sich einigermaßen zu Hause fühlt – etwas, das du wie niemand sonst fertigbringst. Ich brauche dir nicht zu schildern, in welchem Zustand sie sich befindet und daß etwas ungestörte Ruhe das beste für sie ist. Übrigens, sie kommt ohne Koffer.«

»Ich finde sicher etwas, das ihr paßt«, sagte Lily. »Mach dir keine Sorgen, sie wird hier einen Hafen der Stille und Sicherheit vorfinden. Wann höre ich wieder von dir? Und erhalte ich noch weitere Anweisungen?«

Ich versprach Lily, sie noch an diesem Abend anzurufen und sie vielleicht sogar zu besuchen. Dann rief ich Nathaniel Parker an, Wolfes langjährigen Anwalt – den einzigen Juristen, dem er vertraut. Er war in seinem Büro: Glückszufall Nummer zwei.

»Archie! Ich habe Monate nichts von euch gehört! Ist bei Ihnen und Wolfe alles in Ordnung?«

»Mehr oder weniger«, antwortete ich ihm. »Ich rufe in einer beruflichen Angelegenheit an, ob Sie's glauben oder nicht. Mr. Wolfe möchte die Kaution für Gerald Milner leisten – für den Mann, der angeklagt ist, Milan Stevens ermordet zu haben.«

»Was! Ich habe erst vor kurzem im Radio davon gehört. Ich... hören Sie, ich muß mindestens ein Dutzend Fragen stellen. Erstens: Wie hoch ist die Kaution?«

»Eine Viertelmillion«, sagte ich.

Parker gab ein Geräusch von sich, das zwischen einem Pfeifen und einem asthmatischen Schnaufen lag. »Das heißt, man braucht vermutlich fünfundzwanzig Tausender, um ihn aus der Untersuchungshaft zu befreien.«

»Kein Problem«, sagte ich. »Hören Sie, unsere Bank schließt in knapp einer Stunde, und wir wollen Milner noch heute herausholen. Können wir uns in einer Viertelstunde in der Zweigstelle der Metropolitan Trust Company an der Vierunddreißigsten Straße treffen?«

Parker machte daraufhin einen etwas benommenen Eindruck, aber er meinte, er würde einen Termin absagen und hinkommen. Ich gab Fritz den Auftrag, alle Anrufe entgegenzunehmen, und war aus der Tür auf der Suche nach einem Taxi, das ich erstaunlich schnell erwischte. Glückszufall Nummer drei. Der Verkehr war ungewöhnlich schwach für die Tageszeit, also erreichte ich die Bank innerhalb von zehn Minuten. Ich wartete vor dem Eingang, und gleich danach hielt ein anderes Taxi am Randstein: Nathaniel Parker, der Anwalt, stieg aus und entfaltete seine Einsneunzig. »Gut, Sie zu sehen, Archie, trotz der... Sagen wir, der *außergewöhnlichen* Umstände«, erklärte er und streckte mir seine große Hand entgegen. »Ich habe vorhin noch bei Gericht angerufen, und wie vermutet, sind sie mit zehn Prozent der gesamten Summe zufrieden – das heißt, Sie müssen fünfundzwanzig Riesen ausspucken.«

Danach lief alles wie am Schnürchen. Ich ging hinein, sprach mit Mr. Tucker, dem Zweigstellenleiter, der Mr. Wolfe und mich seit Jahren betreut, und zehn Minuten später hatte Parker den Scheck in der Tasche und war schon unterwegs, um Gerald Milner aus dem Gefängnis auf Ryker's Island zu befreien, während ich in einem Taxi zu Lily Rowans Wohnung fuhr.

Lily war überrascht, mich so bald zu sehen, und teilte mir mit, daß Maria eingetroffen sei und sich hingelegt habe. »Du wirst noch einen Besuch bekommen, aber nicht als Hausgast«, erklärte ich ihr und schaute auf meine Armbanduhr. »Wenn alles glattläuft, kommt der Mann, der des Mordes an Milan Stevens angeklagt ist, in der nächsten halben Stunde durch diese Tür.«

Es ist nicht leicht, Lily Rowan zu schockieren, aber diesmal war es mir rundum gelungen. Sie riß den Mund auf, und ihre ersten Worte lauteten: »Jetzt brauch' ich erst mal einen Schluck.« Ich fand, daß auch ich einen verdient hatte, und nachdem ich zwei Scotch mit Wasser gemixt hatte, saßen wir in Lilys Wintergarten, und ich schilderte die Situation in Umrissen. Ich dachte, daß ich es ihr inzwischen schuldig war. Lily läßt sich von nichts für längere Zeit durcheinanderbringen, und ich sah bald, wie ihre Augen funkelten, als sie merkte, daß sie nun endlich in die Sache eingeweiht wurde. Wir hatten gerade ihre Rolle für den Abend abgesprochen, als der Anruf von unten kam: Mr. Nathaniel Parker und ein zweiter Gentleman wollten Miss Rowan sprechen.

Lily war sehr aufgeregt, während wir darauf warteten, daß der Aufzug die beiden nach oben brachte. Ich gebe zu, auch ich war ein bißchen nervös und vor allem neugierig, was für ein Typ dieser Gerald Milner sein mochte. Ich kann nicht behaupten, daß er einen guten ersten Eindruck hinterließ, aber das konnte daran liegen, daß es ungünstig ist, wenn zwei Männer von so unterschiedlicher Größe gleichzeitig einen Raum betreten. Der kleinere – und Milner stand dem Anwalt um mindestens zwanzig Zentimeter nach – heimst dann automatisch seine zwei bis drei Minuspunkte ein. Als ich mich an seine Körpergröße gewöhnt hatte – er reichte Parker knapp bis an die Schultern –, begann ich Milner zu mustern: eine dicke Hornbrille, sandfarbenes Haar, das ihm ins Gesicht fiel, etwas hängende Schultern und eine düstere Miene, was unter den gegebenen Umständen verständlich war. Er trug einen blauen Anzug und ein weißes Hemd, das er am Kragen aufgeknöpft hatte, und wirkte völlig verloren.

»Mr. Milner, das sind Miss Lily Rowan und Mr. Archie Goodwin«, stellte uns Parker förmlich vor. Ich rechnete mit einer schlappen Hand und erlebte statt dessen einen überraschend kräftigen Händedruck. Einen Punkt auf das Pluskonto, dachte ich; trotzdem weiß ich noch nicht, was Maria an dir findet, mein Freund.

»Mr. Milner, Mr. Parker, bitte kommen Sie herein und nehmen Sie Platz«, sagte Lily und deutete auf ihr Wohnzimmer von der Größe eines mittleren Ballsaals. »Ich bin sicher, Sie trinken beide einen Schluck mit uns; Mr. Goodwin wird Sie bedienen.« Sie lächelte mich anmutig an, und ich ging zur Hausbar. Parker trank wie üblich einen Dry Martini, und Milner, der sich fragen mußte, was, zum Teufel, da eigentlich vor sich ging, bat um einen Sherry. Ich schenkte Lily und mir noch Scotch mit Wasser nach, dann setzten wir uns und schauten einander an.

»Hat es Probleme gegeben?« fragte ich Parker. »War jemand von der Presse da, als Sie die Kaution hinterlegten?«

»Keine Menschenseele«, antwortete der Rechtanwalt. »Es ist ganz glattgelaufen. Obwohl –« Er wandte sich Milner zu. »Obwohl ich glaube, dieser Gentleman war höchst überrascht, sich so schnell wieder in Freiheit zu sehen.«

»Ja«, bestätigte Milner mit kräftiger, voller Stimme, die nicht unbedingt zu seiner Erscheinung paßte. »Ich weiß noch nicht, wem ich dafür danken muß und warum. Natürlich bin ich sehr froh darüber, aber –«

Er brach ab und starrte über meine linke Schulter. Ich drehte mich um und sah Maria in der Tür stehen, in einem Morgenmantel. Die beiden schauten sich an, ohne ein Wort zu verlieren, und schließlich lief Maria zu uns herüber und umarmte Milner, der blitzschnell aufgesprungen war. »Ich habe mir solche Sorgen gemacht«, sagte sie und begrub ihr Gesicht an seiner Brust.

»Ist ja gut«, tröstete er sie. »Wenn du nur weißt, daß ich es nicht getan habe – dann ist alles gut.«

Lily stand da und schaute Parker und mich an. »Gentlemen, ich schlage vor, wir trinken drüben im Wintergarten weiter und lassen die beiden ein paar Minuten allein.«

Wir gingen folgsam hinaus, aber Maria und Milner nahmen es kaum zur Kenntnis. In diesem Augenblick hätten sie nichts wahrgenommen, was weniger als sieben Maßeinheiten auf der nach oben offenen Richter-Skala entsprach. »Ich weiß, Sie haben eine Menge Fragen an mich über das, was hier vor sich geht«, sagte ich, nachdem wir es uns im Wintergarten gemütlich gemacht hatten. »Aber ich muß jetzt schleunigst nach Hause und jemandem Bericht erstatten – dreimal dürft ihr raten, wem! Sobald es mir möglich ist, werde ich alles erklären, ja? Und du behältst die beiden Liebenden zum Abendessen, okay?« Ich fragte Lily, und sie nickte. »Gut. Mr. Wolfe möchte Milner um neun Uhr sehen. Ich schlage vor, ihr kommt zu dritt mit dem Taxi zu uns, denn ich bezweifle, daß Romeo und Julia längere Zeit voneinander getrennt sein möchten, und du, Lily, kannst dich ja im vorderen Zimmer mit Maria unterhalten, während wir uns Milner vornehmen. Ich glaube kaum, daß Milner etwas dagegen haben wird, vor allem dann nicht, wenn Maria ihm klargemacht hat, daß wir diejenigen sind, die ihn befreit haben.«

Dann wandte ich mich an Parker. »Sie haben gesagt, alles sei glattgegangen, als Sie Milner freibekommen haben. Heißt das auch, daß Mr. Wolfes Name in keiner Weise mit der Kaution in Zusammenhang gebracht wurde?«

»Richtig, Archie, obwohl natürlich jeder in der Stadt weiß, daß ich Nero Wolfes Anwalt bin, so daß man kein besonderes Genie zu sein braucht, um sich vorzustellen, wer dahintersteckt.«

»Das ist leider wahr«, sagte ich. »Aber so werden jedenfalls erst einmal Sie belästigt, bevor man zu uns kommt.« Parker lächelte und ließ uns merken, daß er mit dieser Art von Belästigung leicht fertig zu werden glaubte. Daraufhin standen wir beide auf und dankten Lily für ihre Gastfreundschaft.

»Nicht der Rede wert«, sagte sie mit leiser Stimme. »Ich habe ständig Hausgäste, die erst in letzter Minute angekündigt werden, und Mordverdächtige zum Dinner bei mir.«

Ich kratzte mich an der rechten Wange dicht unter dem Ohr und zwinkerte ihr zu, als wir hinausgingen. Parker und ich fuhren unserer Wege in verschiedenen Taxis, wobei mich das meine um Viertel vor sechs beim Backsteinhaus in der 35. Straße West ablieferte. Ich hatte noch Zeit, den Schreibtisch aufzuräumen, ehe Wolfe herunterkam und ich ihm sagte, daß alles erledigt sei.

Nach seinem »Sehr zufriedenstellend« klingelte er nach Bier und bat dann um einen mündlichen Bericht. Er interessierte sich besonders für den Eindruck, den Milner auf mich gemacht hatte. »Klein, mickerig, nicht gerade imposant anzusehen, aber er hat einen kräftigen Händedruck«, sagte ich. »Und er hat nur ein paar Sätze gesprochen, aber er hat etwas an sich, was ich sympathisch finde. Ihre nächste Frage lautet: Glauben Sie, daß er Stevens getötet hat? Rein gefühlsmäßig würde ich meinen, es steht neun zu eins dagegen, aber fragen Sie mich nicht, wie ich darauf komme – außer, daß ich glaube, er könnte allein wegen seiner geringen Körpergröße nichts töten, was wesentlich größer ist als eine erwachsene Mücke.«

Wolfe schenkte die erste Flasche Bier in sein Glas und trank es zur Hälfte aus. »Vorausgesetzt, ich bilde mir eine ähnliche Meinung, nachdem ich mit Mr. Milner gesprochen habe, so schlage ich vor, daß wir ihn hierbehalten, zumindest für diese Nacht. Und – halten Sie es für unbedingt notwendig, daß Miss Radovich und Miss Rowan ihn hierher begleiten?«

Ich sagte ja, es sei eine gute Idee, wenn sie dabei wären. Denn Maria würde dafür sorgen, daß Milner auch wirklich käme, und Lily war ihrerseits die Garantie dafür, daß die beiden Liebenden es sich nicht in letzter Minute anders überlegten und in irgendein Traumland der Sehnsucht flögen. Wolfe zuckte mit den Schultern und fügte sich in die peinliche Vorstellung, gleich zwei Frauen ein paar Stunden lang unter seinem Dach beherbergen zu müssen. Der Gedanke daran genügte ihm, um noch einmal nach Bier zu klingeln.

10

Ich würde gern berichten, daß Wolfes Besprechung mit Gerald Milner produktiv und anregend verlaufen wäre, doch das wäre eine Übertreibung gewesen. Dabei hatte der Abend recht gut angefangen. Die drei – Maria, Lily und Milner – waren Punkt neun Uhr eingetroffen, nachdem Wolfe und ich eine weitere Meisterleistung von Fritz, Kalbsvögel *à l'italienne*, und zwei Portionen Pekannuß-Auflauf genossen und danach noch genügend Zeit für einen Kaffee im Büro zur Verfügung hatten.

Als es klingelte, ging ich an die Tür, dann ließ ich die drei in der Halle ablegen und brachte sie anschließend ins Büro. Diesmal klebte Wolfe an seinem Sessel, als ich Milner vorstellte, und murmelte nur ein paar höfliche Worte darüber, daß Lily schon lange nicht mehr hiergewesen sei.

Danach neigte er den Kopf in Richtung auf die beiden Frauen. »Ich würde Ihnen gern einen Platz anbieten, aber ich glaube, Mr. Goodwin hat Ihnen bereits erklärt, daß wir zunächst mit Mr. Milner allein sprechen müssen. Ich darf Sie aber einladen, mit dem vorderen Salon vorlieb zu nehmen, und Mr. Brenner kann Ihnen dort Dessert und Kaffee oder andere Erfrischungen servieren, wenn Sie es wünschen.«

»Ich habe schon mit Maria darüber gesprochen«, sagte Lily mit einem reizenden Lächeln. »Sie meinte, sie würde am liebsten Ihre berühmten Orchideen sehen. Und ich selbst muß gestehen, daß ich nicht müde werde, sie zu betrachten.«

»Tatsächlich?« sagte Wolfe. Lily wußte, daß es eine sichere Methode gab, Wolfes Eitelkeit zu schmeicheln: Wenn man ihn darum bat, die Orchideen sehen zu dürfen. Diesen Wunsch hatte er noch niemandem abgeschlagen. Theodore besuchte an diesem Abend seine Schwester in New Jersey, also klingelte Wolfe nach Fritz, der gleich danach in der Tür stand. »Fritz, würden Sie bitte Miss Rowan und Miss Radovich ins Gewächshaus begleiten? Die beiden Damen können so lange dortbleiben, wie sie wollen, und danach können sie Dessert oder Erfrischungen im vorderen Salon einnehmen.« Fritz begleitete die Frauen hinaus, und ich steuerte Milner auf den roten Ledersessel und setzte mich dann mit Notizbuch und Kugelschreiber an meinen Schreibtisch.

Wolfe beäugte unseren Gast. »Mr. Milner, möchten Sie etwas zu trinken? Vielleicht Kaffee? Oder einen Cocktail?«

»Nein, danke, gar nichts«, sagte Milner. Er schien sich ebenso unwohl zu fühlen wie vor ein paar Stunden, als er Lilys Wohnung betreten hatte. »Aber ich möchte Ihnen ein paar Fragen stellen«, sagte er und räusperte sich dazu.

»Zweifellos«, erwiderte Wolfe. »Und höchstwahrscheinlich erhalten Sie die Antworten darauf im Verlauf unserer Diskussion. Stellen Sie also bitte Ihre Fragen hintan, und lassen Sie mich erst beginnen. Wie man Ihnen vermutlich gesagt hat, habe ich die Anzahlung auf Ihre Kaution hinterlegt.« Milner nickte. »Sie wissen vermutlich auch, daß ich im Interesse von Miss Radovich handle.« Wieder nickte er.

Wolfe bewegte sich in seinem Sessel. »Miss Radovich hat meine Hilfe in Anspruch genommen, damit ich den Mörder ihres Onkels finde. Sie ist von ihrer Unschuld überzeugt, auch wenn ich meine Arbeit nicht mit einer solchen vorgefaßten Meinung beginnen möchte. Verstehen Sie daher bitte, daß jede Untersuchung von Milan Stevens' Tod mit Ihnen beginnen muß, und da ich mein Haus grundsätzlich nicht aus beruflichen Gründen verlasse, war es notwendig für Sie, hierherzukommen.«

»Ja, ich verstehe, aber –«

»Wenn Sie so gütig sein wollen, Mr. Milner«, sagte Wolfe und hielt ihm eine Hand entgegen. »Lassen Sie mich fortfahren. Wir bringen dies alles am schnellsten hinter uns, wenn Sie meine Methoden mit Geduld ertragen. Erstens: Haben Sie Milan Stevens getötet?«

Milner seufzte und blickte auf. »Ich kann Ihnen nicht sagen, wie oft ich das schon von der Polizei gefragt worden bin«, antwortete er in erschöpftem Tonfall. »Manchmal formulierten sie es als Frage, dann ließen sie es wieder als eine regelrechte Feststellung klingen und forderten mich heraus, ihnen zu widersprechen. Aber meine Antwort lautete stets gleich: Nein, ich habe ihn nicht getötet. Das hätte ich niemals fertiggebracht; ich habe ihn vermutlich mehr geschätzt als sonst jemand, den ich kannte.«

»Es ist mir bewußt, daß ich mich auf ausgetretenen Pfaden bewege, Mr. Milner, und ich werde dabei möglicherweise bereits zertrampeltes Gras noch einmal zertrampeln. Ich bitte Sie also um Nachsicht, wenn ich Ihnen Fragen stellen sollte, die Ihnen zuvor schon gestellt worden sind.« Wieder bewegte sich Wolfe und streckte die Hand nach dem Knopf der Rufanlage aus, um sich Bier kommen zu lassen – doch dann fiel ihm ein, daß Fritz nicht in der Küche war. Er legte die Stirn in Falten und fuhr fort. »Man weiß und kann beweisen, daß Sie an diesem Abend in Stevens' Wohnung gewesen sind. Wozu?«

Wieder ein Seufzer. »Es ist egal, wie oft ich es erzähle«, antwortete Milner, »es hört sich immer noch merkwürdig an. Aber es ist folgendermaßen gewesen: Am Mittwoch – mein Gott, das war ja erst gestern! – hat man mir nach der Probe im Aufenthaltsraum der Musiker in der Symphony Hall eine Nachricht in einem zugeklebten Umschlag hinterlassen. Die Notiz stammte von Mr. Stevens; er bat mich darin, am selben Abend um acht Uhr fünfzehn zu ihm in seine Wohnung zu kommen. Es hieß in dem Brief, es sei sehr wichtig, daß ich komme.«

»Woher wußten Sie, daß die Nachricht von Mr. Stevens stammte?« fragte Wolfe.

»Sie war auf seinem Papier geschrieben – auf einem dieser kleinen Notizzettel mit dem Aufdruck ›Von Milan Stevens‹ obendrüber.«

»War die Notiz in Handschrift verfaßt?«

»Nein, mit Schreibmaschine«, sagte Milner und fuhr sich mit der Hand durch das ohnehin schon zerwühlte Haar.

»Ich nehme an, Sie haben diesen Zettel der Polizei übergeben.«

»Nein, der existiert nicht mehr«, sagte Milner düster. »Ich habe ihn weggeworfen. Ich glaube gleich dort, in den Papierkorb.«

»Erinnern Sie sich genau an die Worte?« fragte Wolfe. »Versuchen Sie, den Text so wörtlich wie möglich zu wiederholen.«

Milner zog die Schultern hoch. »Es war eine kurze Notiz – nur ein paar Sätze. Sie begann mit meinem Namen, ganz oben, und dann hieß es ungefähr so: ›Bitte seien Sie heute abend um acht Uhr fünfzehn in meiner Wohnung. Ich habe eine Angelegenheit von äußerster Wichtigkeit mit Ihnen zu besprechen.‹ Ich glaube, das war alles.«

»War der Brief unterschrieben?«

»Nein; aber sein Name war unten mit Maschine getippt. Es stand kein Buchstabe in Handschrift auf dem Zettel, das weiß ich mit Sicherheit«, sagte Milner.

»Hatte Mr. Stevens die Gewohnheit, in dieser Weise mit Ihnen Kontakte zu pflegen?« fragte Wolfe.

»Nein – es war die erste Nachricht, die ich jemals von ihm erhalten habe.«

»Fanden Sie es nicht etwas seltsam, eine solche Aufforderung von Ihrem Dirigenten zu erhalten?«

»Ein bißchen vielleicht«, räumte Milner ein. »Aber unter den Umständen gab es... Ich konnte mir mindestens zwei Gründe denken, aus denen er mich sprechen wollte.«

»Weiter«, befahl ihm Wolfe.

»Ich hatte Maria in den letzten Tagen kaum zu Gesicht bekommen, also weiß ich nicht, ob sie Ihnen erzählt hat...« Er verstummte und schaute Wolfe niedergeschlagen an.

»Daß Sie um Milan Stevens' Segen für eine Ehe mit seiner Nichte gebeten haben?« fragte Wolfe und beendete damit Milners Satz.

Milner nickte. »Ich dachte mir, entweder will er darüber reden, oder...« Wieder hielt er inne, aber diesmal fand er die Sprache schneller wieder. »Vielleicht legte er mir nahe, beim New York Symphony Orchestra zu kündigen.«

»Tatsächlich? Weil Sie um die Hand seiner Nichte gebeten hatten, oder wegen ihrer Leistungen als Orchestermusiker?«

Milner errötete leicht. »Was meine Fähigkeiten als Musiker betrifft, sollten Sie besser andere darüber befragen; ich selbst glaube, daß ich meine Aufgaben gar nicht so schlecht erfülle. Allerdings bin ich eines der jüngeren Mitglieder des Orchesters; dies ist erst meine zweite Saison beim New York Symphony Orchestra.«

»Und zuvor?«

»Ich war vier Jahre beim Indianapolis Symphony Orchestra, und davor habe ich zwei Jahre lang Musikunterricht erteilt, gleich nachdem ich mein Diplom an der Akademie erworben hatte.«

»Mr. Milner, haben Sie jemandem gesagt, daß Sie in Stevens' Wohnung gehen wollten?«

»Nein, niemandem. Ich wohne allein; meine Familie lebt im Mittelwesten. Ich habe keine engen Freunde hier, also hätte ich es, wenn überhaupt, nur Maria erzählen können – und ich hielt es für besser, gerade mit ihr nicht darüber zu sprechen.«

»Kommen wir zurück zu dem Tag«, sagte Wolfe, »an dem Sie Stevens mitteilten, daß Sie Miss Radovich heiraten wollten. Erinnern Sie sich genau daran, wann das gewesen ist?«

»Die Polizei hat mir die gleiche Frage gestellt, und ich mußte eine Weile darüber nachdenken; es war an dem Tag, als wir Tschaikowskys vierte Symphonie probten, also gestern vor drei Wochen.«

»Wie ich hörte, reagierte er heftig auf Ihren Vorschlag.«

»Das ist noch sehr harmlos ausgedrückt, Mr. Wolfe«, sagte Milner und fuhr sich wieder mit den Fingern durchs Haar. »Ich habe ihn auf dem Korridor, der zu den Garderoben führt, darauf angesprochen, und das war ein Fehler. Er hatte es eilig und war schon ärgerlich, als ich ihn fragte, ob ich ihn sprechen könnte. Aber das war gar nichts im Vergleich zu dem, was folgte.« Milner rutschte in dem großen Sessel hin und her und schaute Wolfe an, der kaum merklich nickte; dabei bewegte er seinen Kopf um Millimeter auf und ab.

»Ich platzte gleich auf dem Gang damit heraus, daß Maria und ich heiraten wollten. Er begann zu brüllen und erklärte mir, er würde es unter keinen Umständen zulassen, daß seine Nichte die Frau eines Musikers würde, und schon gar nicht eines Musikers von ›meinem Kaliber‹. Die Leute, die an uns vorbeikamen, starrten uns an. Es war schrecklich.«

»Hat Mr. Stevens schon früher Ihre Arbeit bemängelt?«

»Er hat mich nicht mehr kritisiert als alle anderen. Vergessen Sie eines nicht: Dieser Mann war nicht leicht zufriedenzustellen, und er war häufig sehr ungeduldig mit einzelnen Musikern oder Gruppen aus dem Orchester. Aber er hatte mir niemals angedeutet, daß er mich für nicht kompetent ansah.«

»Haben Sie ihm auf seine Tirade geantwortet?«

»Nein. Ich war so überrascht und schockiert, daß ich gar nichts darauf erwidern konnte. Außerdem hat er sich, nachdem er fertig war, umgedreht und ist in seine Garderobe gegangen. Ich stand einfach da, schaute ihm nach und kam mir ziemlich blöd vor.«

»Wie hat er sich Ihnen gegenüber danach verhalten?«

Milner biß sich auf die Unterlippe. »Seit diesem Ereignis auf dem Korridor hat er einige Male spöttische Bemerkungen über mich gemacht, auch wenn das gar nicht angebracht war. Er sagte zum Beispiel Dinge wie ›Wenn Mr. Milner auch aufpaßt, können wir jetzt weitermachen.‹ Dabei paßte ich stets auf, wenn er mit uns sprach. Den anderen ist es auch aufgefallen. Einer der Musikerkollegen hat mich nach einer Probe draußen auf dem Gang angesprochen und gefragt: ›Was ist denn los? Was hat der Alte gegen dich?‹ Die Situation wurde wirklich recht unangenehm.«

»Sind Sie jemals Mr. Stevens begegnet, wenn Sie Miss Radovich von zu Hause abholten?« fragte Wolfe.

»O nein!« sagte Milner in einem Ton, der nahelegte, daß Wolfe die Situation noch nicht begriffen hatte. »Bis zu dem Tag, als wir diesen Zusammenstoß hatten, wußte er gar nicht, daß wir uns trafen – Maria wollte es so haben. Ich bin nur in die Wohnung gegangen, um sie abzuholen, wenn er nicht zu Hause war. Sonst trafen wir uns anderswo.«

»Nachdem Sie ja doch einiges über Stevens' Art und sein besitzergreifendes Verhalten seiner Nichte gegenüber wußten – hat seine Reaktion Sie tatsächlich noch überrascht?« fragte Wolfe.

Milner zuckte mit den Schultern. »Ich glaube nicht; natürlich war es töricht von mir. Ich hätte auf Maria hören und es ihr überlassen sollen, ihm die Neuigkeit schonend beizubringen, aber ich fand, daß es eigentlich meine Aufgabe war, das zu tun.«

»Der Stolz des Mannes«, sagte Wolfe. »Kommen wir jetzt zu dem unheilvollen Abend. Gehe ich recht in der Annahme, daß Sie nicht in der Wohnung von Stevens angerufen haben, bevor Sie dort hingingen?«

»Nein, das heißt, ja, ich habe nicht angerufen. Ich blieb den ganzen Tag nach den Proben in Manhattan, statt nach Hause zu fahren – ich wohne draußen in Queens. Maria hatte selbst Probe, also konnten wir uns nicht sehen, was mir in diesem Fall ganz recht war. Ich war furchtbar nervös wegen der Verabredung am Abend und hatte kaum etwas gegessen.«

»Ich wiederhole jetzt eine Frage: Haben Sie jemandem gesagt, wohin Sie am Abend gehen wollten?«

»Nein, niemandem. Die Polizei hat mich gefragt, was ich den ganzen Tag über getan hätte, und ich nehme an, Sie wollen das auch wissen. Ich war in mehreren Buchhandlungen und habe mich dort umgesehen nach Büchern, die mich interessieren. Das lenkt mich meistens von meinen Sorgen ab, doch diesmal hat es nicht geholfen, also bin ich in den Central Park gegangen und habe mich auf eine Bank gesetzt, da ich vom Laufen müde war. Dabei habe ich viel nachgedacht, vor allem über Maria, und was ich täte, wenn ich meinen Job beim Orchester verlieren würde. Es war kalt, aber ich habe es kaum bemerkt. Ich muß an die drei Stunden im Park gewesen sein, vielleicht sogar noch länger.«

»Und dann?«

»Dann bin ich wieder ziellos durch die Stadt gegangen; schließlich bin ich in einem Coffeeshop an der Lexington Avenue gelandet, wo ich einfach dasaß und auf mein Essen starrte. Inzwischen war es nach acht, und ich mußte ein Taxi nehmen, um rechtzeitig in Mr. Stevens' Wohnung zu kommen.«

Wolfe schaute Milner an, sagte aber nichts. Er sehnte sich noch immer nach einem Bier, wollte mich aber nicht darum bitten, und ich hatte keine Lust, mich unaufgefordert als Bierholer anzubieten.

Das Schweigen und Wolfes Blick waren Milner sichtlich unangenehm, also fuhr er fort: »Ich kam dort an und fragte unten im Foyer nach Mr. Stevens. Der Mann, der am Empfangspult saß, sprach übers Haustelefon mit der Wohnung, kündigte mich an, und Mr. Stevens sagte, ich solle heraufkommen. Aber zwei oder drei Minuten später, als ich oben angekommen war –«

»Weiter«, sagte Wolfe.

»Ich nehme an, Sie kennen den Rest. Als ich aus dem Lift stieg, sah ich, daß die Wohnungstür offenstand. Ich rief: ›Jemand hier?‹, rief es zweimal oder sogar dreimal, dann klopfte ich kräftig an die Tür. Als sich nichts rührte, ging ich hinein und rief wieder den Namen von Mr. Stevens. Und den von Maria, in der Hoffnung, daß sie vielleicht schon zu Hause war. Im Wohnzimmer brannte Licht, aber niemand war dort. Dann ging ich ins Arbeitszimmer und sah ihn in der Ecke neben dem Lesepult liegen.«

»Haben Sie daraufhin die Wohnung fluchtartig verlassen?«

»Nein, ich ging zu ihm hin, und als ich vor ihm stand, sah ich das Blut und den Dolch auf dem Boden – ich glaube, es war in Wirklichkeit ein Brieföffner. Ich kniete mich neben Mr. Stevens und fühlte seinen Puls. Aber ich spürte nichts und war sicher, daß Mr. Stevens nicht mehr lebte.«

»Mr. Milner, ich nehme an, Sie würden sich als verantwortungsvollen Bürger beschreiben, der die Gesetze dieser Gesellschaft achtet«, sagte Wolfe. »Warum haben Sie nicht die Polizei verständigt?«

»Wie ich Inspektor Cramer sagte, ich habe einfach durchgedreht, bin in Panik geraten. Wahrscheinlich wurde mir allmählich bewußt, wie schlimm die Sache für mich aussehen würde, obwohl ich nicht sagen kann, was in meinem Kopf wirklich vorgegangen ist – und, glauben Sie mir, ich habe es versucht! Aber ich erinnere mich nur daran, daß ich die Wohnung verlassen habe, mit dem Lift nach unten gefahren und dann durch das Foyer und die Haustür hinaus auf die Straße gelaufen bin.«

»Haben Sie außer dem Mann unten im Foyer noch jemanden in

dem Haus gesehen?«

»Nein, keinen Menschen. Ich war allein im Lift, beide Male, und auch oben auf dem Korridor und unten im Foyer war niemand außer dem Mann am Empfang.«

»Wohin sind Sie gegangen, nachdem Sie das Haus verlassen hatten?«

»Ich bin wieder durch die Straßen geirrt, diesmal die Fifth Avenue auf und ab, dann die Park und die Lexington, quer durch Manhattan, bis nach Mitternacht. Ich versuchte, nachzudenken. Ich wußte, daß ich in großen Schwierigkeiten steckte – immerhin hatte ich dem Mann am Empfang meinen Namen genannt, und so weiter –, aber ich brachte es nicht fertig, zur Polizei zu gehen, und ich konnte auch Maria nicht anrufen. Schließlich fuhr ich mit der U-Bahn nach Queens, und unterwegs faßte ich den Entschluß, bei der Polizei anzurufen, sobald ich zu Hause war. Aber wie Sie wissen, war die Polizei bereits da und wartete vor dem Haus auf mich.« Milner atmete tief ein und sackte dann im Sessel zusammen; jetzt sah er aus, als hätte er den Boston Marathon hinter sich.

Wolfe selbst wirkte auch nicht übermäßig lebendig. Während der letzten Minuten hatte er eine Schnute gezogen, und da ich nicht riskieren wollte, daß er die Arbeit mitten am Abend abbrach, entschloß ich mich, ein bißchen Leben in die Bude zu bringen. »Hören Sie«, sagte ich, »Sie beide reden nun schon seit über einer Stunde, und ich finde, daß wir jetzt etwas zum Trinken verdient haben. Mr. Milner?«

»Ja, ja, jetzt trinke ich gern einen Schluck, danke. Haben Sie Sherry?« Ich fragte, ob er ihn trocken oder süß bevorzuge, und er entschied sich für trocken. Also ging ich an den Barschrank und schenkte ihm ein Glas ein, das ich auf das kleine Tischchen neben seinem Sessel stellte. Dann verließ ich ohne ein Wort das Büro und ging über die Halle in die Küche, wo ich zwei Flaschen Bier aus dem Kühlschrank holte und ein großes Glas vom Regal nahm. Dann stellte ich alles auf ein Tablett und ging zurück, wobei ich versuchte, Fritz zu imitieren, als ich das Büro betrat. Ich stellte das Tablett mit angemessenem Schwung vor Wolfe auf den Schreibtisch. Er funkelte mich an, und sein »Danke« war mit Eiszapfen versehen. Ich zuckte mit den Schultern, ging noch einmal zum Barschrank und schenkte mir zwei Fingerbreit Bourbon ein, bevor ich mich wieder hinter meinen Schreibtisch setzte.

Nachdem er ein halbes Glas ausgetrunken und sich die Lippen mit dem Taschentuch abgetupft hatte, faßte Wolfe wieder Milner ins Auge. »Sie haben Ihre Unschuld beteuert; können Sie sich vorstellen, wer Mr. Stevens getötet hat?«

Milner stellte das Sherryglas ab und starrte es an. »Das kann ich beim besten Willen nicht«, sagte er. »Ich habe sehr viel darüber nachgedacht, wie Sie sich vorstellen können. Aber ich kann mir einfach nicht denken, wer ihm den Tod gewünscht haben kann.«

»Wie sieht es mit anderen Mitgliedern des Orchesters aus? Gibt es welche, die ihm gegenüber einen besonderen Groll hegten?«

»Einen besonderen Groll? Ich weiß es nicht«, sagte Milner und trank wieder einen Schluck Sherry. »Musiker kommen häufig nicht mit ihrem Dirigenten zurecht, empfinden sogar Abneigung gegen ihn, besonders, wenn er sie hart anpackt, was Mr. Stevens bekanntermaßen tat. Aber ich habe eigentlich nie mehr als das durchaus übliche Gemecker gehört. Außer...«

»Ja?« drängte ihn Wolfe.

»Es ist schon eine Weile her, als sozusagen hinter den Kulissen das Gerücht verbreitet wurde, Mr. Hirsch, der zweite Dirigent, habe den Posten als Musikdirektor haben wollen, seinerzeit, als man Stevens die Stellung anbot. Doch das alles geschah ein paar Monate, bevor ich zu dem Orchester kam. Wenn es zwischen Mr. Hirsch und Mr. Stevens Spannungen gab, so ist mir das kaum bewußt geworden.«

In der nächsten Stunde quetschte Wolfe Milner über das Orchester und die damit in Verbindung stehenden Leute aus, bekam aber nicht mehr als einen kleinen Eimer voll aus ihm heraus. Es zeigte sich dabei, daß Milner recht hatte, zumindest in einem Punkt: Er war, um es einmal so zu nennen, einer der Hinterbänkler im Orchester und wußte nur wenig von dem, was zwischen den großen Tieren vor sich ging.

»Mr. Milner, es ist spät geworden«, sagte Wolfe, »und wir haben alles, was mich interessiert, besprochen. Sind dadurch Ihre eigenen Fragen beantwortet worden?«

Es gelang ihm, ein schwaches Lächeln zu zeigen. »Ja, ich glaube, obwohl ich immer noch wissen möchte, wer diese Briefe an Mr. Stevens geschrieben hat. Die Polizei behauptet natürlich, das sei ich.«

»Sie behauptet es, weil sie es glauben will«, erwiderte Wolfe. »Und da die Zettel weder mit der Schreibmaschine noch in richtiger Handschrift, sondern in Blockbuchstaben geschrieben wurden, ist es schwer, ihre Urheberschaft zu ermitteln. Wenn Sie jetzt bitte Mr. Goodwin und mich entschuldigen wollen – wir müssen uns ein paar Minuten besprechen. Archie, bringen Sie Mr. Milner in den vorderen Salon. Die Damen müssen inzwischen auch eingetroffen sein.

Ich schenkte Milners Sherryglas voll und begleitete ihn dann durch die Halle in den vorderen Salon, wo Lily und Maria Kaffee tranken. Maria sprang auf, als sie ihren Freund sah, und begann ihm sofort Fragen zu stellen, bis ich sie unterbrach. »Entschuldigen Sie, aber Mr. Wolfe und ich haben etwas zu besprechen. Sind Sie von Fritz gut bedient worden?«

Lily meldete sich zu Wort. »Wir sind eben erst aus dem Gewächshaus heruntergekommen, und ich glaube, Maria war so beeindruckt, wie ich das immer bin. Und, ja, Fritz war ein wunderbarer Gastgeber.« Maria schenkte mir ein dankbares Lächeln, dann richtete sie ihre Aufmerksamkeit wieder auf Milner. Keinen Geschmack, dieses Mädchen, dachte ich und schloß die Tür hinter mir.

»Nun?« fragte Wolfe, als ich mich wieder in meinem Sessel niedergelassen hatte.

»Was, nun?« schoß ich zurück. »Nun, ich bin müde. Verdammt, das bin ich. Nun, war Mr. Milner eine Hilfe für uns? Nicht sehr. Glaube ich nun, daß ich ihm Maria wegschnappen könnte? Vielleicht, wenn man mir etwas Zeit dazu gibt. Nun, wollen wir – ?«

»Schluß damit – hören Sie auf, so daherzuschwatzen. Sie wissen sehr wohl, was ich Sie gefragt habe.«

Ich zuckte mit den Schultern und drehte die Handflächen nach oben. »Ich halte meine Wette neun zu eins, es sei denn, er ist ein besserer Schauspieler, als man auf den ersten Blick erkennen kann. Ich glaube, dem fiele es schwer, eine Ameise zu zertreten, geschweige einen Maestro zu tranchieren. Aber die Polizei scheint anderer Meinung zu sein, und sie hat ganz schön Druck auf ihn ausgeübt.«

Wolfe nickte. »Der Druck auf die Polizei ist ebenfalls sehr stark, und Mr. Milner bietet ihnen eine praktische Lösung. Genau das, was der Mörder erwartet hat.«

»Ja, so sieht es aus. Aber wer steckt dahinter? Und wie ist er in die Wohnung gekommen?«

Wolfe ignorierte die Fragen. »Rufen Sie Miss Radovich herein. Sie hat ein Recht darauf, unsere Position zu kennen, und soll erfahren, daß wir uns entschieden haben, weiterzumachen.«

Ich holte Maria vom Salon herüber, und Wolfe teilte ihr seinen Entschluß mit – eine gute Nachricht für sie im Vergleich zu denen, die sie in der letzten Zeit erhalten hatte. Sie war überglücklich, daß außer ihr noch jemand an Milners Unschuld glaubte, und ich befürchtete schon, sie würde ihre Wasserwerke gleich an Ort und Stelle in Tätigkeit setzen, was Wolfe augenblicklich nach oben in sein Schlafzimmer getrieben hätte. Aber sie faßte sich noch rechtzeitig und brachte wieder das Honorar zur Sprache. Wolfe ging nicht darauf ein und sagte, das Beste, was sie uns jetzt geben könne, sei die Bereitschaft zur völligen Zusammenarbeit. Dabei verlangte er als erstes von ihr, daß sie Mr. Milner überredete, bei uns zu bleiben, wenigstens für diese Nacht. »Die Kaution ist hinterlegt«, sagte er, »und weder Polizei noch Staatsanwaltschaft dürften ihn in den nächsten Tagen brauchen. Wenn er hierbleibt, ist er sicher vor der Presse und ihren Fragen, und außerdem steht er uns zur Verfügung, wenn wir noch Fragen an ihn haben über die Zusammenhänge beim Orchester.«

Ich fand, er trug ein bißchen dick auf, aber Maria ging voll und ganz darauf ein. Als er fertig war, sagte sie, daß sie gleich hinübergehen und ihm klarmachen würde, daß er hier bei uns übernachten sollte.

»Halten Sie es wirklich für nötig, daß er hierbleibt?« fragte ich, nachdem sie hinausgegangen und die Tür hinter sich geschlossen hatte. Der letzte, der im Südzimmer übernachtet hatte, war von einer Bombe getötet worden, die in einem Zigarrenbehälter aus Aluminium versteckt war, doch ich sah keinen Anlaß dafür, das jetzt zu erwähnen.

»Warum nicht?« antwortete Wolfe achselzuckend. »Auf diese Weise können wir die Situation besser unter Kontrolle halten. Und es ist tatsächlich möglich, daß wir im weiteren Verlauf Mr. Milners Meinungen über seine Orchesterkollegen brauchen. Miss Radovich wird gleich zurück sein und uns sagen, daß er hierbleiben wird. Nachdem Sie die Frauen zur Tür begleitet und Fritz beauftragt haben, daß er Mr. Milner ins Südzimmer bringt, habe ich ein paar Instruktionen für Sie.«

Es war eine übertriebene Show, obwohl man in diesem Fall kaum eine Kristallkugel brauchte, um das Ergebnis vorherzusehen. Maria brauchte schätzungsweise fünfundvierzig Sekunden, um Milner zu überreden, daß er bei uns blieb – später hörte ich von Lily, daß sie es wie ein Generalmajor gehandhabt hatte, der einem Hauptmann Befehle erteilt. Auch Fritz machte keine Probleme und brachte unseren Gast im Südzimmer unter, das sich oben im zweiten Stock befindet, also in der gleichen Etage wie mein Schlafzimmer und direkt über dem von Wolfe. Aber ich ließ zwei so reizvolle Frauen nicht an unserer Schwelle allein, sondern begleitete sie bis zur Eighth Avenue, wo ich einem Taxi winkte und sie nach einem herzlichen Abschied heimschickte in die Park Avenue.

Das bedeutete, daß mindestens zwanzig Minuten vergangen waren, als ich zurückkam ins Büro, wo Wolfe sich in ein Buch vertieft hatte. Er funkelte mich wütend an, als ich mich auf meinen Sessel niederließ, und schilderte mir dann in Umrissen die Pläne für den folgenden Tag. Sie waren weniger umfangreich, als ich es gehofft hatte, aber im Vergleich zu den zwei letzten Jahren waren sie eine echte Offenbarung. Wirklich, während ich mir Notizen machte, kam ich mir schon fast wieder vor wie ein Teil der arbeitenden Menschheit.

II

Wenn ich zurückblicke, zählt der Freitag dieser Woche zu den erinnernswerten Tagen in der jüngeren Geschichte des alten Backsteinhauses an der 35. Straße West, und zwar aus vielerlei Gründen. Er begann in frustrierender Weise, was ich dem Rost zuschreibe, den eine über lange Zeit ungebrauchte Maschinerie anzusetzen pflegt – und Wolfe und ich hatten lange genug unbenützt und müßig herumgestanden und -gesessen.

Erstens schlief ich länger, als ich vorhatte, aber ich mußte immer noch den Schlaf nachholen, den ich in der Nacht bei der Polizei versäumt hatte. Um Viertel vor neun kam ich in die Küche, nachdem ich im Südzimmer vorbeigeschaut hatte, wo unser Gast nicht nur unversehrt, sondern sogar recht munter mit einem Frühstückstablett beschäftigt war, das annähernd so gut wie das von Wolfe selbst bestückt war. Ich riet ihm, er solle bis auf weiteres in seinem Zimmer bleiben, da wir Besuch bekommen könnten, und er nickte zwischen zwei Bissen in ein Heidelbeer-Muffin.

Das Telefon klingelte, als ich meine erste Tasse Kaffee zur Hälfte ausgetrunken hatte und noch mit der Titelseite der *Times* beschäftigt war. Fritz meldete sich vom Nebenapparat in der Küche und hielt dann die Hand auf die Sprechmuschel. »Für Sie, Archie. Mr. Cohen.«

Ich sagte ein Wort, das Fritz erröten ließ, und erklärte ihm dann, ich würde das Gespräch im Büro entgegennehmen. Einer der wesentlichen Punkte meiner Instruktionen, die mir Wolfe am Abend zuvor erteilt hatte, war ein Anruf bei Lon gewesen. »Sie werden es nicht glauben«, sagte ich in den Hörer des Telefons auf meinem Schreibtisch, »aber hier in meinem Notizbuch steht eine Nummer eins und daneben eine Notiz, die mich daran erinnern soll, als erstes am Freitagvormittag Lon Cohen anzurufen.«

»Schon gut, ich glaube Ihnen kein Wort«, lautete die Antwort. »Archie, seit wann kennen wir uns nun? Finden Sie nicht, daß ich ein paar Tips von Ihnen verdient habe?« Ich wollte etwas sagen, aber Lon fuhr gleich fort: »Einer unserer Späher hat – zugegebenermaßen ein bißchen spät – entdeckt, daß Milner gegen Kaution entlassen wurde und daß die Kautionssumme von Ihrem alten Freund Nathaniel Parker hinterlegt worden ist. Das kann kein Zufall sein, sage ich mir. Milner ist nicht in seiner Wohnung in Queens. Und Parker haben wir auch zu erreichen versucht, aber in seiner Kanzlei geht keiner ans Telefon, und seine Frau sagt, er ist bereits dorthin gefahren. Daher habe ich mich entschieden – auf die gar nicht so abwegige Chance hin –, daß Sie etwas darüber wissen –«

»Okay, schon klar, ich habe kapiert«, sagte ich. »Wenn Sie mich jetzt mal ranlassen, bekommen Sie vielleicht sogar etwas, was Sie zufriedenstellt. Erstens entschuldige ich mich dafür, daß ich Sie nicht schon früher angerufen habe. Ich weiß, daß Sie einen Abgabetermin haben und zu einer unmenschlichen Zeit mit der Arbeit beginnen. Ende der Entschuldigung. Es stimmt, wir haben Milner aus der Haft geholt; Parker hat gestern nachmittag die Kaution für ihn hinterlegt. Wolfe ist davon überzeugt, daß nicht er es war, der Stevens ermordet hat, und wir setzen die Ermittlungen fort, im Auftrag unserer Klientin Miss Maria Radovich.« Nach den Instruktionen, die mir Wolfe gestern abend erteilt hatte, durfte ich Lon noch ein paar Sätze mehr berichten, darunter wörtliche Zitate von Wolfe, die er für seinen Artikel verwenden konnte. Das war genug für einen ordentlichen Fortsetzungsbericht am zweiten Tag nach dem Mord. Natürlich wollte Lon wissen, wo sich Milner jetzt aufhielt, und ich meinte, daß Maria es vielleicht sagen könne. »Aber die finden wir auch nicht«, beklagte er sich. »Wo habt ihr die zwei versteckt?«

»Sie haben jetzt schon genug Material für eine gute Story«, sagte ich. »Übrigens, falls Sie wieder einmal vorhaben, unsere Fotos zu verwenden, es gibt ein paar bessere aus jüngerer Zeit, von Wolfe und mir. Wenn Sie einen Boten schicken, kann er sie hier abholen.«

Lons Antwort hätte Fritz ebenfalls zum Erröten gebracht, und er legte auf, bevor ich ihm sagen konnte, daß der Rest meiner Instruktionen zum Punkt eins darin bestand, diese Informationen lediglich an die *Gazette* weiterzugeben. Ich ging zurück in die Küche, um Fritz zu sagen, daß ich für keinerlei Reporter zu Hause sei, da klingelte das Telefon schon wieder. Als ich den Apparat erreichte, hatte er bereits abgehoben. »Es ist für Mr. Wolfe«, flüsterte er. »Ein Mann namens Remmers.«

Ich schüttelte den Kopf und blinzelte. Punkt zwei auf meiner Liste war der Auftrag, Jason Remmers anzurufen. Ich deutete mimisch an, daß ich wieder drüben im Büro sprechen wolle. »Halten Sie das Frühstück warm«, sagte ich über die Schulter hinweg. »Vielleicht komme ich ja noch vor dem Lunch dazu.«

Dann sprach ich in den Hörer: »Büro von Nero Wolfe – Archie Goodwin am Apparat.«

»Mr. Goodwin«, antwortete eine tiefe Stimme, »hier Jason Remmers vom New York Symphony Orchestra. Ist Mr. Wolfe im Haus?«

»Bedaure, ich kann ihn momentan nicht erreichen. Aber ich bin befugt, für ihn zu sprechen. Und abgesehen davon wollte ich Sie ohnehin heute vormittag anrufen.«

»Ach?« sagte Remmers. »Nun, ich weiß aus den Zeitungen, daß Mr. Wolfe am Tod von Mr. Stevens großen Anteil nimmt, und ich hoffte, ich könnte für heute einen Termin mit ihm vereinbaren.«

»Genau das wollte ich Ihnen eben vorschlagen. Auch Mr. Wolfe möchte gern mit Ihnen sprechen. Und wie Sie sicher wissen, verläßt er sein Büro grundsätzlich nicht, wenn es um geschäftliche Dinge geht. Könnten Sie noch heute vormittag hier vorbeikommen? Sagen wir, um elf Uhr fünfzehn?«

»Ja, das dürfte möglich sein. Ich nehme an, die Adresse im Telefonbuch ist die richtige?« Ich bestätigte es ihm, legte den Hörer auf, lehnte mich zurück und starrte zum Plafond. Es war erst neun Uhr, und schon hatte ich zwei von den Instruktionen des Tages erledigt. Dabei hatte ich nichts weiter getan als Anrufe entgegengenommen. Vielleicht sollten wir unsere Taktik ändern und einfach darauf warten, daß das Telefon klingelt.

Gleich danach rief ich per Haustelefon hinauf ins Gewächshaus.

»Nun?« Er war stets unwirsch, wenn er dort oben gestört wurde.

»Ich wollte nur melden, daß ich mit Cohen gesprochen habe und daß Remmers um Viertel nach elf hier sein wird.«

»Zufriedenstellend«, knurrte er und hängte den Hörer ein.

Und wieder ging ich in die Küche und konnte diesmal wenigstens fünf Bissen kauen und hinunterschlucken, ehe es an der Haustür klingelte. »Wer es auch ist, sagen Sie, es ist niemand zu Hause«, erklärte ich Fritz. »Sagen Sie, wir, Wolfe und ich, hätten unseren Beruf wegen unerträglichem Druck von allen Seiten aufgegeben und eine Nerzfarm in Neuschottland eröffnet. Sagen Sie alles, was Ihnen gerade einfällt.«

Er verschwand durch die Halle und kam wenige Sekunden danach zurück. »Archie, es ist Inspektor Cramer. Ich habe nicht aufgemacht, aber er sieht sehr entschlossen aus.«

Ich schob den Teller mit den Würstchen und den Buchweizenpfannkuchen weg. »Fritz, ich fürchte, es soll nicht sein, daß ich das hier esse. Okay, ich gehe und versuche, ob ich mit dem Inspektor fertig werde. Aber für Reporter bin ich auf keinen Fall zu Hause.«

Durch die Scheibe aus Einwegglas, die in unsere Haustür eingelassen ist, konnte ich erkennen, daß der Inspektor tatsächlich höchst entschlossen wirkte. Ich machte die Tür so weit auf, wie es die Sperrkette erlaubte. »Wir haben noch nicht geöffnet«, sagte ich durch den Spalt. »Bitte beachten Sie unsere Geschäftszeiten.«

»Quatsch!« bellte Cramer herein. »Ich weiß genau, daß Wolfe oben ist und mit seinen Blumen spielt – aber Sie genügen mir. Es ist wichtig.«

»Es schmeichelt mir, daß Sie den ganzen Weg hierhergekommen sind, nur um mich zu sehen«, sagte ich und riß die Tür weit auf. In seiner üblichen Art und Weise schoß Cramer an mir vorbei ins Büro, ohne den Mantel abzulegen. Dort angekommen, warf er sich ohne Umschweife in den roten Ledersessel. Ich folgte ihm, und da mein Schreibtisch im rechten Winkel zu dem für Gäste bestimmten Sessel steht, setzte ich mich hinter Wolfes Schreibtisch. »Ich wiege zwar nur halb soviel wie er«, räumte ich ein, »aber dieser Sessel hat seltsame und wunderbare Kräfte. Immer, wenn ich hier sitze, fühle ich mich wie verwandelt – so, als ob alle Wahrheiten des Universums in Reichweite herangerückt wären.«

»Ich weiß, ich habe es schon einmal gesagt, aber bei Gott, Sie albern sich eines Tages noch ins Grab«, stieß Cramer wütend hervor; dazu rammte er sich eine Zigarre zwischen die Zähne, ohne sie anzuzünden. »Hören Sie, Archie, es geht um eine ernste Angelegenheit – sonst wäre ich nicht hier.«

Immer wenn er mich Archie nennt, weiß ich, daß es ihm um eine ernste Sache geht – oder daß er zumindest so tut, daher setzte ich ebenfalls eine ernste Miene auf.

Cramer beugte sich vor und stützte einen Ellbogen auf den Rand des Schreibtischs. »Ich weiß, daß Wolfe Milner aus der U-Haft freigekauft hat, mit Hilfe der Kaution – nein, unterbrechen Sie mich nicht. Parker wollte uns nicht mehr sagen, als daß er Milner vertritt, und das ist sein Recht, aber ich weiß verdammt gut: Immer dann, wenn Nathaniel Parker seine Finger in einer Sache hat, dann hat Wolfe sie ebenfalls drin. Okay, Milner ist also in Freiheit, und das ist wiederum sein gutes Recht. Ich weiß ja nicht, was das für ein Spiel ist, an dem sich Wolfe beteiligt, aber eines sage ich Ihnen, Archie: Diesmal hantiert er mit einer scharfen Granate.« Cramer stach mit seinem Zeigefinger in meine Richtung und fuhr fort: »Wir haben Milner praktisch überführt, und wenn Wolfe sein Geschäft beleben will und dieser Radovich weismacht, daß es jemand anders getan haben muß –«

»Kommen Sie, Inspektor. Ich weiß, daß Sie und Mr. Wolfe oft genug im Lauf der Jahre miteinander im Ring gestanden und sich gegenseitig alles von Unfähigkeit bis Hochverrat und Mord vorgeworfen haben, aber er hat niemals versucht, das Geschäft zu beleben, schon gar nicht ohne guten Grund, und das wissen Sie so gut wie ich. Diesmal besteht das Problem darin, daß Ihre Verdachtsmomente gegen Milner mehr als schwach sind.«

»Schwach?« Cramer schlug mit der flachen Hand auf die Armlehne des Sessels. »Punkt eins«, sagte er und hielt einen Finger hoch. »Milner und Stevens haben miteinander gestritten wegen Maria Radovich, und zwar auf dem Korridor hinter der Bühne der Symphony Hall. Ein halbes Dutzend Leute können es bezeugen, und sie alle erklären, daß Stevens diesen Milner beleidigt und erniedrigt hat. Punkt zwei: Milner war der einzige, der das Apartmenthaus von Stevens in der Mordnacht betreten hat – er wurde eindeutig durch den Mann am Empfang identifiziert. Punkt drei: Wir haben Milners Fingerabdrücke an vier Stellen in Stevens' Wohnung entdeckt, auch im Arbeitszimmer. Punkt vier: Milner gibt zu, in der Wohnung gewesen zu sein. Und Punkt fünf: Er hat kein Alibi für den Abend, an dem der Mord stattfand, bis zu dem Augenblick, als ihn meine Männer bei der Rückkehr in seine Wohnung in Queens verhafteten. Das nennen Sie schwach?«

»Haben Sie seine Fingerabdrücke auf den Drohbriefen gefunden, die Stevens erhalten hat?« fragte ich.

»Nein, obwohl man die von allen anderen Beteiligten darauf gefunden hat«, sagte Cramer mit gefurchter Stirn. »Die von Stevens, natürlich, die von Maria Radovich – und die Ihren. Aber er war vermutlich so schlau, Handschuhe zu tragen, als er sie schrieb.«

»Andererseits war er nicht so schlau, in Stevens' Wohnung Handschuhe zu tragen?«

»Ich kann seine Handlungen nicht erklären«, sagte Cramer und hob dabei die Stimme, »aber ich weiß, daß wir genug beisammen haben, um ihn ins Kittchen schicken zu können. Ich weiß auch, daß der Druck, den Fall rasch aufzuklären, von Albany kommt, und wenn Wolfe in dieser Geschichte auch nur einen einzigen Schritt vom Weg abweicht, ist seine Konzession weg – einfach so.« Und dazu schnippte Cramer mit den Fingern. »Und die Ihre ebenfalls. Sie hätten sie fast in der Sache Cather verloren, wie Sie wissen. Eines Tages sage ich Ihnen, warum Sie damals noch Glück hatten.

Schauen Sie, Archie« – Cramer beugte sich vor und senkte die Stimme –, »ich mag Sie, trotz allem, was ich mit Ihnen in der Vergangenheit erleben mußte. Ich mag sogar Wolfe irgendwie, obwohl ich nie mit ihm reden kann, ohne daß mir die Galle hochsteigt – deshalb bin ich um diese Zeit hergekommen. Mit Ihnen kann man vernünftig reden – das heißt, das glaube und hoffe ich. Ich sage Ihnen, daß der Polizeipräsident und die Staatsanwaltschaft in diesem Fall Wolfe genau auf die Finger schauen. Und daß ihnen nichts lieber wäre als ein Vorwand, ihm die Konzession entziehen zu können. Als Freund bitte ich Sie deshalb, Wolfe zu beeinflussen, daß er seine Ermittlungen, oder wie er es nennen mag, abbläst. Ja, Sie werden sagen, daß Sie keinerlei Einfluß auf ihn ausüben können, aber wir beide wissen sehr gut, daß er letztlich doch auf Sie hört. Lassen Sie es nicht zu, daß er sich in diesem Fall zum Narren macht.«

»Inspektor, und ich sage Ihnen als Freund: Selbst wenn ich so viel Einfluß auf Wolfe hätte, wie Sie glauben, würde ich ihn in dieser Sache nicht zurückpfeifen – aus einem sehr einfachen Grund. Auch ich bin sicher, daß Gerald Milner Stevens nicht ermordet hat.«

Cramer stand auf und warf seine Zigarre in den Papierkorb. Dabei traf er zum erstenmal sein Ziel, soweit ich mich erinnere, und eilte hinaus in die Halle. »Ich hab's versucht«, sagte er, als er die Haustür öffnete. »Sagen Sie nicht, ich hätte es nicht versucht!« Ich wollte ihm antworten, aber er schlug die Tür zu, und als ich durch die Scheibe schaute, stieg er gerade in den Zivilwagen, der vor unserem Haus parkte.

12

Schließlich bekam ich doch noch Gelegenheit, mein Frühstück zu beenden und die *Times* zu lesen, hatte dann aber kaum noch Zeit, um die üblichen Routinearbeiten hinter mich zu bringen, bevor Wolfe herunterkam. Aber um elf Uhr eins, als ich das Geräusch des Aufzugs hörte, war es mir immerhin gelungen, im Büro abzustauben, den Papierkorb auszuleeren und sogar ein wenig an der Keimzeitenliste zu arbeiten.

»Wir hatten Besuch, nachdem ich mit Ihnen über das Haustelefon gesprochen habe«, teilte ich Wolfe mit, als er sich in dem Sessel niedergelassen hatte, wo ich noch vor einer halben Stunde gesessen hatte. Sein Gesichtsausdruck stellte die Frage. »Inspektor Cramer, der vorbeigeschaut hat, um uns einen schönen Tag zu wünschen«, fuhr ich fort. »Das heißt, eigentlich kam es ihm nicht so sehr auf unseren Tag an als darauf, daß wir den Fall nicht mehr weiter bearbeiten. Sieht ganz so aus, als ob alle offiziellen Stellen daran interessiert wären, die Sache möglichst bald zum Abschluß zu bringen, sogar das Büro des Gouverneurs. Wenn Sie es wörtlich haben wollen, kann ich es ausarbeiten, bevor Remmers ankommt«, sagte ich und warf dabei einen Blick auf meine Armbanduhr.

»Nein, nur das Wesentliche«, erwiderte Wolfe und blätterte gleichzeitig den Poststapel durch, den ich ihm wie jeden Morgen auf die Schreibunterlage gelegt hatte. Ich teilte ihm rasch den Inhalt unseres kleinen Gesprächs mit, einschließlich Cramers Hinweis darauf, daß er es angeblich gewesen war, der unsere Konzessionen in dem schrecklichen Fall Cather gerettet hatte. Unter der Post war nichts, was Wolfe besonders interessierte, daher lehnte er sich zurück und schloß die Augen während meines Vortrags, wobei er nur gelegentlich eine Grimasse schnitt, wenn ich über besondere Bemerkungen von Cramer referierte.

»Pfui«, sagte er, als ich fertig war. »Mr. Cramer ist offensichtlich auf Betreiben anderer hierhergekommen – ich nehme an, daß da der Polizeipräsident oder der Oberstaatsanwalt dahinterstecken. Es war jedenfalls kein Fischzug, da der Inspektor sich in keiner Weise für eventuelle andere Verdächtige interessierte, die wir ihm möglicherweise präsentieren könnten. Nein, die setzen alle ihre Chips auf Mr. Milner, um einen von Ihren Ausdrücken zu verwenden, Archie. Und sie wollen nicht –«

In diesem Moment klingelte es an der Haustür.

»Er ist sehr pünktlich«, bemerkte ich und nickte in Richtung auf die Wanduhr, die genau elf Uhr fünfzehn zeigte. »Übrigens«, fügte ich hinzu und räusperte mich, »Sie sollten wissen, daß nicht ich Remmers angerufen habe. Er hat uns angerufen. Er wollte mit Ihnen sprechen.«

»Tatsächlich... Bringen Sie ihn herein.«

Als er vor unserer Schwelle stand, sah Jason Remmers genauso aus wie auf den Fotos in den Gesellschaftsspalten: groß, mindestens einsfünfundachtzig, schlank, mit länglichem Gesicht, und sehr, sehr vornehm. »Mr. Remmers«, sagte ich, während ich die Tür öffnete, »ich bin Archie Goodwin. Bitte, kommen Sie herein.«

»Danke«, antwortete er und streckte mir seine große Hand entgegen, drückte die meine dann mit festem Griff. In der Halle nahm ich ihm den Homburg und den schwarzen Kaschmirmantel ab und begleitete ihn ins Büro. »Mr. Wolfe, Mr. Remmers«, machte ich die beiden miteinander bekannt. Wolfe blieb sitzen, nickte, und Remmers, der offenbar von der Aversion seines Gastgebers gegen das Händeschütteln wußte, streckte ihm nicht wie mir die Hand hin. »Es ist mir eine besondere Ehre, Sie kennenzulernen, Mr. Wolfe«, sagte er mit seinem schönen Bariton. »Ich habe schon so viel gehört und gelesen über Sie und dieses Büro. Aber ich hätte nie gedacht, daß ich jemals hierherkommen würde, und ich wünschte nur, die Umstände, die dazu führten, wären angenehmer«, sagte er, ehe er sich in den roten Ledersessel niederließ.

»Bedauerlicherweise kommen die meisten Menschen, die mich hier besuchen, gerade deshalb her, weil sie sich in wenig angenehmen Umständen befinden«, antwortete Wolfe. »Sie wollten mich sprechen?«

Remmers schlug das eine seiner langen Beine über das andere und zupfte an einer Manschette seines Sechshundert-Dollar-Maßanzugs aus edlem, grauem Nadelstreifentuch. »Ja, wie ich Mr. Goodwin am Telefon sagte, ersah ich aus der Presse, daß Sie sich für den Mord an Milan Stevens interessieren. Außerdem teilte mir mein Freund Mr. Bristol, der Polizeipräsident, mit, daß Sie die Kaution für Gerald Milner hinterlegt haben.«

»Das ist technisch nicht ganz korrekt«, wandte Wolfe ein. »Mr. Milners Kaution wurde von einem Anwalt namens Nathaniel Parker hinterlegt.«

Remmers nickte und lächelte. »Nun ja; ich hörte, daß Sie ein Faible für genaue Ausdrucksweisen haben. Jedenfalls, Mr. Bristol ließ mich annehmen, daß Sie an der Freilassung von Mr. Milner einen wesentlichen Anteil hatten.«

»Das ist nichts als eine Vermutung des Polizeipräsidenten«, erklärte Wolfe. »Angenommen, es wäre wahr – weshalb sind Sie dann hier? Hat Mr. Bristol Sie gebeten, zu mir zu kommen und uns nahezulegen, wir sollten von einer weiteren Untersuchung des Falles Abstand nehmen?«

Remmers Gesicht zeigte deutliche Überraschung. »Ja, tatsächlich, das hat er mir geraten. Aber das ist nicht der Grund, weshalb ich hier bin. Ich bin Vorsitzender des Verwaltungsrats beim New York Symphony Orchestra, und wie Sie sich bestimmt vorstellen können, waren die letzten Tage traurig und schmerzhaft für jeden, der mit dem Orchester in irgendeiner Verbindung steht. Das gilt insbesondere für mich, da ich schließlich derjenige war, der Mr. Stevens als Chefdirigent zu unserem Orchester geholt hat.«

Jetzt legte Remmers eine Pause ein und schaute Wolfe an, der leicht nickte. »Immerhin bin ich, auch wenn die Polizei glaubt, den Mörder gefunden zu haben, keineswegs von Milners Schuld überzeugt – und das habe ich auch Dick Bristol nicht verschwiegen. Daher würde es mich sehr beruhigen, wenn Sie zu dem gleichen Ergebnis kommen würden wie die Polizei.« Remmers beugte sich ein wenig nach vorn. »Mr. Wolfe, das Ganze ist die umständliche Weise, zu sagen, daß ich Sie bitten möchte, diesen Mordfall zu untersuchen, egal, was der Polizeipräsident davon hält. Ich weiß, daß Ihre Honorare hoch sind, aber ich bin bereit, dafür jede vernünftige Summe zu bezahlen. Wohlgemerkt: Ich persönlich, nicht das New York Symphony Orchestra, wäre derjenige, der Sie bezahlt.«

»Mr. Remmers, wenn Sie die Nachmittagsausgabe der *Gazette* lesen würden, die demnächst auf den Straßen verkauft wird, könnten Sie erfahren, daß ich bereits einen Klienten in diesem Fall habe: Maria Radovich.«

»Ja, Bristol schien das auch zu wissen, als ich mich gestern abend mit ihm unterhielt. Aber ich bin sicher, daß ich ein höheres Honorar zahlen kann als sie – vielleicht, wenn Ihnen das lieber ist, könnten wir auch ein Arrangement ausarbeiten, damit wir beide als Ko-Klienten auftreten.«

Wolfe schüttelte den Kopf. »Nein, Sir, so etwas kann nicht funktionieren, und Sie wissen es genau. Schon deshalb, weil Ihre Interessen und die von Miss Radovich nicht unbedingt in allen Punkten übereinstimmen. Und zweitens, weil ich im Verlauf meiner Ermittlungen auf Erkenntnisse stoßen könnte, die für Sie persönlich oder für das Orchester schädlich sind.«

»Was meinen Sie damit?« fragte Remmers mit einem leichten Lächeln.

»Es könnte ja zum Beispiel herauskommen, daß Sie der Mörder sind«, sagte Wolfe.

Remmers zuckte nicht mit der Wimper. »Wenn ich es wäre,

würde ich wohl kaum versuchen, den raffiniertesten Detektiv in New York zu engagieren, oder?«

»Es gab einen Fall, in dem genau das geschah«, antwortete Wolfe. »Vor ein paar Jahren engagierte ein Mann Mr. Goodwin und mich, um herauszufinden, wer einen Angestellten der Firma ermordet hat, bei der er selbst Vorstandsmitglied war. Ich fand den Mörder – es war unser Klient.«

»Ja, jetzt wo Sie es erwähnen: Ich erinnere mich an den Fall. Immerhin bin ich gewiß nicht so schlau wie es der Mörder in diesem Fall wohl gewesen ist, aber ich verstehe, was Sie meinen. Und für mich kommt es ja in erster Linie darauf an, daß Sie sich um den Mordfall bemühen. Ich kann Ihnen die volle Unterstützung des Orchesters zusichern, soweit das von meiner Autorität abhängt.«

Wolfe nickte. »Jetzt kommen wir zu dem Grund, weshalb ich mit Ihnen sprechen wollte, Sir. Ich war gerade dabei, Sie um diese Unterstützung zu bitten. Um damit zu beginnen: Sie sagten, daß Sie nicht von Mr. Milners Schuld überzeugt sind. Warum nicht?«

Remmers dachte über die Frage nach. »Ich muß zugeben, daß ich Gerald Milner nicht besonders gut kenne – er ist erst seit ungefähr zwei Jahren beim Orchester –, aber ich habe mich bei verschiedenen Gelegenheiten mit ihm unterhalten, finde, daß ich jedes Mitglied des Orchesters kennen muß, und kann ihn mir beim besten Willen nicht als intrigant, geschweige gewalttätig vorstellen. Ein so großes Orchester setzt sich aus vielen verschiedenartigen Persönlichkeiten zusammen, wie Sie sich vorstellen können, und er gehört zu den Sanftesten – oder soll ich sagen Schüchternsten – von allen.«

»Die Schüchternen und die Sanftmütigen haben im Lauf der Jahrhunderte viel Unheil und Zerstörung angerichtet«, bemerkte Wolfe.

»Sicher, und vielleicht ist Milner tatsächlich einer von dieser Sorte«, räumte Remmers ein. »Aber ich kann es einfach nicht glauben.«

»Können Sie denn jemand anders nennen, der eher für die Tat in Frage käme?«

»Ich habe lange darüber nachgedacht. Es gab ein paar Leute, die, nun ja, ziemliche Schwierigkeiten im Umgang mit Milan Stevens hatten. Er war starrsinnig und unbeugsam, wie Sie vermutlich gehört haben, und viele, die mit ihm arbeiten mußten, wurden von seiner Haltung wie von seiner Person abgestoßen.«

»Schließt das auch Sie ein?«

»Ich glaube, bei mir war das etwas Besonderes. Ich habe ihn vor zwei Jahren von London hierhergeholt – genau gesagt, vor zweieinhalb Jahren –, deshalb fühlte er sich mir gegenüber verpflichtet. Außerdem hat man als Vorsitzender des Verwaltungsrats wenig zu tun mit den Tagesproblemen des Orchesters, daher gab es zwischen Stevens und mir nur selten Reibungspunkte.«

»Aber mit anderen auf höherer Ebene gab es gelegentlich Zusammenstöße?«

Remmers lächelte traurig. »Ja, das kann man sagen. Zum Beispiel herrschte zwischen ihm und Charles Meyerhoff, dem Betriebsdirektor, offene Feindschaft. Charlie war der Meinung, das Arbeitsklima und die Moral beim Orchester seien in letzter Zeit schlimmer geworden als unter allen vorausgegangenen Chefdirigenten, und die Repertoire-Auswahl habe uns in die Nähe der Boston Pops gebracht.«

Wolfe schaute etwas verwirrt drein, und Remmers fühlte sich verpflichtet, die Sache zu erläutern. »Verstehen Sie, damit wollte er sagen, unter Stevens spiele das New York Symphony Orchestra vorwiegend Werke, die bei der großen Mehrzahl des Publikums bekannt und beliebt sind, statt schwierigere, anspruchsvollere Werke vorzustellen oder Neues zu wagen, Abenteuer einzugehen.«

»Und war dieser Vorwurf berechtigt?«

»Das zu entscheiden, ist eine Ermessensfrage«, antwortete Remmers, »obwohl man feststellen kann, daß sich die Programme des New York Symphony Orchestras in den beiden letzten Spielzeiten vor allem auf Tschaikowsky, Rachmaninow, Beethoven und Brahms gestützt haben – auf die populären Komponisten.«

»Stimmen Sie auch Mr. Meyerhoffs Ansicht zu, was das Arbeitsklima und die Moral bei den Musikern betrifft?« fragte Wolfe.

»Zunächst sah es nicht so aus«, sagte Remmers. »Charlie ist von Natur aus ein Nörgler – nie zufrieden, nie glücklich. Als er daher zum erstenmal zu mir kam, um sich über Stevens' ›preußischen Stil‹, wie er es nannte, zu beschweren, habe ich es abgetan als ein weiteres Beispiel für seinen Pessimismus. Außerdem hatten wir Milan unter anderem engagiert, um etwas mehr Disziplin ins Orchester zu bringen. Das New York Symphony Orchestra war jahrelang ohne einen starken, durchsetzungsfreudigen Chefdirigenten gewesen, und das drückte sich zuletzt auch in der Qualität der Aufführungen aus. Also war ich zunächst sogar erfreut, zu hören, daß sich Milan Stevens mit aller Strenge des Orchesters annahm.«

»Doch dann haben Sie Ihre Meinung geändert?«

»Ja«, sagte Remmers. »Nach dem ersten Jahr wurde mir allmählich klar, daß sich Milan eine Reihe von guten Musikern durch seinen rauhen Zugriff entfremdet hatte, und im Lauf des zweiten Jahres sah es so aus, als ob er sich durch seine Politik, die schroffe Art und die Unbeugsamkeit allmählich alle Mitglieder des Orchesters zu Gegnern gemacht hätte.«

»Haben Sie mit ihm darüber gesprochen?« fragte Wolfe.

»Gott, ja, unzählige Male. Ich versuchte ihm klarzumachen, daß wir Disziplin ohne Einschüchterung brauchten, und er bestand stets darauf, daß das nun einmal seine Art sei, ein Orchester zu handhaben, und daß er damit in London, Wien und an anderen Orten sehr erfolgreich gewesen sei. Immerhin endeten unsere Gespräche stets damit, daß er mir versprach, verständnisvoller und umgänglicher zu sein.

Bedauerlicherweise hielten seine guten Vorsätze nie lange an, und dann kam wieder Meyerhoff auf mich zu mit seinem Genörgel. In den letzten Monaten erklärte mir Charlie mehrfach, er wolle kündigen, da er die ewigen Spannungen und Kämpfe nicht mehr aushalten könne – und das, was er für ein allzu populäres Repertoire hielt. Er meinte, er sei ohnehin überflüssig bei einem Chefdirigenten, der obendrein noch der Verwaltungsdirektor sein wolle.«

»Aber es gelang Ihnen, Mr. Meyerhoff bei der Stange zu halten?« fragte Wolfe.

»Mit Mühe. In den letzten acht Monaten bestand meine Haupttätigkeit darin, zwischen den beiden Lagern zu vermitteln und Frieden zu stiften, statt private und städtische Unterstützung für das Orchester zu suchen, was meine eigentliche Aufgabe wäre. Es war nicht leicht, das können Sie mir glauben«, sagte er und strich sich mit der Hand übers Kinn.

»Wollen Sie mit alledem andeuten, daß Mr. Meyerhoff Milan Stevens getötet haben könnte?«

Remmers fuhr hoch. »O nein, nein, natürlich nicht. Es gab andere, die Milan mindestens ebensowenig leiden konnten wie er. Um nur zwei zu nennen: Dave Hirsch, den stellvertretenden Dirigenten, und Donald Sommers, den Ersten Flötisten.«

Wolfe rutschte auf seinem Sessel hin und her. Er hatte noch nicht nach Bier geklingelt, und ich wußte auch, warum. »Worin bestanden die Gründe für deren Abneigung gegen Mr. Stevens?«

»Nun, Hirsch war schon stellvertretender Dirigent unter dem früheren Chefdirigenten und schien der Meinung zu sein, daß er der naheliegende Bewerber für den leitenden Posten sei, als wir Stevens engagierten. Wir haben Hirsch allerdings klargemacht, daß wir nie daran gedacht hatten, ihm den Posten zu geben. Zu Ihnen gesagt, er hat nicht das nötige erzieherische und künstlerische Format für diese schwere Aufgabe. Jedenfalls hat er Stevens vom ersten Augenblick an abgelehnt, und das wurde im Lauf der Zeit noch schlimmer. Milan hat nicht gern Verantwortlichkeiten delegiert, daher hatte Hirsch weniger zu tun als je zuvor. Und das allerschlimmste: Hirsch hat eine Symphonie komponiert, die er natürlich liebend gern mit dem Orchester uraufführen würde. Stevens dagegen erklärte ihm, er halte sein Werk einem so großen und berühmten Orchester für nicht angemessen. Seitdem sprachen sie nur noch das nötigste miteinander. Ich rechnete seit langem damit, daß Hirsch eines Tages zu mir kommen und zum Ablauf der Saison kündigen würde.«

»Jetzt, wo Mr. Stevens tot ist – wird Mr. Hirsch den Posten des Chefdirigenten bekommen?« fragte Wolfe.

Remmers schüttelte heftig den Kopf. »Nur auf einer Interims-Basis. Wir werden heute nachmittag offiziell verkünden, daß er vorerst das Orchester leiten soll. Ich habe schon mit Dave gesprochen, und er scheint sich darüber im klaren zu sein, daß er es nie zum Chefdirigenten bringen wird. Tief im Inneren kennt er vermutlich seine Grenzen, und er weiß auch, daß er den Posten nicht auf längere Zeit ausfüllen könnte. Wahrscheinlich vermutet er selbst, daß seine Leistungen in der Musik eher auf dem Gebiet des Komponierens als auf dem des Dirigierens liegen.

Tatsächlich bestanden meine Schlichtungsverhandlungen mit Stevens unter anderem darin, daß ich ihn zu einer Aufführung von Hirschs Symphonie überreden wollte. Und ich glaube, das war mir inzwischen gelungen.«

Wolfe warf einen Blick auf die Wanduhr, dann wandte er sich wieder Remmers zu. »Und was ist mit Mr. Sommers?«

»Ach ja, auch so ein Fall von Verbitterung«, sagte er. »Don Sommers hat vor ein paar Wochen ein Flötensolo gespielt, das nur mittelmäßige Kritiken erhielt, und nicht lange danach sagte Stevens in einem Interview mit der *Times*, sein größtes Problem sei die lustlose und nachlässige Haltung einiger Solisten im Orchester. Sommers legte das als direkte Kritik an ihm aus, obwohl Stevens laut *Times* ausdrücklich ›einige Solisten‹ gesagt hatte. Zwei Tage danach haben die beiden sich hinter der Bühne furchtbar angebrüllt, und seit damals haben sie kein Wort mehr miteinander gesprochen.«

Wolfe zog die Stirn in Falten. »Mir kommt es so vor, als ob sich dieses Orchester lediglich mit verbittertem Streit und zornigem Schweigen beschäftigen würde.«

Remmers warf den Kopf in den Nacken und lachte. »Wenn man von dem ausgeht, was ich Ihnen eben sagte, ist das eine logische Folgerung. In Wirklichkeit war es natürlich nicht immer so chaotisch, wie es sich anhört. Aber Sie haben nach Leuten gefragt, die mit Stevens nicht gut ausgekommen sind. Also habe ich Ihnen über verschiedene Unruhen berichtet.«

»Als ich Sie darum bat«, verbesserte ihn Wolfe, »da hatten Sie diese Leute ins Spiel gebracht als Antwort auf die Frage, wer denn Mr. Stevens umgebracht haben könnte. Glauben Sie, daß jeder der drei, die Sie erwähnten – oder sonst jemand aus dem Orchester – dafür in gleicher Weise in Frage kommt?«

»Vor ein paar Tagen hätte ich diese Frage als lächerlich abgetan. Aber da hätte ich auch jeden ausgelacht, der mir erklärt hätte, unser Chefdirigent würde in seiner eigenen Wohnung erstochen werden. Um ganz aufrichtig zu sein, ich kann keinen ausschließen, aber ich kann auch nicht behaupten, der eine käme eher in Frage als der andere. Und was den Rest des Orchesters betrifft – nein, eigentlich waren es außer Milner nur diese drei, die besonders bittere Erfahrungen mit Stevens gemacht hatten.«

Wolfe zog die Stirn in Falten. »Kommen wir zu Ihnen zurück, Sir. Da Sie in erster Linie dafür verantwortlich waren, daß Stevens engagiert wurde – hat sich die Kritik innerhalb des Orchesters auch gegen Sie gerichtet?«

»Das kann man durchaus behaupten«, antwortete Remmers. »Sogar der Kritiker einer Musikzeitschaft hat geschrieben, daß die Schuld an dem, was er das ›Stevens-Debakel‹ nannte, in erster Linie bei mir liege. Sehen Sie, zu der Zeit, als wir uns nach einem neuen

Chefdirigenten umsahen, war das Komitee, das über die musikalische Linie des Orchesters entscheidet, total gespalten, was die Kandidaten für diesen Posten anging. Meyerhoff ist Vorsitzender dieses Komitees, aber sie kamen nicht weiter, also brachte ich den Namen von Stevens ins Spiel. Daraufhin wurde ich von den meisten Mitgliedern des Komitees unterstützt, und zuletzt hat auch Meyerhoff nachgegeben. Aber in den letzten Monaten haben einige von diesen Komiteemitgliedern, die zuerst der Wahl begeistert zugestimmt hatten, erstklassige Rückzieher gemacht.«

»Und wie haben Sie auf diese kritischen Stimmen reagiert?«

»Ich bin recht dickfellig, Mr. Wolfe«, sagte er und zeigte jetzt wieder das Grinsen, das man von den Gesellschaftsspalten kannte. »Ich habe im Lauf der Jahre an vielen öffentlichen Projekten mitgearbeitet und mir dabei wegen meiner Entscheidungen manche Querschüsse eingehandelt. Das alles hat dazu geholfen, daß ich mir ein dickes Fell zulegte. Das einzige, was mich in der Sache Stevens in den letzten sechs Monaten wurmte, war die Tatsache, daß es mit ihm einfach nicht so funktionierte, wie ich mir das erhofft hatte. Ich hatte tatsächlich einen Fehler gemacht, als ich ihn engagierte, und ich war auch bereit, diesen Fehler zu korrigieren.«

»Hatten Sie vor, seinen Vertrag zu lösen?« fragte Wolfe.

»In gewisser Weise, ja. Der Vertrag wäre im kommenden Jahr ohnehin ausgelaufen, und ich wollte dem Verwaltungsrat klarmachen, daß wir uns einen neuen Chefdirigenten suchen sollten.«

»Hat Mr. Stevens das gewußt?«

»Ich hatte noch nicht mit ihm darüber gesprochen, wollte das aber in den nächsten Wochen tun«, antwortete Remmers. »Und ich glaube, er hat so etwas geahnt.«

»Kreiden Sie sich das Scheitern von Mr. Stevens als ein persönliches Versagen an?« fragte Wolfe.

Remmers zuckte mit seinen breiten, knochigen Schultern. »Nein, das kann man nicht sagen. Wie gesagt, ich bin Kritik gewohnt. Man kann nicht eine solche Position ausüben, ohne zur Zielscheibe für manchen zu werden. Und wenn man die Probleme des Orchesters mit früheren Dirigenten bedenkt, war Stevens ja nun wirklich alles andere als eine Katastrophe.«

»Mr. Remmers, darf ich das Thema abrupt wechseln?« fragte Wolfe. »Kennen Sie eine Frau namens Lucinda Forrester-Moore?«

»Ja, ich kann wohl behaupten, daß ich sie kenne«, erwiderte Remmers. »Ich habe sie im Laufe der Jahre häufig auf Partys getroffen, bei Wohltätigkeitsveranstaltungen und so weiter. Ihr verstorbener Mann, Baxter Moore, ist zu meiner Zeit in Harvard gewesen; wir haben uns dort schon als Studenten gekannt. Er war übrigens im Transportwesen tätig. Ich glaube, ich weiß, warum Sie nach ihr fragen: Sie und Milan Stevens sind im letzten Jahr zum Gesprächsstoff geworden.«

»Glauben Sie, daß es sich dabei um eine ernsthafte Beziehung handelte?« fragte Wolfe.

»Das kann ich nicht beurteilen. Sie waren natürlich viel beisammen, aber ich weiß nicht, ob es eine romantische Sache war oder eine Zweckfreundschaft. Lucinda steht gern im Mittelpunkt, und es ist doch ziemlich auffallend, wenn man mit dem Maestro des New York Symphony Orchestra am Arm im Theater oder bei einer Dinnerparty erscheint. Seit dem Tod ihres Mannes vor sechs oder sieben Jahren ist sie bekannt dafür, daß sie berühmte Männer an sich fesselt – das ist sozusagen ihr Markenzeichen.«

»Hat Mr. Stevens jemals Ihnen gegenüber von ihr gesprochen?«

»Nein, ich glaube nicht«, sagte Remmers. »Es gab auch keinen Grund dafür. Unsere Verbindung war nicht so eng, daß wir private Dinge miteinander besprochen hätten. Ich kann mir, abgesehen davon, nicht vorstellen, daß Milan Stevens mit irgend jemandem über sein Privatleben diskutiert hätte.«

Wolfe atmete so tief ein, daß er fast den ganzen Sauerstoff im Büro verbrauchte, dann stieß er die Luft langsam aus. »Nur noch zwei Bitten, Mr. Remmers. Erstens möchte ich mit den drei Männern sprechen, die Sie erwähnten. Können Sie das arrangieren?«

»Ja, ich glaube. Sie wollen sie natürlich hier sprechen. Das wird ihnen nicht gefallen, und vor allem Charlie Meyerhoff wird dagegen opponieren, aber sie werden dann doch kommen, entweder einzeln oder gemeinsam, ganz wie Sie es wünschen. Wenn Sie mir nur sagen, wann es Ihnen paßt, damit ich –«

»Mr. Goodwin wird Sie anrufen und Ihnen einen genauen Termin mitteilen«, sagte Wolfe. »Und wir wollen sie alle drei gleichzeitig sprechen. Das andere ist eine Frage, Sir: Wo waren Sie am Mittwochabend zwischen halb acht und halb neun Uhr?«

Remmers zeigte wieder das bekannte Lächeln. Man konnte ihn

sich gut vorstellen, wie er die Sponsoren zu größeren Stiftungen überredete. »Ich habe gewußt, daß das kommen würde. An neunzehn Abenden von zwanzig bin ich unterwegs. Abende, an denen ich ein wasserdichtes Alibi aufweisen kann: ein Dinner, ein Empfang, die Oper, vielleicht auch das New York Symphony Orchestra selbst. Aber am letzten Mittwoch hatte ich einen verdorbenen Magen, daher sagte ich meine Einladung zu einem Dinner ab, und meine Frau ist allein hingegangen. Ich habe den frühen Abend mit Lesen verbracht, und gegen Viertel vor acht bin ich noch einmal hinuntergegangen zu einem Spaziergang. Ich brauchte frische Luft, um mich zu beruhigen. Ich spazierte ein paar Blocks weit in unserem Viertel – wir wohnen am Beekman Place –, und ich war etwa gegen neun wieder zu Hause. Eine unglückliche zeitliche Abstimmung, nicht wahr?«

»Haben Sie unterwegs jemanden gesehen oder gesprochen?« fragte Wolfe.

»Nur den Doorman in unserem Haus, und wahrscheinlich auch den Mann am Empfang. Mit dem Doorman habe ich kurz gesprochen, als ich ging und als ich wiederkam. Sonst habe ich etwa ein Dutzend Leute gesehen, die ihren Hund ausführten, aber niemanden, den ich kenne.«

»Sehr gut«, sagte Wolfe und warf wieder einen Blick auf die Wanduhr. »Ich weiß, daß Sie einen vollen Terminkalender haben, und möchte Ihnen dafür danken, daß Sie sich die Zeit für einen Besuch bei mir genommen haben.«

»Ich habe Ihnen zu danken, Mr. Wolfe«, erwiderte Remmers und erhob sich aus dem Sessel. Er wollte schon die Hand ausstrecken, dann fiel ihm ein, wo er sich befand, und er zog sie rasch zurück. Statt dessen neigte er den Kopf. Ich brachte ihn hinaus in die Halle, half ihm in seinen Kaschmirmantel und sah ihm dann nach, wie er die Treppe hinunterging zu einem parkenden Wagen, der etwa doppelt so lang war wie der Wagen, der zuvor auf Cramer gewartet hatte.

Als ich zurückkam ins Büro, ging Fritz gerade hinaus, nachdem er ein Glas und zwei Bierflaschen vor Wolfe auf den Schreibtisch gestellt hatte. »Ha!« sagte ich. »Sie wollten ihn nicht sehen lassen, daß Sie das Bier aus seiner Brauerei trinken, nicht wahr? Haben Sie gedacht, er könnte glauben, das sei Schmeichelei?«

»Unsinn«, schoß Wolfe zurück, als er sich das Bier einschenkte und zusah, wie sich der Schaum setzte. »Es hätte uns nur von unserem Gespräch abgelenkt. Mr. Remmers hätte geglaubt, daß dazu eine Bemerkung nötig sei, und das hätte eine Erwiderung meinerseits erfordert, und so weiter und so fort. Ich hatte ihn nicht hergebeten, um mit ihm Belanglosigkeiten auszutauschen.«

»Sie haben ihn gar nicht hergebeten, sondern er hat um einen Besuch bei Ihnen gebeten«, gab ich ihm zurück, doch Wolfe hatte sich bereits hinter einem offenen Buch verschanzt, wie häufig, wenn ich versuche, das letzte Wort zu behalten.

13

Ich bin sicher, der gedünstete Lachs mit *mousseline d'homard*, den uns Fritz servierte, war exzellent, aber zum drittenmal innerhalb von drei Tagen aß ich, ohne etwas zu schmecken. Ich bewundere und beneide Wolfes Fähigkeit, jegliche Gedanken an berufliche Dinge auszuschließen, sobald er über die Schwelle des Speisezimmers tritt; an diesem Mittag bediente er sich gleich dreimal mit dem Lachs, während er sich darüber verbreitete, wie zukünftige Historiker die Präsidentschaft von Richard Nixon einordnen würden. Ich gab hier und da ein paar Kommentare von mir, aber unterm Strich war ich an diesem Tag alles andere als ein guter Gesprächspartner. So heftig meine Gefühle im Hinblick auf den Mann aus San Clemente sein mochten, ich konnte die Gedanken nicht von Maria Radovich, Jason Remmers und Gerald Milner reißen, wobei letzterer in diesem Augenblick im Südzimmer saß und das gleiche zu essen bekam wie wir.

Es kam mir vor, als dauerte der Lunch sechs Stunden, aber endlich saßen wir wieder im Büro und tranken Kaffee – das heißt, man durfte wieder übers Geschäft reden. »Hören Sie«, sagte ich und drehte mich in meinem Sessel, um Wolfe ins Gesicht zu schauen, »wie lange werden wir eigentlich unseren Hausgast behalten? Ich kann mir nicht vorstellen, daß er uns hier noch irgend etwas nützt.«

Wolfe trank seinen Kaffee aus und stellte dann mit Nachdruck die

Tasse auf die Untertasse. »Ich bin Ihrer Meinung; die Zeit ist gekommen, um Mr. Milner laufen zu lassen. Der Hauptgrund, weshalb ich ihn noch bis Mittag dabehalten habe, besteht darin, daß ich Mr. Cohen und seiner Zeitung einen Vorsprung bei der Berichterstattung bieten wollte. Inzwischen müssen sie diesen Vorsprung genützt haben, also können Sie Milner sagen, daß es ihm freisteht, das Haus zu verlassen, wann immer er das will.«

Wolfe meinte damit natürlich, daß ich Milner nahelegen sollte, zu verschwinden. Nie und nimmer hätte Wolfe das selbst zu einem Gast in seinem Haus gesagt. Ich wollte eine Bemerkung darüber machen, als es an der Haustür klingelte.

»Wahrscheinlich wieder Cramer«, sagte ich. »Um uns noch einmal zu überreden, daß wir die Arbeit an diesem Fall aufgeben.« Aber es war keineswegs die Visage des Inspektors, die ich sah, als ich durch das Einwegglas schaute. Ich hätte es nicht gewagt, ihr Alter zu schätzen, obwohl ihr prächtig frisiertes weißes Haar davon zeugte, daß sie schon eine Weile hier gewesen sein mußte, als ich damals in Ohio zum erstenmal das Tageslicht erblickte. Ihre Haut war glatt und makellos wie die eines Teenagers, und wenn ich sie mit einem einzigen Adjektiv beschreiben müßte, dann würde ich sagen, daß sie elegant war. Sie trug einen schwarzen Mantel mit weißem Pelzkragen, der ihr Konto bestimmt um ein paar Riesen kleiner gemacht hatte. Und wer auch immer sie sein mochte, ich kam zu der Erkenntnis, daß sie keine unmittelbare Bedrohung darstellte, also schob ich die Sperrkette zurück.

»Ja?« fragte ich, während ich die Tür öffnete.

»Ich möchte Nero Wolfe sprechen«, antwortete sie. »Ich weiß, ich bin nicht mit ihm verabredet, aber er ist ja doch meistens zu Hause.« Ihre Stimme klang ein wenig nach einem französischen Akzent, obwohl mich Wolfe oft genug darauf hingewiesen hat, daß ich mich total verfranse, wenn ich versuche, Sprachen und Akzente zu erkennen.

»Ich weiß nicht, ob ich ihn jetzt stören kann«, sagte ich, trat zurück und ließ sie ein, so daß ich die Tür vor den kalten Novemberböen schließen konnte. »Aber ich werde ihn fragen. Wen darf ich melden?«

»Mein Name ist Alexandra Adjari«, sagte sie.

Das sagte mir allerdings einiges, und ich wandte mich der offenen

Tür des Büros zu. Als ich dort ankam, war Wolfe bereits auf den Beinen und schaute an mir vorbei hinaus in die Halle mit einem Ausdruck, den ich noch nie an ihm gesehen hatte. Ich versuchte, ihn mir einzuprägen, als sie an mir vorbeidrängte. »Hallo, Nero, mein Gott, ist das lange her«, sagte sie und streckte ihm ihre behandschuhte Rechte entgegen.

»Alexandra«, antwortete er und schüttelte ihr quer über den Schreibtisch die Hand. »Ich habe deine Stimme sofort erkannt.«

»Obwohl du sie in weiß der Himmel wie vielen Jahren nicht gehört hast?« sagte sie lachend. Es war ein hübsches Lachen. »Ich glaube dir kein Wort, Nero, aber ich danke dir trotzdem dafür, daß du es sagst. Du siehst gut aus.«

Wolfe machte eine Geste auf sich selbst. »Wie du sehen kannst, habe ich im Lauf der Jahre ein paar Schichten zugelegt – eine Isolation gegen die unzähligen Attacken des Lebens.« Jetzt wandte er sich mir zu. »Das ist Mr. Goodwin.«

Sie faßte meine Hand mit kräftigem Druck und lächelte. »Das hatte ich schon vermutet, als ich ihn an der Tür sah. Ich habe im Lauf der Jahre viel über euch beide gelesen. Und ich werfe oft einen Blick in die *New York Times*.«

Wolfe neigte seinen Kopf ein paar Zentimeter, was bei ihm einer tiefen Verbeugung gleichkommt. »Bitte«, sagte er und deutete auf den roten Ledersessel. Ich nahm ihren Mantel und hängte ihn auf, und als ich zurückkam, fragte er die Lady, ob sie schon gegessen habe.

»Ja, danke, ich hatte Lunch im Flugzeug. Ich bin erst seit einer Stunde oder so in New York. Sobald ich das von Milos hörte, habe ich Arrangements getroffen, um schnell hierherzukommen. Wie du dir denken kannst, ist die Sache auch in London eine große Nachricht.«

Wolfe nickte, und auf seinen Vorschlag hin war Alexandra einverstanden, daß man ihr Kaffee servierte. Nachdem Fritz ihn gebracht und sie einen ersten Schluck getrunken hatte, setzte sich Wolfe bequemer zurück und tupfte sich die Mundwinkel mit einem Taschentuch ab. »Bist du zur Beisetzung hergekommen?«

»Zum Teil«, antwortete sie, »aber auch, um bei Maria Radovich zu sein. Ich mag sie sehr gern und dachte, daß sie vielleicht jemanden braucht, da sie außer Milos keine Verwandten hat. Ich habe versucht, sie anzurufen, nachdem ich mein Zimmer im Churchill genommen habe, aber in ihrer Wohnung meldet sich niemand.«

»Mr. Goodwin weiß, wo sie sich aufhält«, sagte Wolfe, »und er kann dir auch sagen, wie man sie erreicht. Ich versichere dir, sie ist in den Händen freundlicher und mitfühlender Menschen. Was die Beisetzung betrifft, sind meines Wissens noch keine festen Arrangements getroffen worden.«

Alexandra machte eine Handbewegung. »Das ist nicht meine Hauptsorge«, antwortete sie. »Sollen doch die Toten die Toten begraben. Ich weiß, das klingt pietätlos, wenn man bedenkt, daß ich siebzehn Jahre mit dem Mann verheiratet war, aber wie du vermutlich weißt, war es nach den ersten paar Jahren nur noch eine Ehe auf dem Papier. Wir hatten uns getrennt, und schließlich haben wir uns scheiden lassen...« Sie ließ eine Pause entstehen, überlegte. »Ach, das ist länger her, als ich zurückdenken kann. Ich glaube, ich habe Milos in all den Jahren danach höchstens drei- oder viermal gesehen. Ich erinnere mich noch an das, was du mir gesagt hast, als ich mich entschlossen hatte, ihn zu heiraten. Weißt du es auch noch?«

Wolfe nickte und trank wieder einen Schluck Kaffee.

Sie fuhr fort. »Du hast gesagt, wir würden es keine fünf Jahre miteinander aushalten und ich sollte es mir noch einmal gut überlegen. In den ersten Monaten nach der Hochzeit habe ich darüber gelacht und gedacht, daß es kaum zu glauben sei, wie sehr du dich geirrt hast. Aber nach dem ersten Jahr war mir klar, daß wir einen Fehler gemacht hatten und wie wenig wir zueinander paßten. Nachdem ich längere Zeit ständig mit ihm beisammen war, kam ich zu der Erkenntnis, daß Milos nicht leicht zu lieben war – und gern haben konnte man ihn noch weniger. Glücklicherweise führte ihn seine Musik so häufig fort, daß wir länger zusammengeblieben sind, als das der Fall gewesen wäre, wenn wir uns täglich gesehen hätten. Trotzdem erwies sich diese Ehe als totale Katastrophe. Das einzige Gute war, daß wir keine Kinder hatten und daß ich durch Milos Maria kennengelernt habe.«

Sie hielt inne und trank etwas Kaffee. »Lange nachdem wir geschieden waren, kam Milos als Dirigent des Philharmonia Orchestras nach London, und ich traf ihn bei einem Empfang. Wir waren höflich zueinander, und er machte mich mit Maria bekannt, die damals ungefähr dreizehn war. Ich mochte sie auf den ersten Blick, und sie schien mich auch zu mögen. Ich weiß, Milos warnte sie davor, allzu freundlich mit mir zu sein, zumindest anfangs, aber Maria hat ihren eigenen Kopf, und wir haben uns in den nächsten Jahren mehr und mehr angefreundet. Seit sie mit Milos hierhergezogen ist, schreiben wir uns nur gelegentlich, und ich muß oft an sie denken. Und ihretwegen bin ich auch hergekommen. Jetzt, wo ich hier bin, habe ich allerdings noch einen Grund dafür gefunden: In meinem Hotelzimmer war eine Nummer der heutigen *Gazette*, und darin stand, daß du den Mord an Milos untersuchst – das heißt, daß du mit der Lösung der Polizei nicht einverstanden bist, die den vermeintlichen Täter bereits verhaftet hat. Ist das richtig?«

»Genau so ist es«, antwortete Wolfe.

»In der Zeitung steht auch, daß du im Auftrag von Maria an dem Fall arbeitest.«

»Auch das ist richtig«, sagte Wolfe. »Ich bin sicher, sie wird es dir sagen, wenn ihr euch trefft.«

»Ich habe natürlich ihren *Beau* noch nie gesehen, aber es ist verständlich, daß sie ihn für unschuldig hält. Und du mußt auch von seiner Unschuld überzeugt sein.« Das war keine Frage, sondern eine Feststellung.

»Das bin ich«, bestätigte Wolfe, »obwohl ich derzeit keinen anderen Kandidaten anzubieten habe.«

»Ich bin sicher, du tust das aus gutem Grund. Ich weiß, daß Marias Mittel begrenzt sind, zumindest bis die Erbschaft geregelt ist, aber bei mir gibt es keine solchen Einschränkungen. Nero, ich möchte dich bitten, daß du in meinem Auftrag den Mörder von Milos suchst, und du kannst als Honorar fordern, was immer du willst.«

Ich schaute Wolfe an. Wir hatten bereits eine Klientin, wenn auch eine, deren Besitztümer sie kaum als bevorzugten Kunden bei der Metropolitan Trust auswiesen. Aber in den letzten zwei Stunden waren zwei schwerreiche Leute hier bei uns aufgetaucht und hatten darum gebeten, dem Team beitreten zu dürfen. Jetzt wartete ich auf Wolfes Antwort, obwohl ich wußte, wie sie ausfallen würde.

»Ich weiß dein Angebot zu schätzen, aber –«

»Ja, du fragst dich, warum ich das tue. Im Gedanken an einen Mann, für den ich in all den Jahren gar nichts empfunden habe? Nein, ich glaube, ich tue es für Maria, und weil er schließlich einmal mein Mann war. Vielleicht auch um mein eigenes Gewissen zu beruhigen. Ich war mindestens ebenso schuld am Scheitern unserer Ehe wie er.«

»Was ich sagen wollte und wobei du mich unterbrochen hast, ist folgendes«, erwiderte Wolfe. »Ich weiß dein Angebot zu schätzen, aber auch Miss Radovich ist nur sozusagen eine stellvertretende Klientin. Wie dir bekannt ist, verdanke ich Milos Stefanovic mein Leben.«

Sie nickte und schaute nachdenklich drein. »Ja, an dem Tag in Cetinje; die Polizei, die Blockade...«

»Ich war ein kompletter Narr«, sagte Wolfe. »Ich habe jeden nur möglichen Fehler gemacht, doch da tauchte Milos aus dem Nichts auf, mit einem Gewehr und einer Pistole. Er muß mindestens drei von den anderen umgelegt haben.«

»Fünf, hat er gesagt, als er mir später die Geschichte erzählte. Aber ich erinnere mich daran, daß auch du ihm mindestens einmal das Leben gerettet hast, Nero.«

Wolfe drehte die Hände um. »Wahrscheinlich könnte man sagen, wir alle haben uns bei zahlreichen Gelegenheiten gegenseitig das Leben gerettet. Aber nichts war so eindeutig wie das, was an diesem Nachmittag geschehen ist. Es ist eine Schuld, und ich hasse es, bei anderen in der Schuld zu stehen.«

»Du hast dich kaum verändert«, sagte Alexandra und lächelte wieder. »Auch damals konntest du es nicht leiden, anderen verpflichtet zu sein. Na schön – wenn du mein Geld nicht haben willst, so hast du zumindest meine moralische Unterstützung, was auch immer dir das bedeuten mag.«

»Ich danke dir«, sagte Wolfe und verbeugte sich wieder. Allmählich machte ich mir Sorgen um ihn. Dreimal in dieser Woche war er aufgestanden, als Frauen das Büro betreten oder verlassen hatten, wenn man das mit Maria doppelt zählte, und ich weiß gar nicht mehr, wie oft er sich ›verbeugt‹ hatte. Wenn das so weiterging, würde er demnächst Frauen in den Mantel helfen oder ihnen die Haustür öffnen.

»Nero«, sagte Alexandra jetzt, »ich bin im Lauf der Jahre häufig in New York gewesen, und ich dachte oft daran, einmal bei dir vorbeizuschauen. Aus irgendwelchen Gründen ist es nie dazu gekommen, aber ich habe es mir fest vorgenommen und gewußt, daß es eines Tages so weit sein würde. Und außerdem habe ich mir vorgenommen, dich zu bitten, daß du mir deine berühmten Orchideen zeigst. Ist das allzu unverschämt?«

Wolfe zog die Augenbrauen hoch. »Unverschämt? Ganz im Gegenteil. Mr. Goodwin kann dir bestätigen, daß ich diesen Wunsch fast nie abschlägig bescheide. Wenn du genügend ausgeruht bist, können wir gleich hinauffahren«, sagte er und hievte sich aus seinem Sessel hoch.

»Mit Vergnügen«, antwortete sie, und die beiden gingen hinaus in die Halle. »Du bleibst natürlich zum Dinner«, sagte Wolfe.

»Gern, wenn es keine Umstände macht«, erwiderte Alexandra.

»In diesem Haus steht immer eine Mahlzeit bereit für –« Den Rest von Wolfes Satz hackte die Aufzugtür ab.

Ich lehnte mich in meinem Sessel zurück und starrte auf die Wand. Diese Frau und Wolfe waren seit vielen Jahren befreundet, und die Freundschaft war alles andere als flüchtig. Ich werd' verrückt, sagte ich in Gedanken zu mir, oder vielleicht sagte ich es sogar laut. Ich hatte gedacht, daß ich alles über Nero Wolfe wußte, doch das war etwas Neues. Lächelnd machte ich mich an die Büroarbeit, die sich inzwischen bei mir aufgetürmt hatte.

Zehn Minuten später klingelte das Haustelefon – Wolfe, vom Gewächshaus. »Ich wollte Sie daran erinnern, daß Mr. Milner das Haus verlassen kann, und das wird er vermutlich tun wollen, um Miss Radovich wiederzusehen. Außerdem weiß ich, daß Sie sich regelmäßig mit Saul zum Kartenspielen treffen. Was ist mit Fred – arbeitet er noch?«

»Ja, das heißt, er versucht es zumindest. Bascomb hat ihn hier und da eingesetzt, aber ich weiß, daß es momentan nicht gut läuft bei ihm.«

»Können Sie die beiden, Saul und Fred, für morgen herbitten – sagen wir, um elf?«

»Ich kann es immerhin versuchen«, sagte ich. »Und übrigens, ich habe ganz vergessen, Ihnen zu sagen, daß ich für heute Abend von Miss Rowan zum Dinner eingeladen bin.«

»Sehr zufriedenstellend«, sagte er und hängte ein.

Ich gestattete mir noch ein Grinsen. Sie denken vermutlich, das ›zufriedenstellend‹ war die Antwort auf meinen Versuch, für den nächsten Vormittag unsere beiden Mitarbeiter in unser Büro kommen zu lassen – doch in Wirklichkeit war es seine Reaktion darauf, daß er an diesem Abend zu zweit im Speisezimmer des alten Backsteinhauses dinieren würde. Übrigens hatte ich gar keine Verabredung mit Lily Rowan, obwohl ich mir unschwer eine beschaffen konnte. Und wenn ich mich schon darum bemühte, konnte ich gleich versuchen, daß auch noch für Milner eine Einladung heraussprang, da sich bekanntlich bei Lily jemand herumtrieb, den er sicher sehen wollte. Also hängte ich mich ans Telefon.

14

Am Samstagvormittag um elf Uhr trat Nero Wolfe aus dem Aufzug, der ihn vom Gewächshaus auf dem Dach heruntergebracht hatte, und ging in sein Büro, wo wir zu dritt auf ihn warteten: Saul Panzer im roten Ledersessel, Fred Durkin auf einem der gelben Stühle und ich hinter meinem Schreibtisch. Die zwei Männer standen auf, als er hereinkam, und er blieb stehen, um beiden die Hände zu schütteln – etwas, das er sich für maximal ein Dutzend Männer vorbehält. Dann umrundete er seinen Schreibisch, setzte sich und klingelte nach Bier.

Ganz schön cool, dachte ich. Hat sie seit fast zwei Jahren nicht gesehen und tut so, als ob sie gestern zum Dinner hiergewesen wären. Für den Fall, daß Sie neu sind in diesem Revier: Saul und Fred arbeiteten schon freiberuflich für Wolfe in den historischen Zeiten, als die Giants und die Dodgers noch nicht nach Kalifornien desertiert waren. Zu Saul Panzer: Er ist klein, sein Gesicht besteht überwiegend aus Nase, seine Kleidung ist stets zerknittert, und er sieht immer aus, als ob er sich drei Tage nicht rasiert hätte, obwohl er schwört, daß seine Visage jeden Morgen die Klinge zu spüren bekommt. Aber ansonsten kann er es mit den besten Ermittlern, freiberuflich oder fest angestellt, hier in New York aufnehmen, vor allem, wenn es darum geht, jemanden zu beschatten, Hinweise auszuschnüffeln oder Leute zu überreden, daß sie Informationen ausspucken, die sie eigentlich lieber für sich behalten würden. Saul verlangt – und bekommt – doppelt soviel Honorar wie üblich ist, und trotzdem hat er nie Probleme mit Aufträgen, obwohl es ihm in all den Jahren stets möglich war, seinen Terminkalender für Wolfe umzustellen.

Fred Durkin ist ein Riesenkerl mit dickem Bauch und dickem Hals, und vielleicht ist er auch im Oberstübchen ein bißchen verfettet, obwohl er bei Beschattungen fast genauso gut ist wie Saul, und obendrein ist er so ehrlich und loyal, wie es nur noch wenige sind. Aber wie ich Wolfe sagte, Fred hatte in der letzten Zeit Mühe, genügend Arbeit zu bekommen. Glücklicherweise hatte Fanny, seine Frau, einen Job bei einer öffentlichen Bibliothek draußen auf Long Island, so daß wenigstens ein bißchen Geld ins Haus kam.

Aber ich bin schon ein Stück zu weit voraus, also zurück zum gestrigen Nachmittag. Wie gesagt, in dem Augenblick, als Wolfe und Alexandra mit dem Aufzug ins Gewächshaus entschwebten, war ich am Telefon. Saul erreichte ich beim ersten Versuch, was mich überraschte, und als ich ihm sagte, daß Wolfe ihn sprechen wolle, antwortete er: »Die Sache mit diesem Stevens: Ich bin da.« Typisch Saul. Auch Fred war zu Hause, und nach dem Tonfall seiner Stimme zu urteilen, war mir ziemlich klar, daß er auf allen Vieren durch Manhattan kriechen würde, um einen Job zu bekommen, vor allem bei Wolfe. Auch er versprach, pünktlich da zu sein. Als nächstes folgte ein Anruf bei Lily. Es gelang mir, die Einladung zum Abendessen zu ergattern, sowohl für Milner als für mich, so daß seine kurze Anwesenheit als Hausgast vorüber war und ich den Anzug und die anderen Sachen zurückhaben konnte, die er sich für den einen Tag ausgeborgt hatte und die ihm ohnehin mindestens zwei Nummern zu groß waren. Im Grunde hatte er uns kaum gestört, da er das Südzimmer so gut wie nie verlassen hatte – vielleicht wegen der guten Bücher, die dort überall auf den Regalen standen.

Als er mit mir im Taxi zu Lily fuhr, war er still und offenbar nicht allzu besorgt oder neugierig, was den Fortschritt unserer Untersuchung betraf. Ich fragte ihn, warum, und er antwortete: »Ich habe es nicht getan, und ich kenne den Ruf von Mr. Wolfe. Ich bin ihm sehr dankbar, daß er sich der Sache angenommen hat, denn ich weiß, er wird den wirklichen Täter finden.« Wie schön wäre das Leben, dachte ich, wenn auch ich dieses Gottvertrauen besäße, drückte mich dann in die Ecke des Fonds und schaute hinaus auf die Schneeflocken, die im Wind dahinwirbelten.

Maria war noch bei Lily, und sie schien sich über Milners Ankunft sehr zu freuen, obwohl sie mit den Vorbereitungen zur Beisetzung ihres Onkels beschäftigt war, die am Montag stattfinden sollte. Und sie freute sich noch mehr, als ich ihr mitteilte, daß Alexandra Adjari in der Stadt war und sie noch am Abend oder spätestens am nächsten Vormittag anrufen würde. Wie sich zeigte, hatte Alexandra eine noch bessere Idee und kam um halb elf auf dem Weg vom Backsteinhaus in der 35. Straße West zum Hotel bei Lily vorbei, und sie und Maria begrüßten sich unter Tränen und Umarmungen in Lilys Wohnzimmer. Es endete damit, daß Alexandra darauf bestand, nicht ohne Maria in ihr Hotel zu fahren, und das bedeutete, daß auch Lily ihren Hausgast los war. Die zwei Frauen und Milner verließen Lilys Wohnung mit dem Taxi – er hatte sich entschlossen, in seine Wohnung in Queens zurückzukehren –, und plötzlich hatten Lily und ich den ganzen Palast für uns allein. Was danach kam, ist eine andere Geschichte, die nicht für diese Seiten geeignet ist, aber nun wissen Sie in etwa, wie die Dinge am Freitagabend gelaufen sind.

Als Fritz das Bier für Wolfe brachte, nahm er von uns anderen die Aufträge entgegen: Kaffee für Saul und mich und Bier für Fred, der es zwar gar nicht so gern mag, aber meint, daß er Wolfe Gesellschaft leisten sollte. Nachdem jeder bedient war, richteten sich Wolfes Augen auf Saul, dann auf Fred und schließlich wieder auf Saul. Ich glaube, uns allen war nicht so ganz wohl; immerhin saßen wir zum erstenmal wieder hier in diesem Raum beisammen, seit sich Orrie vor unserem Haus das Licht ausgeblasen hatte. Früher waren Saul, Fred und Orrie fast immer gemeinsam aufgetreten, um ihre Instruktionen von Wolfe entgegenzunehmen, und der leere gelbe Stuhl stimmte uns alle mehr als nachdenklich.

Wolfe stellte sein Glas ab und begann: »Ihr lest beide regelmäßig die Zeitungen, also wißt ihr vermutlich, daß ich an einem Fall arbeite.« Sie nickten. »Ihr wißt auch, daß Milos Stefanovic, oder Milan Stevens, wie er sich hier nannte, ein Montenegriner war, den ich aus den alten Tagen in Europa kannte. Außerdem haben die Zeitungen korrekterweise berichtet, daß ich nicht der Ansicht der Polizei beipflichte, die behauptet, Stefanovic sei von Gerald Milner getötet worden.« Wolfe fuhr fort, indem er ihnen unsere Tätigkeiten der letzten Tage schilderte, und bat mich mehrmals, ihnen Berichte aus erster Hand zu liefern, zum Beispiel meine Beschreibung, wie ich

Stevens' Arbeitszimmer betrat und den Toten auf dem Boden liegen sah. Als er fertig war, schenkte Wolfe sich wieder Bier ein und wartete, bis sich der Schaum gesetzt hatte. »Noch vor Beginn der nächsten Woche hoffe ich«, erklärte er, »die Herren Meyerhoff, Hirsch und Sommers vom Symphonieorchester sprechen zu können – vorausgesetzt, es gelingt Archie, sie hierherzulotsen. Außerdem wird Archie Mrs. Forrester-Moore besuchen. Sie war in den letzten Monaten Mr. Stevens' ständige Begleiterin bei allen möglichen gesellschaftlichen Anlässen.« Ich warf Wolfe einen entrüsteten Blick zu, doch der ignorierte ihn und fuhr einfach fort.

»Saul, Sie gehen in das Haus, in dem Stevens gewohnt hat. Lassen Sie sich irgendeine Ausrede einfallen, wie Sie hineinkommen. Ich will wissen, wie viele Eingänge es dort gibt und wie schwer oder leicht es ist, zu kommen und zu gehen, ohne von dem Mann unten im Foyer gesehen zu werden. Gibt es eine Feuerleiter? Eine Hintertreppe? Einen Lastenaufzug?« Ich lächelte und biß mir auf die Unterlippe. Wolfe war offenbar doch ein wenig aus der Übung gekommen, denn das waren Fragen, die Saul beantworten würde, ohne daß man ihm dazu einen Auftrag erteilen mußte. Wie ich ihn kannte, würde er mit einem genauen Plan des Hauses ankommen, einschließlich der Heizungsschächte und der Installationsleitungen.

Jetzt richtete Wolfe den Blick auf unseren zweiten freien Mitarbeiter. »Fred, versuchen Sie, soviel wie möglich über den Mann unten am Empfang in Stevens' Haus herauszubringen. Er heißt –« Jetzt wandte er sich an mich.

»Tom Hubbard«, warf ich ein.

»Finden Sie alles heraus, was Sie über diesen Mr. Hubbard und seine Gewohnheiten in Erfahrung bringen können, aber reden Sie nicht mit ihm – zumindest jetzt noch nicht. Die Polizei hat ihn sicher ausführlich verhört, und er wird auf der Hut sein.«

Während Wolfe sprach, kritzelte Fred etwas in sein Notizbuch, im Gegensatz zu Saul, der sich niemals etwas notiert, aber alles im Oberstübchen gespeichert hat. Als Wolfe mit seinen Instruktionen fertig war, standen die beiden auf, geschäftsmäßig wie immer, und schüttelten ihm wieder die Hand. Ich kam mir vor wie in den alten Zeiten, als ich mit ihnen durch die Halle zur Haustür ging.

»Und schreibt uns, wenn ihr Zeit habt – auch wenn es nur eine Ansichtskarte ist«, sagte ich, während sie hinaustraten.

»Viel Glück mit der Gesellschaftspuppe«, erwiderte Saul und zwinkerte dazu. »Ich hab' gehört, sie ist ein tolles Baby. Glauben Sie, daß Sie mit ihr fertig werden? Oder brauchen Sie Unterstützung?«

Ich formte lautlos ein unanständiges Wort und knallte die Tür zu.

Zurück im Büro, hatte sich Wolfe bereits hinter ein Buch verschanzt: *Zum Ruhm der englischen Sprache* von Joseph T. Shipley. Ich setzte mich hinter meinen Schreibtisch und drehte mich dann in seine Richtung. »Vielen Dank, daß Sie mir auf diese Weise gleich meine Aufträge übermittelt haben«, sagte ich. »Es ist mir stets ein Vergnügen, in Gesellschaft von anderen Ihre Befehle entgegenzunehmen.«

Wolfe legte das Buch auf den Schreibtisch und zog die Augenbrauen hoch. »Ach, wirklich? Finden Sie, daß Fred und Saul – Gesellschaft sind? Dabei sind Sie derjenige, der immer behauptet hat, sie gehörten zur Familie, und ich stimmte Ihnen dabei zu. Abgesehen davon hatte ich noch nicht entschieden, wer was tun sollte, bis ihr alle hier gesessen habt.«

»Ha! Wen außer mir würden Sie losschicken, um eine attraktive Frau auszuhorchen?«

Er gab keine Antwort, und ich konnte auch seine Miene nicht erkennen, weil mir schon wieder das Buch im Weg war. Nach ungefähr fünf Minuten stieß ich lautstark die Luft aus. »Okay – und was soll ich nun als erstes in Angriff nehmen? Lucinda – oder die drei von der Symphonie?«

»Versuchen Sie, die Lady so bald wie möglich zu sprechen«, sagte die Stimme hinter dem Buch. »Was die anderen betrifft, reicht mir morgen nachmittag. Mr. Remmers kann uns da behilflich sein.«

»Irgendwelche besonderen Instruktionen, was die Frau mit dem Doppelnamen betrifft?«

»Nutzen Sie Ihre Intelligenz, und lassen Sie sich durch Ihre Erfahrung leiten«, sagte Wolfe noch immer hinter dem Buch. Das war einer seiner Lieblingssätze.

»Also schön, ganz wie Sie wollen«, sagte ich und stand auf, um mir in der Küche ein Glas Milch zu holen. Wenn ich noch dreißig Sekunden im Raum geblieben wäre, hätte ich vielleicht etwas Natürliches getan, zum Beispiel meinem Boss den Schädel mit einem Papierbeschwerer eingeschlagen – oder etwas in dieser Preislage.

15

Erst dachte ich daran, vorher bei ihr anzurufen, doch dann kam ich auf die Idee, daß meine Chancen, sie zu sehen, besser standen, wenn ich ihr einfach ins Haus platzte. Ich zog meinen besten Anzug an, graue, dezent gemusterte schottische Wolle, und dazu eine blau und rot gestreifte Seidenkrawatte, mit der ich laut Lily charmant aussehe. Nicht schlecht, sagte ich zum Spiegel, bevor ich meinem Haar noch einen Extra-Schwung mit der Bürste verpaßte. Es war zwanzig Minuten nach zwei, als ich meinen Mantel von der Garderobe in der Halle nahm.

Wolfe saß wieder an seinem Schreibtisch und las. Während des Lunchs war ich nicht besonders gesprächig gewesen, teils, weil ich noch immer sauer war auf Wolfe, und teils, weil ich mir überlegte, wie ich mich einer der tonangebenden gesellschaftlichen Größen dieser Stadt nähern sollte.

Lucinda Forrester-Moore steht natürlich nicht im Telefonbuch für Manhattan, aber Lily verfügt über eine direkte Leitung zur Elite der Stadt, und als ich sie anrief, brauchte sie die Adresse nur nachzusehen. Es stellte sich heraus, daß die Lady in einem Haus wohnte, das an der Park Avenue lag, nur zwei Blocks weiter nördlich von Lily Rowans Palast-Apartment. Das war mir ein zu weiter Fußmarsch an einem so kalten Tag, also nahm ich ein Taxi. Der Fahrer hielt vor einem jener hohen, weißen Gebäude, die mit ihren nach oben zurückgesetzten Stockwerken an viereckige Hochzeitstorten erinnern, ein Baustil, der vielleicht nicht besonders toll aussieht, aber den höheren Wohnungen viele, schöne Terrassen sichert. Ein Doorman, dessen Uniform noch aus der napoleonischen Armee zu stammen schien, schniefte, als ich an ihm vorbeikam, und dann fand ich mich in einem runden Foyer, das vom Boden bis zur Decke mit Spiegeln ausgerüstet war. An der entgegengesetzten Seite des Eingangs befand sich ein Alkoven, in dem ein Mann in einer schicken Uniform, die er sich wahrscheinlich selbst hatte machen lassen, am Empfangspult saß. Er blickte auf, als ich mich ihm näherte, sagte aber keinen Ton.

»Ich möchte zu Mrs. Forrester-Moore«, sagte ich. »Mein Name ist Archie Goodwin.« Und dazu reichte ich ihm meine Super-Visitenkarte, einen hochglänzenden, eierschalenweißen Karton mit meinem Namen, der in die Mitte geprägt ist, und den Worten ›Büro von Nero Wolfe‹ in der rechten unteren Ecke. »Werden Sie erwartet?« fragte der Mann in einem gelangweilten Ton, den er vermutlich jeden Abend zu Hause übte.

»Nein, aber ich nehme an, daß die Lady mich sprechen möchte. Wenn Sie nach oben telefonieren, betonen Sie bitte, daß ich von Nero Wolfes Büro komme«, sagte ich und versuchte, einen ebenso gelangweilten Eindruck zu vermitteln.

Er wandte sich seinem weißen Telefon zu und tippte eine Nummer. Dann sprach er in den Hörer, und zwar so leise, daß ich ihn aus einsfünfzig Entfernung nicht mehr hören konnte. Nach ein paar Sekunden legte er auf und wandte sich wieder an mich.

»Sie möchte Sie sehen«, sagte er, und dazu breitete sich Enttäuschung über sein ganzes Gesicht aus. »Sechzehnter Stock.« Er zeigte auf die Aufzüge in einem Korridor, der vom runden Spiegelfoyer abzweigte. Ein junger Bursche in einer nicht so schicken Uniform fuhr mich schweigend hinauf in den Sechzehnten, und als sich die Türen öffneten, deutete er nach links. »Dort müssen Sie hin«, sagte er. »Nur eine Wohnung in diesem Stock.«

Als ich auf den Klingelknopf drückte, hörte ich drinnen kein Geräusch, aber nach ein paar Sekunden öffnete sich die Tür, und eine mausgraue kleine Person in einem schwarzweißen Schürzenkleid und mit einem gestärkten, weißen Häubchen schaute mich an. »Mr. Goodwin?« fragte sie. Als ich nickte, trat sie in der klassischen Dienstmädchenpose zur Seite, damit ich an ihr vorbeigehen konnte. Ich befand mich in einer Halle von der Größe einer kleinen Kirche, mit einem Kristallüster, der so aussah, als könnte er spielend im Madison Square Garden für Licht sorgen. »Bitte warten Sie hier«, sagte das Mädchen und führte mich in ein Zimmer mit einem weißen Teppich, weißen Wänden und weißen Möbeln. »Mrs. Forrester-Moore bat mich, Ihnen zu sagen, daß sie in Kürze zu Ihnen kommen wird.«

›In Kürze‹ waren vierundzwanzig Minuten auf der Digitaluhr, die mir Lily zum Geburtstag geschenkt hat. Ich rauchte meine zweite Zigarette, als Mrs. Forrester-Moore hereinkam und mir ihre manikürte Hand entgegenstreckte. »Mr. Goodwin – was für eine nette

Überraschung«, sagte sie. »Hoffentlich entschuldigen Sie, daß Sie warten mußten; ich hatte mich ein wenig hingelegt, als sie klingelten, und...« Jetzt lächelte sie und machte eine Geste auf ihre Kleidung und ihr Haar. Selbst mit fünfzig plus war Lucinda Forrester-Moore gut anzusehen. Sie trug eine bodenlange, gelb-orangefarben geblümte Angelegenheit mit Rüschen an den Ärmeln und am Kragen, und ihr aschblondes Haar sah aus wie das Meisterstück eines teuren Salons in der Fifth Avenue.

»Bitte, setzen Sie sich doch«, sagte sie mit leichtem Akzent, den ich nicht einordnen konnte. Aber dies war offensichtlich meine Woche mit auswärtigen Damen. »Kann ich Ihnen etwas zu trinken anbieten?« fragte sie, als sie sich mir gegenüber in einem Sessel am Couchtisch niederließ.

Ich bedankte mich für das Angebot, das ich aber ausschlug, und begann zur Sache zu kommen, wobei sie mich allerdings gleich wieder unterbrach. »Ich habe natürlich von Ihnen gehört und gelesen, aber sind wir uns nicht schon einmal begegnet? Eigentlich sollte ich mich erinnern, aber ich weiß es nicht mehr.«

»Sie haben ein gutes Personengedächtnis, wie ich sehe«, sagte ich und grinste. »Es muß vor ein paar Jahren gewesen sein, vermutlich bei Rusterman. Ich war in Begleitung von Lily Rowan.«

»Natürlich, Lily – jetzt erinnere ich mich. Ein reizendes Mädchen. Ich habe sie lange nicht getroffen. Sehen Sie sie noch?«

Ich bestätigte es ihr und sagte auch, daß ich von Lily Grüße bestellen sollte. Inzwischen merkte ich, daß ich von meiner Gastgeberin eingehend gemustert wurde.

»Mr. Goodwin, ein fabelhafter Anzug, den Sie da tragen – ein Ralph Lauren?«

»Nein, ein Bloomingdale Schlußverkauf«, antwortete ich, »aber danke für das Kompliment. Nun, Mrs. Forrester-Moore, der Grund, weshalb ich hier bin –«

»Es ist wirklich ein Name, der schwer auszusprechen ist, nicht wahr?« bemerkte sie und zeigte dabei ihre perlweißen Zähne. »Ich wollte, Sie würden mich Lucinda nennen wie alle. Ich war einmal verheiratet, habe aber meinen Mädchennamen, Forrester, behalten. Vielleicht war das albern, aber ich wollte einen Teil meines alten Ichs nicht aufgeben. Und ich bin sicher, daß ich weiß, weshalb Sie hier sind. Es ist wegen Milan.« Ihre Miene wurde augenblicklich ernst.

»Ich habe gelesen, daß Nero Wolfe sich für den Fall interessiert, obwohl ich mir nicht denken kann, warum. Glauben Sie denn nicht, daß die Polizei den Mörder bereits gefunden hat?«

»Mr. Wolfe ist da nicht so sicher, und weil er ein Genie ist, nehme ich sein Wort als Gesetz und versuche, ihn bei guter Laune zu halten.«

»Ich würde den berühmten Mann so gern einmal kennenlernen«, sagte sie und zog die Füße unter sich auf den Sessel. »Aber wie kann ich Ihnen helfen?«

»Nun, Mrs. Forrester – Lucinda –, Sie und Mr. Stevens sind in den letzten Monaten viel zusammengewesen, und ich dachte, Sie hätten genügend Einblick gewonnen, um sagen zu können, wer aus seiner Umgebung für die Tat in Frage kommt.«

»Die Polizei war auch schon hier und hat mich das gleiche gefragt«, sagte sie, zuckte mit den Schultern und rollte ihre runden blauen Augen. »Ich kann Ihnen nur das gleiche sagen, was ich der Polizei sagte: Wenn Milan Feinde hatte, so weiß ich davon gar nichts. Mr. Goodwin, er war ein sehr zurückgezogen lebender Mensch, und er hat praktisch nie über seine Arbeit gesprochen. Wenn wir uns trafen, fiel so gut wie kein Wort über das Orchester, und ich selbst habe das Thema niemals angeschnitten. Ich glaube, das war einer der Gründe, weshalb er so gern mit mir zusammen war: weil er bei mir seinem Leben als berühmter Dirigent ganz entfliehen konnte.« Sie betonte die drei letzten Worte.

»Das kann ich mir gut denken«, sagte ich, »aber vielleicht haben Sie doch hier und da, ohne sich dessen überhaupt bewußt zu werden, eine Bemerkung von Stevens gehört – oder Sie sind Zeuge eines Gesprächs gewesen, das in dieser Hinsicht wichtig sein könnte. Er hat doch nicht alles für sich behalten, oder?«

»O nein, manchmal hat er natürlich über das Symphonieorchester gesprochen – aber eigentlich sehr selten.« Wieder ließ sie die Augen rollen. »Das einzige Mal, als er eine negative Bemerkung machte, soweit ich mich erinnere, ging es um Mr. Remmers.«

»Jason Remmers?«

»Ja, obwohl es nur so nebenher gesagt war, etwa, daß er das Gefühl habe, Jason verliere das Vertrauen in ihn. Aber Milan schien sich darüber keine großen Gedanken zu machen. Ich hätte das eigentlich gar nicht erwähnen dürfen – es war so unbedeutend.«

»Wie lange ist das her?«

Wieder zuckte sie mit den Schultern. »Vielleicht zwei oder drei Monate. Wirklich, es war nichts als eine Nebenbemerkung, ganz und gar nicht bedeutsam. Tut mir leid, daß ich es erwähnt habe.«

»Hat er auch über andere Leute vom Orchester gesprochen? Vielleicht über Mr. Meyerhoff? Oder Gerald Milner? Oder –«

»Nein, Archie – ich darf doch Archie sagen, nicht wahr? Ich hasse Formalitäten. Aber nein, wirklich, er war nicht der Mensch, der über seinen Beruf gesprochen hat. Er hat so viel von seiner Zeit dem Orchester geopfert, daß er in seinen wenigen freien Stunden nicht daran denken wollte.« Sie wechselte die Position auf ihrem Sessel und zupfte an ihrem Rocksaum, so daß ich auf einen Fuß in Sandalen und schöne, schlanke Fesseln blicken konnte. »Ich will ebenso wie Sie, daß der Mörder seine gerechte Strafe erhält, vielleicht wünsche ich es mir sogar noch mehr als Sie. Aber warum ist Mr. Wolfe nicht wie die Polizei davon überzeugt, daß es Gerald Milner getan hat?«

»Fragen Sie mich nicht. Wie ich schon sagte, er ist ein Genie und nur selten bereit, mir seine Gedankenprozesse mitzuteilen. Ich nehme an, Sie wissen, daß Gerald Milner und Maria Radovich heiraten wollen?«

»Ja, das habe ich gewußt«, sagte sie, senkte den Blick und glättete ihren Rock. »Ich habe ihn nur einmal kurz gesehen, im Foyer der Symphony Hall, soweit ich mich erinnere. Aber jetzt, wo Sie davon sprechen, fällt mir wieder ein, daß Milan seinen Namen das eine oder andere Mal genannt hat, und ich konnte leicht erraten, daß er nicht allzu begeistert von ihm war. Mir ist er wie ein netter junger Mann vorgekommen, und ich war geschockt von – über das, was passiert ist.«

»Können Sie sich genau erinnern, was Stevens über ihn sagte?«

»Es war so etwas wie ›Ich weiß nicht, wieso sich Maria für ihn interessiert‹. Er hat es wie die Bemerkung über Remmers nur so nebenher gesagt, und er ist danach nicht weiter darauf eingegangen. Als ich ihm zu verstehen gab, ich hätte ihn ganz nett gefunden, hat Milan das Thema gewechselt.«

Sie ließ eine Pause entstehen und zog die Stirn dann in tiefe Falten. »Vielleicht wissen Sie es ja schon, aber Maria war nie – na ja, sagen wir, *freundlich* zu mir. Sicher, ich verstehe auch, warum. Milan war für sie wie ein Vater, und natürlicherweise war sie feindselig gegen jede Frau, zu der er sich hingezogen fühlte. Ich habe versucht, sie in der bewußten Nacht mehrmals anzurufen, aber sie ist nicht ans Telefon gegangen. Ich würde ihr so gern irgendwie helfen, wenn sie mich ließe. Wissen Sie, wo sie ist?«

»Meines Wissens ist sie bei Freunden«, sagte ich. »Wenn ich sie sehe, werde ich ihr sagen, daß Sie versucht haben, sie anzurufen. Sie sagten vorhin, daß sich Milan Stevens zu Ihnen hingezogen fühlte. Hatten Sie die Absicht zu heiraten?«

»Sie stellen direkte Fragen, das muß man sagen. Aber das ist verständlich bei Ihrem Beruf«, erklärte sie mit einem müden Lächeln. »Nein, Archie, einmal war genug für mich. Nicht, daß meine Ehe perfekt gewesen wäre, aber mein Mann war ein guter Mann und zudem einer, der großzügig für seine Frau sorgte.« Ihre Blicke umschlossen den ganzen Raum, als wollte sie ihre Bemerkung durch den Augenschein unterstreichen. »Wir hatten keine Kinder, da wir beide keine wollten, und seit ich Witwe bin, also seit etwa sechs Jahren, liebe ich die Freiheit, liebe es, allein zu leben. Ich habe viele Freunde und unternehme viel. Abgesehen davon hat mich Milan nie gefragt, ob ich ihn heiraten möchte. Ich glaube, auch er konnte sich nicht vorstellen, noch einmal zu heiraten.«

»Wenn ich mich nicht irre, waren Sie auch einmal mit Charles Meyerhoff befreundet«, sagte ich.

Lucinda lachte. »Sie wissen wirklich eine ganze Menge über andere Leute. Ja, Charles und ich sind vor ein paar Jahren gelegentlich zusammen auf Partys und ins Theater gegangen. Aber das war eine Sache der Bequemlichkeit, verstehen Sie, keine ernsthafte Affäre. Wissen Sie, Archie, ich liebe es, mich in der Gesellschaft von Künstlern zu bewegen. Mein Vater war Schauspieler, damals in Europa, und als ich klein war, sind wir auf dem ganzen Kontinent umhergezogen. Ich selbst habe auch ein bißchen Theater gespielt, aber nur als Amateur. Wahrscheinlich habe ich nicht das Talent meines Vaters geerbt. Wollen Sie wirklich nichts zu trinken?«

»Nochmals vielen Dank, aber ich glaube, ich muß jetzt gehen«, sagte ich. »Ich bin Ihnen sehr verbunden, daß Sie sich so viel Zeit für mich genommen haben. Nur noch eines: Erinnern Sie sich, wo Sie am Mittwochabend, sagen wir, zwischen halb acht und neun Uhr gewesen sind?«

Sie zeigte wieder ein müdes Lächeln. »Natürlich müssen Sie das fragen. Vermutlich haben Sie entsprechende Anweisungen. Und – ja, ich erinnere mich, was ich am Mittwochabend gemacht habe. Ich wußte, daß Milan zu Hause arbeiten würde – er plante stets weit im voraus, auch was die Abende betraf, die er zu Hause beim Studium von Partituren verbringen wollte, und von seinem Terminplan ist er grundsätzlich nicht abgewichen. Wir waren zu einem kleinen, späten Souper eingeladen, oben in einer der Achtziger Straßen, von einem Ehepaar namens Morrison, das ich seit vielen Jahren kenne. Lawrence Morrison steht im Telefonbuch; er wohnt in der Zweiundachtzigsten Straße, wenn Sie nachsehen wollen. Jedenfalls, ich bin allein hingegangen. Ich nehme an, daß ich gegen halb neun dort gewesen bin.«

»Und zuvor?« fragte ich.

»Um sieben etwa fiel mir ein, daß ich vergessen hatte, Blumen zu besorgen, also ging ich früh von hier weg, etwa um halb acht, und nahm vor dem Haus ein Taxi. Wir sind bei sieben oder acht Blumenläden gewesen, bis ich schließlich einen gefunden hatte, der um diese Zeit noch offen war. Aber schließlich habe ich ein sehr hübsches Bukett bekommen.«

»Sie erinnern sich nicht zufällig, wo dieser Blumenladen war?« fragte ich mit einem Grinsen, das andeuten sollte, es handle sich um eine freundlich gemeinte Frage.

Sie wedelte mit einer Hand durch die Luft. »Ach, irgendwo in der Lexington, glaube ich. Aber offen gestanden kann ich es nicht so genau sagen. Wir hatten zuvor bei so vielen Blumenläden gehalten. Tut mir leid.«

Ich wußte nicht, worüber ich sonst noch mit ihr hätte reden sollen, also stand ich auf und dankte ihr noch einmal. »Ich wollte, ich könnte Ihnen mehr helfen«, sagte sie, blieb neben mir stehen und schaute mich mit ihren hinreißenden, blauen Augen an. »Jetzt merke ich erst, wie groß Sie sind. Im Sitzen hat man es gar nicht gesehen.«

Darauf hätte es sicher eine charmante Antwort gegeben, aber mir fiel nichts Gescheites ein, also bedankte ich mich ein letztes Mal und ging zur Tür, wobei Lucinda an meiner Seite blieb. Ich mußte ihr versprechen, daß ich sie über unsere Fortschritte auf dem laufenden halte, dann verabschiedeten wir uns mit Händeschütteln. Vielleicht ist das nur mein Ego, aber ich hatte das Gefühl, eine etwas intimere Berührung zum Abschied wäre ihr lieber gewesen.

Als ich mit dem Lift nach unten fuhr und danach durch die Park Avenue ging, versuchte ich, dieses Gespräch und diese Frau zu analysieren, doch dann kam ich zu dem Entschluß, die Brocken Wolfe als Rohmaterial vor die Füße zu werfen, da er es schließlich war, den die Leute bei ihren Problemen um Hilfe anriefen. Ich beherrschte mich, sah von einem kurzen Zwischenhalt bei Lily ab und ging statt dessen in einen Drugstore, in dem es ein Münztelefon gab. Jason Remmers antwortete nach zwei Rufzeichen, und ich sprach mit ihm über Wolfes Terminplan für Sonntag.

»Sonntag nachmittag also, wie?« sagte er, nachdem ich es ihm klargemacht hatte. »Na schön: es findet kein Konzert statt, also dürfte es keine Schwierigkeiten geben. Ich werde die drei jetzt gleich anrufen; sicher sind sie alle in der Stadt, so daß es auch aus dieser Sicht kein Problem gibt. Wenn ich sie bitte, daß sie Wolfe besuchen, tun sie es auch. Um welche Uhrzeit?«

An den Sonntagen folgt Wolfe nicht seinem üblichen Terminplan, daher konnte ich Remmers vier Uhr nachmittags vorschlagen, und er meinte, er würde zurückrufen und mir mitteilen, ob er mit seinen Anrufen Erfolg gehabt habe. Als ich wieder draußen war, blieb der Schnee schon auf den Gehsteigen liegen, und es schneite weiter – aber ich brauchte die frische Luft, um die Erinnerung an Lucindas Parfüm aus der Nase zu bekommen. So würde ich gerade wieder zu Hause sein, wenn Wolfe aus dem Gewächshaus zurückkam ins Büro.

16

Genau gesagt, war es fünf nach sechs, als ich das Büro betrat, und Wolfe saß bereits hinter seinem Schreibtisch. Er blickte mich vorwurfsvoll an und legte sein Buch weg, da er wußte, daß ich ihn nicht in Ruhe lesen lassen würde, bis ich Bericht erstattet hätte.

»Nummer eins«, sagte ich. »Remmers wird es so einrichten, daß das musikalische Trio morgen nachmittag hier eintrudelt. Da Sie mir keinen genauen Zeitpunkt genannt haben, sagte ich, um vier. Nummer zwei: Ich komme gerade zurück von einem Besuch bei Lucinda mit dem Doppelnamen, und ihr Alibi für den Mittwochabend ist um kein bißchen besser als das von Remmers. Ich nehme an, Sie wollen die entscheidenden Stellen meines Gesprächs mit ihr wortwörtlich hören.«

Wolfe nickte und klingelte nach Bier.

»Okay«, sagte ich, »da Sie bekanntlich meinen Instinkten vertrauen, wenn es um attraktive Frauen geht, schildere ich Ihnen, bevor ich mit dem Wörtlichen anfange, ein paar meiner Beobachtungen über sie. Und eine attraktive Frau ist sie auf jeden Fall. Es fällt nicht schwer, nachzuvollziehen, warum sich Stevens für sie interessiert hat. Ich will noch nicht über die Frage reden, ob sie es getan haben könnte oder nicht, aber sie schien nicht gerade überaus unglücklich zu sein über den Verlust. Es gab keine schwarzen Schleier und so, weder an ihr noch in der Wohnung. Und sie gab mir zu verstehen, daß sie nichts dagegen hätte, wenn wir einander besser kennenlernen würden.«

»Tatsächlich? Konnten Sie dabei auch herausfinden, wie weit ihre Freundschaft mit Stevens gegangen ist?«

»Sie sagten, ich sollte meine Intelligenz nutzen und mich durch meine Erfahrung leiten lassen, nicht wahr?« Und dann schilderte ich ihm den ganzen Besuch, Wort für Wort, obwohl ich dabei zweimal vom Telefon unterbrochen wurde. Der erste Anruf kam von Remmers, der berichtete, daß er alle drei Männer erreicht habe und daß sie morgen um vier zu uns kommen würden, obwohl sie, wie er sagte, nicht gerade erbaut gewesen seien darüber, speziell Hirsch und Meyerhoff. Und etwa fünf Minuten danach rief Saul an und sagte, er und Fred seien bereit zum Bericht. Ich fragte Wolfe, und der meinte, sie sollten nach dem Dinner herkommen. Mit den Anrufen und den Fragen von Wolfe dauerte meine Berichterstattung über eine Stunde, so daß es, als ich damit fertig war, bereits Zeit war, ins Speisezimmer hinüberzugehen.

Der Schock darüber, daß wir nun plötzlich wieder arbeiteten, muß sich wohl allmählich gelegt haben, denn inzwischen begann ich auch wieder, die Kunstwerke zu schätzen, die uns Fritz auf die Teller legte. Seine Jakobsmuscheln waren an diesem Abend großartig, und als Wolfe ihm dafür ein Kompliment machte, strahlte Fritz über das ganze Gesicht.

Saul und Fred kamen genau im richtigen Augenblick. Wir tranken gerade unsere erste Tasse Kaffee im Büro, als es an der Tür klingelte. Ich öffnete, half unseren beiden Ermittlern aus den Mänteln und berichtete Saul dabei, daß Lucinda mir Avancen gemacht hätte. Anschließend setzten wir uns alle ins Büro, Saul und Fred bekamen ebenfalls Kaffee serviert, und schließlich räusperte sich Saul und begann.

»Das Haus ist typisch für diese Gegend«, sagte er. »Ein Backsteinhaus, neun Stockwerke. Ich habe mich als Inspektor der Baubehörde ausgegeben, der auf einem seiner periodischen Prüfungsgänge ist. Ich hatte mir bei einer Schnelldruckerei eine Visitenkarte besorgt, die recht bedeutend aussieht, und das funktioniert meistens.« Ich hielt ein Grinsen zurück und sah, daß es Wolfe ebenso erging; sein linker Mundwinkel zuckte.

»Zu den Eingängen«, sagte Saul. »Also, erstens gibt es natürlich den Haupteingang, der ins Foyer führt – die beiden Türen haben Sie gesehen, Archie. Im Foyer befindet sich ein Aufzug, der von den Bewohnern selbst bedient werden kann. Auf der Rückseite des Hauses gibt es einen Lastenaufzug und eine innere Feuertreppe. Die beiden enden in einem kleinen Serviceraum im Parterre. Von diesem Raum« – Saul hielt inne und trank einen Schluck Kaffee –, »kommt man auf einen Durchgang zwischen dem Haus und dem Nachbarhaus. Und von diesem Durchgang führt nur ein Weg hinaus auf die Sechsundsiebzigste Straße, der durch ein übermannshohes Gittertor verschlossen ist. Der Durchgang befindet sich auf der linken Seite des Hauses, wenn man davorsteht. Das Gittertor hat einen Panik-Riegel auf der Innenseite, so daß man leicht von drinnen hinaus kann, indem man diesen Riegel einfach aufschiebt, während man von außen, vom Gehsteig her, das Tor nur mit einem Schlüssel öffnen kann. Der diensthabende Doorman sagte mir, daß er Lieferanten durch dieses Tor einläßt, aber erst nachdem er bei den Hausbewohnern nachgefragt hat, ob sie irgendeine Lieferung erwarten. Er hat einen Schlüssel für das Tor an seinem Schlüsselbund hängen, der mit einer Kette an seinem Gürtel befestigt ist. Wenn er Feierabend macht, gibt er den Schlüsselbund entweder an den Doorman der nächsten Schicht weiter, der ihn ablöst, oder er gibt ihn dem Mann unten im Foyer.«

»Ist es möglich, von diesem Durchgang hinten herum in die nächste Straße zu kommen?« fragte Wolfe.

»Nur mit einer Leiter oder mit Flügeln. Zwischen diesem und dem nächsten Haus dahinter befindet sich eine Brandmauer, die über drei Meter hoch ist. Ich glaube, diese Möglichkeit kann man ausschließen. Was das Personal betrifft, ist das Haus bei weitem nicht so gut bewacht wie die großen Paläste drüben an der Park Avenue. Es gibt einen Mann unten am Empfang; dieser Posten ist rund um die Uhr besetzt – das heißt, drei Männer teilen sich den Dienst in Achtstunden-Schichten. Der Mann, den Sie erwähnten, Tom Hubbard, arbeitet an den Wochentagen von vier Uhr nachmittags bis Mitternacht. Aber der Posten des Portiers ist nur von sechs Uhr morgens bis sieben Uhr abends besetzt – zwei Männer, die sich bei ihren Sechseinhalb-Stunden-Schichten ablösen. Wenn jemand außerhalb dieser Zeit ein Taxi braucht, muß der Mann vom Empfang hinausgehen und es herwinken.«

»Sonst noch was?« fragte Wolfe.

»Ich fürchte, nein«, entschuldigte sich Saul. »Ich wollte, ehrlich gesagt, meine Rolle als Gebäudeinspektor nicht übertreiben. Nach dem, was dort passiert ist, sind der Hausmeister und alle anderen übernervös. Ich mußte so tun, als wäre es eine Routineüberprüfung der Ausgänge, Treppen und so weiter. Zum Glück hat dort schon seit längerem keine wirkliche Inspektion stattgefunden.«

»Sehr zufriedenstellend«, sagte Wolfe. Saul Panzer kann bei ihm nie etwas falsch machen, und er weiß andererseits genau, daß Saul immer höchst betrübt ist, wenn er nicht mindestens hundertzehn Prozent von dem liefern kann, was man von ihm erwartet. Jetzt war Fred an der Reihe, und wir richteten unsere Aufmerksamkeit auf ihn.

»Nun«, begann er in seiner bedächtigen Art, »ich bin genau Ihren Anweisungen gefolgt, Mr. Wolfe, und habe keinen Kontakt mit Hubbard aufgenommen. Statt dessen bin ich den Block entlanggegangen und habe mit mehreren Portiers gesprochen. Diese Burschen müssen sich alle kennen, dachte ich, aber die beiden ersten waren mir keine große Hilfe. Einer hielt mich für einen Reporter, und er wollte Geld, bevor er mir etwas über Hubbard erzählte – ich wußte ja nicht, ob er überhaupt etwas zu erzählen hatte, also habe ich gesagt, nein, danke. Und der zweite hat keinen Ton mehr gesagt, als er merkte, daß ich so was wie ein Privatdetektiv bin. Aber dann ist etwas geschehen, und das finde ich recht interessant.« Fred hielt inne, zog die Stirn in Falten und schaute Wolfe an, als bitte er ihn um die Erlaubnis, fortfahren zu dürfen. Wolfe neigte seinen Kopf ein paar Millimeter.

»Es fing eigentlich mit einem komischen Zufall an«, berichtete Fred. »Und mit einem Portier, der ungefähr sechs Türen östlich des Mordhauses arbeitet, auf der anderen Straßenseite. Er ist Ire, heißt Callaway und hört sich gern reden, also hab' ich ihn in ein Gespräch verwickelt, was nicht schwer gewesen ist. Es stellte sich heraus, daß seine und meine Familie aus derselben Grafschaft in Irland stammen, vielleicht sogar aus demselben Ort. Ich weiß, das interessiert Sie alles nicht, aber auf diese Weise sind wir ins Gespräch gekommen. Okay, nachdem wir eine Weile vor dem Haus gestanden und gequasselt haben, frage ich diesen Callaway, ob das nicht der Block ist, wo eben erst jemand umgebracht worden ist. Er sagt ja, und ich fange zu fragen an, nur so gesprächsweise, Sie wissen schon, über das Haus, und ob er jemanden kennt, der dort arbeitet. Er sagt, er findet es eine Schande, wie schlampig das Haus dort verwaltet wird, daß die Sicherheitsvorkehrungen miserabel sind, vor allem, wo der Doorman nur tagsüber da ist, während ›sein‹ Haus vierundzwanzig Stunden am Tag von einem Portier bewacht wird. Es war nicht schwer, das Gespräch auf diesen Hubbard zu bringen, und Callaway sagt, daß er ihn kennt. Obendrein sagt er, daß er nichts mit ihm zu tun haben will. Ich frage, wie er das meint, und er sagt so etwas wie: ›Ich halte nichts von einem, der sogar bei der Arbeit hinter den Nutten her ist.‹

Ich will natürlich wissen, was das zu bedeuten hat, und er sagt mir, jeder hier im Block weiß, daß Hubbard auf Nutten scharf ist, besonders auf rothaarige. Ich frage ihn, woher er das weiß, und er meint, manchmal stehen die Mädchen abends vor dem Haus und versuchen, mit ihm anzubandeln.«

Wolfe schnitt ein Gesicht. »Ist das denn eine Gegend, wo normalerweise solche Frauen herumstehen?«

Fred bewegte sich auf seinem Stuhl. »Nein, eigentlich nicht – jedenfalls ist mir nichts in der Richtung aufgefallen. Ihr tatsächliches Gebiet ist weiter im Süden, in der Nähe der großen Hotels. Aber es kann natürlich sein, daß ein paar von ihnen das Revier nach Norden ausgeweitet haben.«

Saul merkte, wie unangenehm Fred die Erörterung dieses Themas geworden war, und kam ihm zur Hilfe. »Ja, er hat recht, Mr. Wolfe. Das meiste ist in Midtown los, aber ein paar von den Straßenmädchen kommen schon auch mal nach Norden, vor allem, wenn sie mit einem regelmäßigen Kunden rechnen können. Sobald sich so etwas herumspricht, ist es durchaus möglich, daß ein paar von ihnen vorbeistreichen und sehen, ob sich nicht ein Geschäft einfädeln läßt.«

Wieder zog Wolfe die Stirn in tiefe Falten. Er hatte früher einmal die Prostitution als eine einfallslose Beschäftigung beschrieben, die von unfrohen Dienstleistenden für unangenehme Klienten betrieben wird. Als ich ihn damals fragte, woher er das wisse, hatte er mich angefunkelt und einfach weitergesprochen. Ob man nun aber Wolfe recht gibt oder nicht, New York hat viele solcher Dienstleistender, namentlich von der Art derer, die auf den Straßen ihre Kunden fangen. Für jemanden, der oft unterwegs ist, sind sie leichter zu finden als Taxis, und es gibt sie in allen Größen, Farben, Formen und Altersgruppen – darunter auch ein paar rührende, ganz junge Dinger.

»Ich habe mich natürlich für diese Sache mit den Nutten interessiert«, fuhr Fred fort, »daher habe ich Callaway gefragt, ob vielleicht an dem Abend, als Stevens ermordet wurde, Prostituierte vor dem Haus herumgestanden hätten. Das machte ihn ein bißchen stutzig; als er mich fragte, warum ich das wissen wollte, hab' ich ihm gestanden, daß ich ein Privatdetektiv bin, der an einem anderen Fall in der Gegend arbeitet und nur aus Neugier ein bißchen spazierengehen wollte, um das Haus zu sehen, in dem dieser Mord passiert ist. Das hat er mir dann abgenommen. Er sagte, daß in seinem Haus am Mittwochabend eine große Party gefeiert wurde, und er war so damit beschäftigt, Wagenschläge zu öffnen und Leute ins Haus zu begleiten, daß er keine Zeit hatte, aufzupassen, was dort unten im selben Block vor sich ging. Er hatte es erst gemerkt, als ein Polizeiauto später am Abend vor Stevens' Haus parkte, und da mußte es schon elf Uhr gewesen sein, wie er sagte.«

Als Fred fortfuhr, verlor Wolfe wieder einmal das Interesse. Ich merke es immer: Dann wandert sein Blick durch den Raum, zu den Bücherregalen oder zur Uhr und hinüber zum Globus. Und als Fred dann seinen Bericht beendet hatte, war schon das nächste Bier unterwegs, und Wolfe fragte die anderen, was sie trinken wollten. Fred entschied sich ebenfalls für Bier, und als Saul um einen Cognac bat, dachte ich, daß das auch für mich das richtige wäre.

Wir lehnten uns zurück, genossen unsere Drinks, und Wolfe begann Fred über die Häuser des Blocks zu befragen: die Lage des Hauses von Callaway zum Mordhaus, die Breite der Straße, die Höhe und den Umfang der Bäume. Er faßt Fuß, dachte ich, er will uns zeigen, daß er wieder an die Arbeit gegangen ist, aber in Wirklichkeit hat er keine Ahnung, in welcher Richtung er weiterforschen soll. Ich war schon bereit, mich einzumischen, als er beide Arme vor sich ausstreckte und die Handflächen auf die Schreibtischplatte legte. Es ist eine Geste, die er nicht oft anwendet, und bei den wenigen Anlässen bedeutet sie stets, daß ihr ein Auftrag folgt.

»Saul, Fred, ihr könnt nein dazu sagen, wenn ihr wollt, und ich würde es euch nicht einmal verübeln; in der umgekehrten Position würde ich den Auftrag höchstwahrscheinlich ablehnen, und zwar sowohl wegen der Aussichtslosigkeit als auch aus Abscheu.« Er atmete tief ein und ließ dann langsam die Luft aus. »Ich möchte wissen, ob sich eine Prostituierte, rothaarig oder nicht, Mr. Hubbard am Mittwochabend während seiner Arbeitszeit genähert hat. Und wenn ja, möchte ich, daß man diese Frau hierherbringt.« Er lehnte sich zurück und trank einen Schluck Bier.

»Fabelhaft«, sagte Saul, und seine Stimme war kaum mehr als ein Flüstern. »Von denen gibt es mindestens fünftausend in New York.« Er trank einen Schluck Cognac, dann schaute er Fred an, der in sein Bierglas starrte. Anschließend warfen sich die beiden vielsagende Blicke zu, und Saul wandte sich wieder an Wolfe. »Ich finde, wir sollten jetzt gleich damit anfangen», sagte er. »Ich habe da so ein paar Ideen, wie wir vorgehen können, und ich möchte sie zuvor mit Fred besprechen.« Sie tranken beide noch einen Schluck und standen dann auf, um zu gehen. Ich wollte mich gastfreundlich erweisen und begleitete sie hinaus in die Halle, wo sie die Mäntel anzogen, dann ging ich mit ihnen zur Tür. Dort wünschte ich ihnen viel Glück. Diesmal gab es keine albernen Scherze, nur einen festen Händedruck für jeden von den beiden.

Wolfe hatte gerade sein zweites Bier eingeschenkt und schaute mit düsterer Miene den Schaum an, als ich mich hinter meinem Schreibtisch niederließ. »Aussichtslosigkeit und Abscheu, wie? Zwei hübsche Worte, die einem leicht über die Lippen gehen, aber

Sie wissen genau, daß Saul und Fred Sie nicht enttäuschen wollen, auch wenn sie sich mit einem derart absurden Auftrag plagen müssen.«

»Archie, ich möchte nicht über Wert oder Unwert dieses Auftrags diskutieren, aber ich weiß, daß sich weder Saul noch Fred jemals durch das haben abschrecken lassen, was man Absurditäten nennt, und außerdem: Der sorgfältige Jäger kann es sich nicht leisten, auch nur ein einziges Dickicht zu übersehen, und sei es noch so dicht.«

»Mit anderen Worten, vom Fischen sind wir jetzt auf die Jagd gekommen. Okay«, sagte ich und zuckte mit den Schultern. »Sie bezahlen die beiden, und das bedeutet allein für Saul heutzutage hundertfünfzig Eier am Tag plus Spesen.«

Wolfe erwiderte das Achselzucken und schlug dann einen Katalog über Sämereien auf. »Sind die Listen mit den Keimzeiten auf dem neuesten Stand?«

Das ist auch eine von seinen Möglichkeiten, ein Gespräch zu beenden, also zog ich die Listen heraus, die natürlich noch nicht ganz auf dem neuesten Stand waren, und begann daran zu arbeiten, aber nicht, bevor ich mir noch einen Schuß Cognac gegönnt hatte.

17

Es schneite den ganzen Vormittag, so daß gegen Mittag die Schneepflüge draußen durch die 35. Straße ratterten. Ich hatte lange geschlafen, und als ich mich einigermaßen frisch gemacht hatte und hinunterkam in die Küche, war es Viertel nach zehn. Wolfe war nicht da; an den Sonntagen gilt nicht der Terminplan der Woche, und er bleibt meist bis Mittag in seinem Zimmer. Fritz hatte eine Kanne Kaffee für mich bereit, dazu die *Sunday Times*, und die Eierkuchen und Würstchen brauchten nur noch gebraten zu werden. Er fragte mich, wie es in unserer Sache vorangehe, aber ich meinte, er sollte mich lieber später darauf ansprechen, am besten morgen. Das war nun der vierte Tag nach dem Mord, und die *Times* hatte die Berichte über Milan Stevens bereits von der Titelseite verbannt. Auf

Seite drei gab es allerdings eine längere Story; darin stand, ein Sprecher der Staatsanwaltschaft habe verlauten lassen, daß der Prozeß gegen Gerald Milner schon in einigen Wochen beginnen könne. Und weiter unten gab es eine kleine Notiz darüber, daß die Beisetzung von Milan Stevens am Montagnachmittag stattfinden würde.

Nachdem ich sechs Eierkuchen und fünf Würstchen verputzt hatte, schenkte ich den Kaffeebecher noch einmal voll und ging damit ins Büro. In meinem Schreibtischkalender war für diesen Tag nur ein einziger Termin notiert: Ich hatte ›3 vom Symph.‹ hineingekritzelt, in der Spalte für 4 Uhr nachmittags. Jetzt zog ich das Telefon zu mir her, wählte die Numer von Jason Remmers, und zum zweitenmal in zwei Tagen kam er selbst an den Apparat. Er teilte mir ohne langes Zögern mit, was ich wissen wollte: Kurzbiographien der drei Männer, die uns an diesem Nachmittag besuchen würden. Ich stenographierte seine Bemerkungen mit und dankte ihm danach für seine Mühe. Anschließend redigierte ich das Ganze, tippte kurze Zusammenfassungen über jeden der drei und komprimierte alles auf eine einzige Schreibmaschinenseite, die ich in die Mitte von Wolfes Schreibunterlage legte. Auf dem Blatt stand folgendes:

> CHARLES MEYERHOFF: Alter etwa fünfzig. Ist seit sechs Jahren Verwaltungsdirektor des New York Symphony Orchestras. Geboren und aufgewachsen in Pittsburgh. Früher Geiger bei Symphonieorchestern in Minneapolis und Cincinnati, danach Verwaltungsdirektor beim Orchester von Pittsburgh, ehe er zum New York Symphony Orchestra kam. Bekannt als jähzornig, Abneigung gegen Stevens und dessen Machtposition beim Orchester. Die beiden stritten häufig. Geschieden, keine Kinder. Wohnt allein im Brompton Arms-Appartement-Hotel.
>
> DAVID HIRSCH: Alter Anfang vierzig. Seit fünf Jahren stellvertretender Dirigent des New York Symphony Orchestras. Spitzengeiger und vielversprechender Komponist, ohne daß das Orchester jemals eines seiner Werke aufgeführt hätte. Daher feindlich eingestellt gegenüber Stevens, aber auch, weil er sich übergangen fühlt und

selbst Chefdirigent werden wollte. Von Geburt Österreicher, als Kind in die USA ausgewandert, wie Remmers vermutet. Verheiratet, keine Kinder, wohnhaft in Ridgewood, New Jersey.

DONALD SOMMERS: Alter achtundzwanzig. Hervorragender Flötist, seit drei Jahren beim Orchester, häufige Solopartien. Absolvent der Juilliard-Akademie und aus Boston stammend, wo er, eine Art Wunderkind, schon mit zehn Jahren als Solist mit dem Boston Symphony Orchestra auftrat. Beziehung zu Stevens verheerend, sagt Remmers; Sommers befürchtete, daß Stevens ihn aus dem Orchester werfen wollte. Ledig, wohnt am Gramercy Park.

Gerade als ich von Wolfes Schreibtisch zu meinem zurückkam, klingelte das Telefon. Es war Lucinda. »Archie, mir fällt gerade etwas ein, was wichtig sein könnte – Sie wissen schon, zu dem Thema, das wir gestern besprochen haben.«

»Okay, schießen Sie los«, sagte ich und hielt einen Stift gezückt.

»Nein, ich möchte das lieber nicht am Telefon besprechen. Könnten Sie nicht zu mir kommen?«

Ich versuchte ihr klarzumachen, daß ihre Telefonleitungen bestimmt sicher waren, aber sie schien auf einen persönlichen Besuch scharf zu sein. Ich schaute hinaus in den Schnee, und ein Schauder lief mir über den Rücken, aber dann sagte ich ihr, ich käme vorbei, so bald ich könnte. Daraufhin hinterließ ich eine Notiz auf Wolfes Schreibtisch neben dem Blatt mit den Biographien, zog mir Überschuhe und einen dicken Mantel an und warf mich hinaus in den Mini-Blizzard.

Wie durch ein Wunder fand ich ein Taxi, nachdem ich nicht einmal einen Block weit gegangen war, und zehn Minuten später stand ich bei Lucinda auf der Schwelle; da alle halbwegs vernünftigen New Yorker an einem solchen Tag zu Hause blieben, waren die Straßen demnach wie ausgestorben. Diesmal bekam ich übrigens kein hochnäsiges Naserümpfen von der Mannschaft im Foyer; man schien mich zu erwarten, und der Mann hinterm Empfang zeigte sogar das Gebaren von einem, der freundlich sein will, das ich allerdings nur halbherzig erwiderte.

Auch in Lucindas Wohnung lief alles glatter als tags zuvor. Jedenfalls brauchte ich keine zwanzig Minuten zu warten, bis sie auftauchte. Im Gegenteil, sie wartete bereits auf mich in ihrem Ganz-in-Weiß-Wohnzimmer, als mich Miss Mausgrau zu ihr führte, und trug eine duftige, wiederum bodenlange Création in der Farbe eines wohlgelungenen Himbeersorbets. »Archie, ich bin froh, daß Sie so schnell gekommen sind«, sagte sie mit Augenaufschlag vom Sofa her in einer Pose, als wollte sie zur Begrüßung geküßt werden. Ich tat ihr den Gefallen und zielte dabei direkt auf die Wange, aber ich will verdammt sein, wenn sie nicht im letzten Augenblick den Kopf ein wenig auf die andere Seite wandte, so daß der Kuß ihre Lippen traf, wobei die ihren leicht geöffnet waren.

Ich mußte mich sehr beherrschen, sonst hätte ich mich von ihr auf das Sofa ziehen lassen, und eine Sekunde lang kam ich dieser Gefahr sehr, sehr nahe. Aber schließlich löste ich mich von ihr und glitt mit einer beinahe eleganten Finte auf das Sofa neben sie. »Das war aber eine Vier-Sterne-Begrüßung«, sagte ich, lächelte und fuhr mir mit der Hand durchs Haar. »Und so gern ich herausfinden möchte, was Sie tun würden, wenn ich versuchte, das Ganze zu wiederholen, sollten wir zum Geschäftlichen kommen. Fangen wir mit einer Frage an: Was ist Ihnen wieder eingefallen, das so wichtig und so eilig ist?«

»O Archie«, sagte sie, erwiderte das Lächeln und legte einen Arm hinter mir auf die Rücklehne des Sofas. »Ich muß um Verzeihung bitten, wenn ich Sie mit meiner Kühnheit verwirrt habe, aber ich sagte Ihnen schon gestern, daß ich Sie für einen enorm gutaussehenden Mann halte. Ich fürchte, ich habe mich da ein bißchen...« Sie ließ den Satz in der Luft hängen, in einer offensichtlich häufig geübten Weise. »Archie, nachdem Sie gestern gegangen waren, habe ich viel über die Zeit nachgedacht, die ich mit Milan verbracht habe, an alles, was er gesagt hat, soweit es das Orchester betraf. Und, ja, es hat einmal etwas gegeben, schon vor etwa einem Jahr. Damals kam es mir natürlich unwichtig vor...« Dieser Trick mit den offenen Sätzen schien ihr Spaß zu bereiten.

»Erzählen Sie«, sagte ich und zündete mir eine Zigarette an.

»Wenn ich mich richtig erinnere, waren wir hier in diesem Zimmer und hatten Drinks vor uns stehen. Übrigens – kann ich Ihnen etwas anbieten?« Ich schüttelte den Kopf, und sie fuhr fort. »Milan war an diesem Abend sehr aufgeregt. Anscheinend hatten er und Mr. Hirsch eine Besprechung gehabt, in Milans Büro in der Symphony Hall, und dabei ging es um Angelegenheiten des Orchesters, Routine-Angelegenheiten. Ich nehme an, sie haben sich oft getroffen zu solchen Besprechungen. Jedenfalls, an diesem Tag hatte es zwischen ihnen einen heftigen Streit gegeben – ich erinnere mich nicht mehr, ob Milan mir überhaupt gesagt hatte, worum es ging. Aber Mr. Hirsch hatte den Streit begonnen und schien sich dabei furchtbar aufgeregt zu haben. Milan sagte, er sei hochgesprungen, habe die Faust auf Milans Schreibtisch gehämmert und etwas gebrüllt wie ›Lieber bringe ich Sie um, als daß ich zusehe, wie dieses Orchester vor die Hunde geht. Und das geschieht, wenn sich nicht sehr bald etwas ändert.‹ Vielleicht habe ich es nicht ganz im Wortlaut wiedergegeben, Archie, aber so ungefähr hat er es mir geschildert. Und er benützte das Wort ›umbringen‹, aber Sie wissen natürlich, daß die Leute so etwas oft gedankenlos sagen.«

»Aber Sie wissen nicht, worum es bei dem Streit gegangen ist?« fragte ich.

»Ich glaube, Milan hat es mir nicht gesagt. Doch ich erinnere mich gut, daß er über Mr. Hirschs Jähzorn sehr erregt war.«

»Hatte er Angst um seine Sicherheit? Hat er etwas in der Hinsicht geäußert?«

»O nein. Nein, das hat er nie gesagt. Milan hatte überhaupt keine Angst um sein Leben. Ich glaube, es ging ihm in erster Linie um das Orchester. Und er hatte den Eindruck, als ob ihn sein stellvertretender Dirigent nicht gerade unterstützen würde bei seiner Arbeit – im Gegenteil.«

»Gut möglich«, stimmte ich ihr zu und nahm einen Zug aus meiner Zigarette. »Sagen Sie mir, warum haben Sie mir das eigentlich nicht gestern schon erzählt?«

Ihre Antwort war ein gespielt schüchternes Lächeln. »Sie haben mich nervös gemacht, Archie. Man könnte vielleicht auch sagen, ich konnte nicht mehr vernünftig denken... Sie verstehen, all diese Fragen, und dazu die seelische Erschütterung nach dem, was geschehen war...«

Sie war eine verdammt gute Schauspielerin, das stand fest – auch wenn sie sich als Amateur bezeichnete. Sie wußte, wo sie Pausen setzen mußte, welches Wort zu akzentuieren war, wie sie den Kopf neigen mußte, um die beste Wirkung zu erzielen. Ich kam mir fast so vor wie ein Akteur in einem von den englischen Kriminalstücken, die Lily so liebt und in die sie mich hier und da schleppt.

»Da ich nun schon hergekommen bin und wir darüber reden – kennen Sie Donald Sommers?« fragte ich.

»Vom Orchester?« Lucinda ließ eine Pause entstehen und strich sich eine Strähne aus der Stirn. »Ich kenne ihn nicht richtig, aber wir sind uns ein paarmal begegnet.«

»Hat Stevens jemals etwas über ihn gesagt, ich meine, etwas Negatives?«

»Sie glauben, er gehört auch zu denen, die man verdächtigt?« fragte sie und wandte mir das Gesicht zu.

»Das habe ich nicht behauptet.« Ich grinste. »Ich war nur neugierig, weil ich seinen Namen schon ein paarmal gehört habe.«

»Ich glaube, er und Milan hatten einmal Streit wegen einer Solopartie. Aber er ist so jung – das heißt, er sieht so aus. Mir kommt er wie ein kleiner Junge vor.«

»Ein kleiner Junge von knapp dreißig Jahren.«

Sie zuckte mit den Schultern. »Ich hatte das Gefühl, daß Milan ihn nicht besonders gern mochte und glücklicher gewesen wäre, wenn er nicht zu diesem Orchester gehört hätte.«

»Sie scheinen sich an alles mögliche zu erinnern, was Ihnen gestern nicht eingefallen ist«, sagte ich leichthin.

»O Archie, bitte tadeln Sie mich nicht. Ich kann wirklich nichts Besonderes wiedergeben, was Milan über diesen Mr. Sommers gesagt hätte. Es ist nicht mehr als ein Eindruck, den ich Ihnen schildere.«

»Okay, noch eine letzte Frage, bevor ich gehen muß. Wie würden Sie Stevens' Beziehung zu Charles Meyerhoff beschreiben?«

Und wieder einmal zeigte sie ihre Fähigkeit im Achselzucken. »Sagen wir, etwas strapaziert. Aber um ehrlich zu sein, ich erinnere mich nicht, daß Milan jemals mit mir über Charles gesprochen hat.«

»Könnte der Grund dafür gewesen sein, weil Sie vor Milan Stevens mit Meyerhoff auszugehen pflegten?«

»Das ist natürlich möglich«, antwortete sie. »Doch ich hatte niemals das Gefühl, Milan sei in irgendeiner Weise verbittert über Charles, und obwohl ich Charles in letzter Zeit nur sehr selten gesehen habe, fühlte ich auch von seiner Seite keinerlei Abneigung gegen Milan. Aber, du meine Güte« – sie drehte beide Handflächen nach oben und ließ wieder die Augen rollen –, »was weiß ich schon von solchen Dingen?«

»Sie wissen eine ganze Menge«, sagte ich. »Fragt sich nur, wieviel ich davon zu hören bekomme.« Als sie protestieren wollte, hielt ich ihr abwehrend eine Hand entgegen und sagte, ich müsse jetzt wirklich gehen, aber sie würde von mir oder Wolfe hören. Wir umarmten uns an der Tür, und wieder war ich es, der den Clinch auflöste – sonst stünden wir womöglich jetzt noch dort.

Es war wesentlich schwieriger, ein Taxi für die Rückfahrt zu bekommen, daher kam ich erst ein paar Minuten nach ein Uhr zurück ins Büro. Wolfe blickte von seinem Buch hoch, und sein Gesicht war ein einziges, großes Fragezeichen.

»Diese Lucinda F-M ist wirklich eine Nummer«, sagte ich, während ich mich auf meinen Schreibtischsessel niederließ. »Sie scheint derzeit unter einem plötzlichen Ausbruch von Jugenderinnerungen zu leiden und will ihn offenbar mit mir teilen.« Dann gab ich ihm einen wörtlichen Bericht unseres Gesprächs, wobei ich lediglich Details unserer Umarmungen zur Eröffnung und zum Abschluß aussparte, die er ohnehin nicht sonderlich geschätzt hätte. Nachdem ich fertig war, fragte er: »Hat sich Ihre Meinung über diese Frau seit gestern geändert?«

»Ich glaube, ich traue ihr heute weniger als gestern. Vielleicht kommt es von den theatralischen Posen, die sie so gern einnimmt«, antwortete ich. »Außerdem verfügt sie über ein sehr selektives Gedächtnis. Aber wenn Sie mich fragen, ob sie es getan hat, kann ich den Wahrscheinlichkeitsgrad noch immer nicht abschätzen. Und das kommt vielleicht daher, daß sie sehr gut küssen kann.«

Wolfe schnitt eine Grimasse und nahm dann das Blatt mit den über den Daumennagel gepeilten Biographien. »Kommen sie alle drei, wie vereinbart?«

»Jawohl, Sir, zumindest soweit ich es in Erfahrung bringen konnte. Ich habe heute vormittag mit Remmers telefoniert – daher stammen übrigens auch die biographischen Details. Wollen Sie sie eigentlich alle drei gleichzeitig empfangen, oder soll ich sie im vorderen Salon warten lassen und einen nach dem anderen herüberbringen?«

»Alle gleichzeitig. Es ist vielleicht lehrreich, ihre Wechselwirkungen zu beobachten, vor allem dann, wenn es stimmt, daß Mr. Meyerhoff jähzornig ist. Haben Saul und Fred sich gemeldet?«

Ich verneinte, und er nickte, nahm dann sein Buch und versenkte sich wieder in die Lektüre, während ich mich mit den Keimlisten der Orchideensamen beschäftigte.

Das erste, was man über unsere Besucher vom Sonntagnachmittag sagen konnte, war immerhin etwas Positives, nämlich, daß sie pünktlich eintrafen. Auf meiner Armbanduhr war es zwei Minuten nach vier, als es an der Tür klingelte. Durch die Einwegscheibe hatte ich keine große Mühe, mir auszuklamüsern, welcher Korpus zu welchem Namen gehörte. Meyerhoff stand vor den beiden anderen, und er wirkte gar nicht glücklich. Er war der kleinste der drei, mit welligem braunen Haar, das auf der Stirn schon ziemlich weit nach hinten gerutscht war und innerhalb der nächsten zehn Jahre ganz gelichtet sein würde. Der mit der Hornbrille mußte Hirsch sein, schon wegen seines Alters. Er war zehn oder zwölf Zentimeter größer als Meyerhoff und hatte einen struppigen Schnurrbart; auch sein Gesicht strahlte nicht gerade ungetrübte Freude aus. Sommers war noch einen Kopf größer als Hirsch, und selbst mit seinem schwarzen Mantel konnte man erkennen, daß er fast so schmal war wie das Instrument, das er spielte. Er hatte struppiges schwarzes Haar und schwarze Augenbrauen, und seine Miene zeigte eher Besorgnis als Zorn.

Es klingelte zum zweitenmal, während ich die Tür schwungvoll aufriß. »Guten Tag, meine Herren, bitte kommen Sie herein«, sagte ich in freundlichem Ton. »Schrecklicher Tag, nicht wahr?« Als Antwort erhielt ich nur Grunzlaute, und die Tatsache, daß ich jeden beim Namen nannte, als ich ihm beim Ablegen half, hinterließ wenig Eindruck. »Wo ist Wolfe?« fuhr mich Meyerhoff an. »Ich möchte diese Angelegenheit schnell hinter mich bringen.«

Ich führte alle drei ins Büro und spielte immer noch die Rolle des jovialen Butlers. Ehe ich mit den kurzen Vorstellungen fertig war, hatte sich Meyerhoff bereits in den roten Ledersessel geworfen und das Kinn nach vorne gereckt, als wollte er Wolfe Trotz bieten bei der Auswahl der Plätze.

Es rief keine Reaktion hervor. Wolfe begrüßte jeden mit der Andeutung eines Nickens, dann merkte er sein Buch mit dem Goldband ein und legte es weg. Sein Blick wanderte erst auf Meyerhoff, dann auf Hirsch, der neben diesem auf einem der gelben Stühle saß, und schließlich auf Sommers, für den der gelbe Stuhl vor meinem Schreibtisch übriggeblieben war.

»Wir können Ihnen höchstens eine halbe Stunde Zeit geben, keine Minute mehr«, sagte Meyerhoff laut und schaute dabei auf seine Armbanduhr. »Und wir wären nicht gekommen, wenn Jason uns nicht darum gebeten hätte. Ich sehe keinen Anlaß für diesen Besuch, soweit es –«

»Einen Moment, bitte«, sagte Wolfe und hielt ihm eine Hand entgegen. »Wären Sie so freundlich, mir eine kurze Einleitung zu gestatten, Mr. Meyerhoff? Danke. Ich versichere Ihnen, daß ich Ihre beabsichtigte Knappheit bewundere, denn mein Wunsch entspricht, was das betrifft, weitgehend dem Ihren. Bevor wir beginnen – kann ich Ihnen Erfrischungen anbieten? Ich selbst trinke Bier.«

Meyerhoff schüttelte heftig den Kopf, und das schien für die anderen richtungweisend zu sein. Sie lehnten ebenfalls ab, wenn auch höflicher.

»Sehr gut«, sagte Wolfe, berührte den Knopf seines Summers, um Fritz zu rufen, und musterte dann die drei noch einmal eingehend. »Wie Ihnen Mr. Remmers sagte – und ich bin sicher, Sie haben es auch aus den Zeitungen erfahren –, hat man mich engagiert, um den Mörder von Milan Stevens zu identifizieren. Daraufhin habe ich –«

»Das ist doch verrückt!« brüllte Meyerhoff. »Jeder Mensch weiß, wer Milan umgebracht hat. Die Polizei hat den Täter überführt, und zwar überraschend schnell. Warum können wir nicht einfach –«

»Es scheint, daß wir die Neigung haben, einander zu unterbrechen, Mr. Meyerhoff«, fuhr ihm Wolfe über den Mund. »Ich darf Sie doch bitten. Sie alle haben die Mühe auf sich genommen und dem scheußlichen Wetter getrotzt, um hierher zu gelangen, und dafür danke ich Ihnen. Sie drückten vor ein paar Augenblicken den Wunsch aus, daß diese Besprechung kurz sein möge. Diesen Wunsch kann ich Ihnen allerdings nur dann erfüllen, wenn Sie mir erlauben, fortzufahren. Jeder von Ihnen wird danach an die Reihe kommen und seine jeweilige Meinung äußern können.«

»Mein Gott, Sie sind tatsächlich genau so arrogant, wie man Sie mir beschrieben hat«, sagte Meyerhoff und verschränkte die Arme vor der Brust. Dann deutete er mit dem Finger auf mich. »Ist der hier, um sich Notizen zu machen?«

»Arrogant?« fragte Wolfe, hob die Schultern ein paar Zentimeter und senkte sie dann wieder. »Vielleicht, obwohl mir der Ausdruck ›selbstbeherrscht‹ lieber wäre. Und was Mr. Goodwin betrifft, ja, er nimmt an allen Besprechungen teil, die in diesem Raum geführt werden. Dabei besitzt er so große Fähigkeiten, daß er Konversationen von mehreren Stunden auch aus dem Kopf und nahezu wortwörtlich rekonstruieren könnte, selbst wenn er sich dabei keinerlei Notizen gemacht hätte. Ich hätte nie gedacht, daß einer von Ihnen etwas gegen seine Anwesenheit einwenden würde. Immerhin ist auch jeder von Ihnen Zeuge dessen, was hier gesprochen wird.« Wolfe richtete seinen Blick auf Meyerhoff, der düster dreinschaute, aber diesmal den Mund nicht aufmachte.

»Also, wenn ich dann fortfahren darf«, sagte Wolfe und schenkte sich ein Bier ein. »Mr. Milner ist natürlich des Mordes bezichtigt worden. Man weiß, daß er am Mittwochabend in Stevens' Wohnung gewesen ist; man weiß, daß er erst vor kurzem eine Auseinandersetzung mit Mr. Stevens hatte, hinter der Bühne der Konzerthalle, und daß es dabei um Mr. Milners Beziehungen zu Maria Radovich ging. Das sind dokumentierte Ereignisse, und ich denke nicht daran, sie in Zweifel zu ziehen. Dennoch glaube ich aus anderen Gründen, daß nicht Mr. Milner, sondern ein anderer Milan Stevens getötet hat.«

»Und was könnten das für Gründe sein?« David Hirsch war es, der die Frage stellte, und seine Herkunft aus Österreich zeigte sich im Hauch eines Akzents. Danach räusperte er sich und wirkte sehr nervös.

»Ich bedaure, Mr. Hirsch«, sagte Wolfe. »Es handelt sich dabei um meine eigenen Gründe, und ich bin noch nicht bereit, sie bekanntzugeben.«

»Das kommt mir vor, als wollten Sie nichts weiter als einen Fischzug unternehmen«, bellte Meyerhoff. »Ihr Ruf für außerordentlich hohe Honorare ist stadtbekannt. Sie haben eine Klientin, die nicht glauben will, daß der Mann, den sie liebt, ein Mörder ist – daß er ihren Onkel ermordet hat, genau gesagt. Auftritt Nero Wolfe. Sie wendet sich an Sie, und Sie richten es ein, daß Sie jeden, der einmal mit Milan gestritten hat, zu sich rufen. Glauben Sie bloß nicht, wir hätten keine Ahnung, weshalb Sie uns herbestellt haben; wir haben auf dem Weg hierher ausführlich darüber gesprochen. Wir alle haben hier und da Streit mit ihm gehabt – und ich öfter als alle anderen. Aber wir sind nicht die einzigen: Es gibt noch mehr Orchestermitglieder, die mit ihm stritten oder Grund hatten, ihn abzulehnen. Ich liefere Ihnen gern die Namen, dann können Sie den nächsten Monat damit verbringen, daß Sie sie auch noch verhören.« Meyerhoff, der sich während dieser kleinen Rede nach vorn gelehnt hatte, warf sich jetzt zurück und verschränkte wieder die Arme vor der Brust.

»Ich danke Ihnen für das Angebot«, sagte Wolfe trocken. »Außerdem danke ich Ihnen dafür, daß Sie Ihre häufigen Meinungsverschiedenheiten mit Mr. Stevens erwähnten. Es spart mir die Mühe, sie als *raison d'être* für diese Besprechung anzuführen.« Er legte eine Pause ein und trank einen Schluck Bier. »Mr. Meyerhoff, da Sie das Thema erwähnt haben, möchte ich Sie als ersten fragen: Was waren die Hauptgründe für Ihre Auseinandersetzungen mit Milan Stevens?«

»Sie kennen vermutlich einen Teil der Antwort auf diese Frage aus Ihrem Gespräch mit Jason. Aber da ich schon einmal hier bin, kann ich es Ihnen auch selbst sagen.« Er beugte sich wieder vor und legte die Ellbogen auf die Armlehnen des roten Sessels. »Ich bin jetzt seit über sechs Jahren der Verwaltungsdirektor beim New York Symphony Orchestra. Als ich den Posten antrat, herrschten im Orchester chaotische Zustände. Der damalige Chefdirigent war unfähig, Disziplin auszuüben und Autorität geltend zu machen – ich finde, das ist eine zutreffende Erklärung, oder, David?«

Hirsch nickte mit verkniffenem Gesicht. »Es ist im Zweifelsfall eine Untertreibung. Auch ich weiß kein anderes Wort dafür als ›Chaos‹.«

Meyerhoff fuhr fort. »Der Verwaltungsrat entschloß sich, nachdem er durch mehrere von uns auf diese Zustände aufmerksam gemacht worden war, eine Veränderung herbeizuführen. Das war der Zeitpunkt, als Jason Vorsitzender des Verwaltungsrates wurde, und er hatte vorgeschlagen, Milan zu engagieren, der zu diesem Zeitpunkt in London dirigierte. Milan hatte einen guten Namen in musikalischen Kreisen, namentlich in Europa, aber von den Musikern selbst und den Angehörigen der Orchester hatte ich schon damals Dinge über ihn gehört, die mir gar nicht gefielen.«

»Was für Dinge?« fragte Wolfe.

»Nun, zum Beispiel seine Auswahl des Repertoires. Statt den

Versuch zu unternehmen, die Zuhörer mit weniger bekannten Komponisten und zeitgenössischer Musik bekanntzumachen, setzte er unweigerlich auf das, was man das ›sichere Pferd‹ nennt – die populären Programme, bekannte, vertraute Werke von sogenannten ›Lieblingskomponisten‹. Man erlebte höchst selten, daß er Berg oder Schönberg oder Bruckner dirigierte oder daß er gar ein neues Werk zur Uraufführung brachte. Ich bin der Meinung, daß das New York Symphony Orchestra etwas beweglicher und experimenteller bei der Gestaltung seines Repertoires sein sollte. Sicher braucht man ein gut Teil traditioneller und populärer Werke, aber es sollte auch ein gewisser Ausgleich geschaffen werden. Stevens war einfach nicht der Mann, der für diesen Ausgleich sorgen konnte.«

Während Meyerhoff sprach, nickte Hirsch mehrmals und mit unterschiedlicher Geschwindigkeit.

»Und Milans Persönlichkeit gehörte auch zu diesen ›Dingen‹«, fuhr Meyerhoff fort. »Das Orchester hatte Disziplin nötig, zweifellos, aber nicht Despotismus. Es handelt sich um ein Orchester, das sich aus großen, individuellen Talenten zusammensetzt, Mr. Wolfe. Don zum Beispiel ist der beste Flötist in den Vereinigten Staaten, wenn nicht auf der ganzen Welt.« Sommers errötete und murmelte etwas Abwehrendes. »Ja, das sind Sie, Don, und das sage ich, ob Sie nun hier sitzen oder nicht. Jedenfalls, das Orchester verfügt über viele große Talente, und es erfordert einen erfahrenen, taktvollen Chefdirigenten, um diese sehr begabten Individuen dazu zu bringen, daß sie in bester Weise zusammenwirken. Das geht nicht allein mit der eisernen Hand; dazu braucht es eine sehr subtile Mischung aus Einfühlungsvermögen und Autorität. Ich weiß, man sagt nichts Schlechtes über die Toten, aber es ist nun einmal so, daß Milan Stevens nicht über die menschliche Wärme verfügte, die notwendig gewesen wäre, um mit dieser Situation fertig zu werden. Es gelang ihm, Ordnung zu halten, aber ihm fehlte die Empfindsamkeit, die erforderlich ist, um den einzelnen Künstlern nicht nur gute Leistungen, sondern Größe abzufordern.

Ich habe immer und immer wieder mit ihm darüber gesprochen, habe ihn angefleht, die Disziplin zu lockern und seine Aufgabe etwas flexibler anzugehen. Aber die Antwort lautete immer gleich: ›Es gibt keinen Ersatz für Entschlossenheit; die Leute müssen wissen, wer hier der Herr ist.‹ Und wenn ich ihm vorschlug, er sollte seine Haltung doch ein wenig ändern, wurde er zornig.«

»Mr. Hirsch, würden Sie diese Erklärungen bestätigen?« fragte Wolfe.

Hirsch räusperte sich wieder. »Ja, ja, natürlich. Ich war stellvertretender Dirigent unter Milans Vorgänger, und als man sich für Milan entschied, war ich enttäuscht, das gebe ich unumwunden zu. Ich leugne nicht, daß ich gehofft hatte, man würde mich zum Chefdirigenten machen, aber –« Er zuckte mit den Schultern. »Es sollte wohl nicht sein. Also war ich entschlossen, mit dem neuen Chef zusammenzuarbeiten, doch Milan machte mir schon von Anfang an klar, daß ich so gut wie nichts zu melden hatte, was die Belange des Orchesters betraf. Ich habe mich oft gewundert, warum er nicht gleich darauf drängte, daß ich entlassen wurde, doch dann kam ich eines Tages dahinter. Unter einem Milan Stevens war es ganz gleich, wer den Posten des stellvertretenden Dirigenten ausübte; er würde keinerlei Verantwortungen übernehmen können, und daher war ich für den Posten ebenso gut geeignet wie jeder andere.«

»Meines Wissens haben Sie ein Werk komponiert, von dem Sie hofften, es würde eines Tages vom Orchester aufgeführt werden«, sagte Wolfe.

Hirsch strich sich mit einer Hand über die Stirn. »Ja, das stimmt«, murmelte er nach einer Pause.

»Aber es wurde nicht aufgeführt?«

Wieder entstand eine Pause. »Nein. Milan war offenbar der Meinung, es sei... Es sei nicht wertvoll genug, um mit dem New York Symphony Orchestra uraufgeführt zu werden.« Danach preßte Hirsch die Lippen zusammen.

»Warum ›offenbar‹?« fragte Wolfe.

»Ich sage ›offenbar‹, weil Milan nie mit seiner Meinung herausrückte und mir nicht klipp und klar erklärte, die Symphonie sei nicht gut. Aber jedesmal, wenn ich darüber sprach, wechselte er das Thema oder sagte etwas wie ›Ja, sicher, wir müssen uns einmal hinsetzen und darüber sprechen, wenn der Druck etwas nachgelassen hat; momentan ist es einfach zu hektisch.‹ Und er hatte immer zuviel zu tun. Dennoch bin ich davon überzeugt, daß es ein gutes Werk ist. Ich habe es vielen Fachleuten aus der Musikwelt gezeigt, deren Meinungen ich respektiere, und jeder äußerte einhellige Begeisterung darüber, weit mehr, als ich brauchte, um von der Qualität meines

Werks überzeugt zu sein.«

»Wenn man einmal von der Qualität Ihres Werks absieht – könnte Mr. Stevens noch andere Gründe gehabt haben, aus denen er es nicht aufführte?«

Hirsch schüttelte den Kopf. »Ich weiß es nicht, es sei denn, er wollte verhindern, daß sich sein Assistent ein wenig Ruhm erwarb.«

»Mr. Hirsch«, fragte Wolfe, »herrschte zwischen Ihnen und Mr. Stevens offene Feindseligkeit?«

Hirsch fummelte an seiner Brille herum und stellte die Beine, die er zuvor übereinandergeschlagen hatte, nebeneinander. »Das kann man nicht sagen. Wir haben manchmal gestritten, meistens, wenn wir allein waren, vor allem über die Art und Weise, wie er manche Orchestermitglieder behandelte.«

»Sie fanden, er kehrte zu sehr den Vorgesetzten heraus?«

Hirsch nickte. »Ja, er hat manche von uns während der Proben gedemütigt, hat sie angebrüllt und beleidigt oder allgemein heruntergemacht. Ich hatte den Eindruck, daß sich das gesamte Orchester davon betroffen fühlte und daß jeder einzelne wütend darüber war. Und statt daß sie daraufhin besser spielten, was vermutlich die Wirkung hätte sein sollen, hatten solche Szenen genau den entgegengesetzten Effekt.«

»Kam das denn häufig vor?«

»Ja, praktisch bei jeder Probe. Es war, als machte es ihm Spaß, so grausam zu sein.«

»Und Sie haben es ihm vorgeworfen?« fragte Wolfe.

»Ziemlich oft, ja. Aber er wischte jeden derartigen Einwand zur Seite. ›Es sind doch Profis‹, pflegte er zu sagen, ›und ich erwarte von ihnen, daß sie wie Profis spielen und nicht wie die Mitglieder irgendeines Laienorchesters.‹«

Wolfe bewegte sich auf seinem Sessel. »Ist es richtig, Mr. Hirsch, daß Sie einmal zu Mr. Stevens sagten, Sie würden ihn lieber umbringen als zusehen, wie dieses Orchester vor die Hunde geht?«

»Was?« Hirsch zuckte zusammen, als ob er einen elektrischen Schlag bekommen hätte. »Wer hat das behauptet? Ich habe niemals so etwas gesagt!«

Inzwischen versuchten sowohl Meyerhoff als auch Sommers einzuspringen. »Meine Herren!« fuhr Wolfe sie an. Es war gar nicht laut, brachte sie aber zum Schweigen. »Ich darf Sie bitten und daran erinnern, ohne mich ständig wiederholen zu müssen, daß Sie hier um so schneller wegkommen, je weniger Sie mich unterbrechen.« Dann wandte er sich wieder an Hirsch.

»Es heißt, Sie hätten diesen Satz oder einen dieses Inhalts bei einer Besprechung in Mr. Stevens' Büro geäußert. ›Ich würde Sie lieber umbringen als zusehen, wie dieses Orchester vor die Hunde geht. Und wenn sich nichts ändert, wird es vor die Hunde gehen.‹ So in etwa. Nun, Mr. Hirsch?« Wolfes Augen verengten sich.

Ich sah, wie sich auf Hirschs Stirn Schweißperlen bildeten, oberhalb des Bügels seiner Brille. Er schaute Meyerhoff und Sommers an, dann leckte er sich die Lippen. »Mr. Wolfe, ich habe nie etwas Derartiges gesagt, auch nichts, was dem sinngemäß entsprechen würde.« Seine Stimme war deutlich, aber leise, und er akzentuierte jedes Wort. »Es ist nicht meine Art, so zu reden«, fuhr er fort und wurde allmählich schneller dabei. »Sie können jeden fragen, der mich kennt. Worte wie ›umbringen‹ und ›vor die Hunde gehen‹ gehören nicht zu meinem Sprachgebrauch. Ich kann mir nicht –«

»Das stimmt«, unterbrach ihn Meyerhoff. »Ich habe nie gehört, daß David –«

»Genug!« explodierte Wolfe und brachte Meyerhoff damit zum Schweigen. »Mr. Hirsch, bitte, sprechen Sie weiter.«

»Ich wollte sagen, ich kann mir nicht vorstellen, wer sich so etwas ausgedacht haben kann. Es ist einfach nicht wahr. Sicher, ich war mehrmals sehr wütend auf Milan – oft sogar –, aber ich hätte nie und nimmer so etwas gesagt.« Er schaute sich wieder um, sah jeden von uns an, dann senkte er den Blick. Mir tat der Bursche allmählich leid.

»Mr. Hirsch«, fuhr Wolfe fort, »können Sie sich vorstellen, warum jemand so etwas wider besseres Wissen behaupten könnte?«

»Nein, ich glaube nicht, daß ich irgendwelche Feinde habe beim Orchester, ausgenommen ...«

»Ja?«

»Ausgenommen Milan«, sagte Hirsch und sank auf seinem Stuhl zusammen.

»Sie haben also Mr. Stevens als einen Feind betrachtet?« fragte Wolfe.

»Nein, aber ich bin sicher, er hielt mich für seinen Feind«, erwiderte Hirsch.

Wolfe schaute den stellvertretenden Dirigenten an. »Hatten Sie die Absicht zu kündigen?«

»Ich – ich hatte es einmal erwogen, aber in letzter Zeit hat mir Charlie – Mr. Meyerhoff – angedeutet, daß es eventuell einen Wechsel auf dem Posten des Chefdirigenten geben würde.«

Wolfe wandte sich an Meyerhoff. Der Verwaltungsdirektor beugte sich wieder nach vorn. »Das stimmt. Jason war immer derjenige gewesen, der Stevens verteidigte, und der Verwaltungsrat tut stets das, was Jason vorschlägt. Ich liege ihm seit langem in den Ohren damit, wie schlecht das Arbeitsklima beim Orchester geworden ist, aber in letzter Zeit ist er, glaube ich, auf meine Seite übergewechselt, obwohl ihm das nicht leichtgefallen sein muß.«

»Ich nehme an, es wäre eine schwere Niederlage für Mr. Remmers gewesen, wenn Milan Stevens gekündigt worden wäre«, sagte Wolfe.

»Ja, das kann man bestimmt sagen«, erwiderte Meyerhoff. »Er hat die Tatsache, daß es ihm gelungen ist, Stevens zu engagieren, als Triumph seines Verhandlungsgeschicks und als einen großen Gewinn für das Orchester angesehen. Und dann ist es ganz anders gekommen. Stevens hat die Verhältnisse nicht verbessert, im Gegenteil.«

»Hat sich Mr. Stevens über Sie geärgert?« fragte Wolfe jetzt Meyerhoff.

»Sicher hat er sich über mich geärgert. Er ärgerte sich über jeden, der versucht hat, ihm zu sagen, was er tun sollte.«

»Und haben Sie sich über ihn geärgert? Hegten Sie einen Groll gegen ihn?«

Meyerhoff zuckte mit den Schultern. »Sagen wir, es ärgerte mich, was er mit dem Orchester anstellte, seine Unfähigkeit, die Leute zusammenzuhalten, seine Weigerung, Wärme und Verständnis zu zeigen – ja, das hat mich oft geärgert.«

Wolfe trank sein zweites Bier aus und stellte das Glas auf den Schreibtisch. »Lucinda Forrester-Moore ist in der jüngsten Zeit häufig in Gesellschaft von Mr. Stevens aufgetreten. Ist es richtig, daß Sie zuvor viel Zeit mit Mrs. Forrester-Moore verbracht haben?«

Jetzt lächelte Meyerhoff zum erstenmal, seit er das alte Backsteinhaus betreten hatte. »Ach, wir sind oft miteinander ins Theater und auf Partys gegangen – es war eine Sache der Bequemlichkeit«, sagte er höflich. »Aber man kann nicht behaupten, daß es sich dabei um eine ernsthafte Beziehung gehandelt hat.«

Wolfe nickte und wandte seine Aufmerksamkeit dem Flötisten zu. »Mr. Sommers, ich hatte nicht die Absicht, Sie von dieser Diskussion auszuschließen. Teilen Sie die Gefühle der anderen Herren, was Ihren verstorbenen Chefdirigenten betrifft?«

Sommers stellte die Beine nebeneinander, dann schlug er wieder das linke über das rechte. »Sie sind denen von David und Mr. Meyerhoff weitgehend ähnlich«, sagte er mit hoher Stimme, die aber irgendwie zu seinem Körperbau paßte. »Er war sicher alles andere als ein angenehmer Mensch, und von Einfühlungsvermögen war bei der Art, wie er mit dem Orchester umsprang, nichts zu spüren. Wie David sagte, die Proben waren höchst unangenehme Ereignisse, und er stellte häufig Musiker bloß, wenn er der Meinung war, sie spielten nicht so gut, wie sie sollten.

Ich möchte hier nicht den Eindruck erwecken, als ob ich unter Verfolgungswahn leide«, fuhr er nach einer kurzen Pause fort, »aber ich bin sicher, Mr. Stevens wollte mich loswerden. Ich merkte es an der Art, wie er sich verhielt, wenn wir etwas unter vier Augen diskutierten, zum Beispiel, wie er ein Flötensolo von mir haben wollte. Er war stets höchst ungeduldig. Und dann dieser Zeitungsartikel...«

»Ja?« fragte Wolfe.

»Vor ein paar Wochen erklärte Mr. Stevens in einem Interview, manche Solisten seines Orchesters seien mehr an ihrer eigenen Karriere interessiert, als es für das Orchester gut sei. Der Artikel wurde genau zwei Wochen nach einem meiner Soloauftritte veröffentlicht, der mir übrigens nicht nur positive Kritiken einbrachte. Ich bin ganz sicher, daß er insbesondere mich damit gemeint hat. Wie gesagt, es klingt vielleicht paranoid, aber ich bin überzeugt, er hat es im Hinblick auf mich gesagt.«

»Und sind Sie denn mehr an Ihrer eigenen Karriere interessiert als am Wohl des Orchesters?« fragte Wolfe.

»Ich liebe das New York Symphony Orchestra«, sagte Sommers. »Es war immer mein Traum gewesen, bei diesem Orchester zu spielen, schon als kleiner Junge in Boston. Ich würde nie etwas tun, was den Interessen des Orchesters zuwiderlaufen würde, und ich hielt mich immer für einen loyalen Orchestermusiker.«

»Hätten Sie das New York Symphony Orchestra verlassen, wenn Sie das Gefühl gehabt hätten, von Mr. Stevens in Ihrer Entwicklung behindert zu werden?« fragte Wolfe.

Sommers schaute Meyerhoff und Hirsch an, bevor er die Frage beantwortete. »Ich habe es noch keinem Menschen gesagt, aber jetzt macht es wohl nichts mehr aus. Ich habe tatsächlich in letzter Zeit oft darüber nachgedacht, ob ich zu einem anderen Orchester gehen sollte. Chicago war interessiert, Boston ebenfalls, und ich habe hier wie dort ein paar vorbereitende Gespräche geführt.«

Meyerhoff schaute ihn völlig verblüfft an. »Don, warum sind Sie nicht zu mir gekommen, um darüber zu sprechen?«

»Ich weiß, ich weiß, das hätte ich tun müssen«, quiekte Sommers und hielt ihm eine Hand entgegen. »Aber ich mußte erst selbst damit fertig werden. Ich wollte nicht weggehen, aber...«

»Sehen Sie?« sagte Meyerhoff, sprang auf und stützte sich mit beiden Armen auf Wolfes Schreibtisch. »Sehen Sie, was dieser Mann unserem Orchester angetan hat? Hier ist einer der besten Flötisten, die es auf der Welt gibt, ein Mann, der unser Orchester liebt, und er wurde praktisch davongetrieben.«

»Bitte, setzen Sie sich wieder, Sir«, sagte Wolfe verdrießlich. »Sie haben deutlich genug ausgedrückt, was Sie meinten, und ich ziehe es vor, mich mit Leuten in Augenhöhe zu unterhalten.«

Meyerhoff schüttelte den Kopf und setzte sich. »Gott sei Dank, daß Sie nun doch bei uns bleiben, Don«, sagte er. Sommers nickte und lächelte schwach.

»Nun, Mr. Sommers, dann kann man ja gratulieren«, sagte Wolfe, der sich wieder an den Flötisten gewandt hatte. »Sie sind der Meinung, daß das New York Symphony Orchestra ohne Milan Stevens ein viel besserer Arbeitsplatz ist – kann man es so sagen? Ist das eine passende Erklärung?«

»Das habe ich nicht behauptet«, krächzte Sommers.

»Aber es liegt auf der Hand. Wollen Sie es abstreiten?«

Sommers schaute zu Boden, dann hob er den Blick und schaute Wolfe an. »Nein, aber ich hatte nichts zu tun mit – mit seinem Tod.«

»Sie haben die Gelegenheit, es zu beweisen«, erklärte Wolfe trokken. »Übrigens, wir haben die halbe Stunde bereits überschritten, Mr. Meyerhoff«, fuhr er fort und schaute auf die Wanduhr. »Da es sich um einen Mordfall handelt, muß ich jedem von Ihnen noch zwei grundlegende Fragen stellen. Erstens: Haben Sie Mr. Stevens getötet? Und zweitens: Wo waren Sie am Mittwochabend zwischen sieben und neun Uhr? Möchten Sie beginnen, Mr. Meyerhoff?«

»Natürlich habe ich ihn nicht getötet – wir alle wissen, wer es getan hat, obwohl ich nie gedacht hätte, daß Milner so etwas fertigbringt. Und wo ich war – nicht, daß es darauf ankäme –: Ich hatte einiges an meinem Schreibtisch zu erledigen, also bin ich nach dem Abendessen zurückgegangen in mein Büro in der Symphony Hall und habe gearbeitet bis – ja, es muß kurz vor zehn gewesen sein, als ich aufhörte.«

»War außer Ihnen jemand dort?«

»Nein, ich war allein. Es gibt einen Wachmann, der sich nachts im Gebäude aufhält, aber ich habe ihn nicht gesehen, und er war auch nicht unten im Foyer, als ich wegging. Vermutlich machte er gerade seine Runde durch das Haus.«

Wolfe wandte sich an Hirsch.

»Ob ich Milan getötet habe? Gewiß nicht«, sagte der stellvertretende Dirigent kurz angebunden. »Am Mittwochabend war meine Frau außer Haus, beim Bridge. Ich war zu Hause, habe gelesen und Musik gehört. Und um Ihre zweite Frage zu beantworten, ja, ich war allein von sieben bis – nun, es war halb elf oder so, als meine Frau nach Hause kam. Aber ich kann Ihnen versichern, ich war die ganze Zeit zu Hause. Wir leben in New Jersey – in Ridgewood. Ich bin mit dem Zug hinausgefahren und kurz nach sechs dort angekommen.«

Wolfe wandte sich an Sommers, der hart schluckte und die Beine wieder nebeneinanderstellte. »Ein Student aus meiner Klasse an der Akademie, der jetzt in Denver lebt, war in der Stadt«, sagte er, »und wir sind an dem Abend ins Theater gegangen. Ich glaube, ich habe noch den Abschnitt des Billetts zu Hause, wenn Sie es sehen wollen.«

Wolfe schüttelte den Kopf. »Nein, nicht nötig, aber ich rate Ihnen, es aufzuheben. Ist Ihr Freund noch in New York?«

»Er ist wieder in Denver, aber ich kann Ihnen seinen Namen und die Telefonnummer geben, wenn Sie –«

»Don, das ist lächerlich!« fuhr Meyerhoff dazwischen. »Dieser Mann ist kein Polizist, du brauchst ihm gegenüber nicht zu beweisen, wo du gewesen bist. Laßt uns gehen – wir haben ihm schon zuviel Zeit geschenkt.« Meyerhoff stand auf, und die beiden anderen schauten Wolfe unsicher an, der keine Anstalten machte, sie aufzuhalten. Also erhoben sie sich ebenfalls und gingen hinaus in die

Halle. Ich folgte ihnen auf den Fersen. Meyerhoff hatte bereits seinen Mantel angezogen, aber ich war noch flink genug, um Hirsch und Sommers in ihre Mäntel zu helfen. Dann versuchte ich, mich zu verabschieden, aber nur Sommers erwiderte den Gruß; die anderen waren bereits auf dem Weg nach draußen und offensichtlich nicht in der Stimmung, Höflichkeiten zu tauschen.

Wolfe thronte hinter seinem Schreibtisch und zog einen Flunsch, als ich wieder zurückkam ins Büro. »Eine entzückende Gruppe, nicht wahr?« bemerkte ich. »Sieht so aus, als hätten wir bestenfalls Sommers eliminieren können, und selbst das ist noch nicht sicher. Schließlich ist es nicht besonders schwer, gebrauchte Theaterkarten zu finden und Freunde, die bereit sind, einem ein Alibi zu liefern.«

»Bah«, machte Wolfe und schaute mit düsterem Blick auf die Uhr. Dann stützte er beide Hände auf die Armlehnen seines Sessels und unterzog sich der Mühe, aufzustehen und in die Küche zu gehen – zweifellos, um Fritz bei seiner Arbeit fürs Abendessen zuzusehen.

18

Mein Radiowecker holte mich am Montagmorgen mit der Nachricht aus dem Schlaf, daß es noch immer schneite und daß die zwanzig Zentimeter, die in den letzten vierundzwanzig Stunden gefallen waren, eine Rekordhöhe für dieses Datum im Spätherbst darstellten. Zum Teufel mit Rekorden, sagte ich mir. Als ich hinunterkam zum Frühstück, fragte mich Fritz wieder nach den Fortschritten bei unserem Fall, und ich erklärte ihm, daß wir, soweit ich es überblikken könne, noch keinen Meter weiter gekommen seien. »Aber wischen Sie sich das Längliche aus Ihrem Gesicht«, sagte ich, »und seien Sie froh, daß wir überhaupt einen Fall haben.«

Fritz schaute dennoch weiterhin düster drein, und ich selbst fühlte mich nicht wesentlich anders. Nachdem die drei Symphoniker gestern nachmittag gegangen waren, hatten sich Saul und Fred telefonisch gemeldet, aber keiner von ihnen hatte etwas von Bedeutung zu berichten gehabt.

»Archie, ich habe heute mit mehr Nutten gesprochen als die meisten Handelsvertreter in ihrem ganzen Leben«, stöhnte Saul, »und das schließt auch eine beträchtliche Zahl von Rothaarigen ein. Nichts. Auch nachdem ich sie davon überzeugt hatte, daß ich nicht von der Polizei bin, sagten die meisten von ihnen, sie hätten noch nie so weit im Norden gearbeitet. Nicht genug los, meinten sie. Aber jetzt muß ich weiter – es ist schon fast dunkel, und wie die Werwölfe treibt es sie bei Anbruch der Nacht heraus, falls du das noch nicht gewußt haben solltest.«

Ich sagte ihm, das hätte ich schon mal gehört, und versorgte ihn noch mit ein paar aufmunternden Albernheiten, die eigentlich nicht nötig gewesen wären. Dieselben Albernheiten bot ich anschließend Fred, der eine halbe Stunde danach anrief, nur daß sie bei ihm nötig waren. Er hatte zwei Gründe für seine miese Laune: Erstens hatte er nicht mehr Glück gehabt als Saul, und zweitens machte Fanny, seine Frau, nicht gerade Handstand mit Überschlag vor Begeisterung über seinen Auftrag. Nach ein paar Worten des Trostes brach auch er das Gespräch ab und sagte, er müsse zurück auf die Straßen. »Mutige Burschen«, sagte ich und legte den Hörer auf.

Wenn Wolfe von ihrem Mangel an Erfolg beunruhigt war, so ließ er sich das nicht anmerken. Er konzentrierte sich statt dessen auf das Kreuzworträtsel in der Sonntagsausgabe der *Times*. Nach dem Abendessen, als wir mit Kaffee wieder im Büro saßen, löste er das Rätsel zu Ende, warf die Zeitung mit einem Ausdruck des Ekels in den Papierkorb wie jede Woche und schaute dann auf die Wanduhr, die gerade zehn vor neun zeigte. »Wie spät ist es in London?« fragte er.

»Mal sehen, die sind sechs – nein, fünf Stunden weiter als wir«, antwortete ich.

»Also viel zu spät, um Mr. Hitchcock anzurufen«, sagte er. »Na schön, rufen wir ihn morgen nach dem Lunch an.« Danach nahm er ein Buch und begann zu lesen. Ich entschloß mich, ihm nicht die Freude zu machen und zu fragen, wozu er mit Hitchcock sprechen wollte. Geoffrey Hitchcock ist ein Privatdetektiv in London, den wir in zahlreichen Fällen zu Rate gezogen haben; auch wir konnten ihm bei einigen seiner Fälle helfen, so daß unser Konto weitgehend ausgeglichen ist. So hatte uns Hitchcock vor ein paar Monaten wegen eines amerikanischen Ex-Sträflings angerufen, der in London aufgetaucht war und Witwen und geschiedene Frauen betrog. Mit Hilfe von Zeitungsausschnitten der *Gazette* und den persönlichen Erinnerungen von Lons besten Polizeireportern konnte ich ihm eine gute Beschreibung der Arbeitsmethoden dieses Kerls geben, und Hitchcock war uns dankbar dafür. Wolfe bekam ein paar Wochen später einen Brief aus London, in dem Hitchcock schrieb, es sei ihm gelungen, den Ex-Sträfling wieder hinter Gitter zu schicken, und zwar vor allem wegen unserer Informationen. Hitchcock hatte daraufhin von einem wütenden Opfer ein ordentliches Honorar kassiert.

Sobald Wolfe am Montag nach seinen zwei Gewächshausstunden heruntergekommen war und sich am Schreibtisch niedergelassen hatte, drehte ich mich ihm zu und erklärte: »In diesem Augenblick schlägt Big Ben in London vier Uhr nachmittags.«

Er atmete tief ein und zog die Stirn in Falten. »Ich habe noch nicht einmal die Post durchgesehen, aber ich nehme an, Sie peinigen mich so lange, bis wir dort anrufen. Zum Henker, so gehen Sie schon ans Telefon, und rufen Sie ihn an.«

Hitchcocks Nummer stand auf einer Karteikarte vor mir, und dank der Gnade der New Yorker Telefongesellschaft hatte ich keine Schwierigkeiten, zu ihm durchzukommen. Er antwortete nach dem zweiten Rufzeichen, und ich nickte Wolfe zu, der seinen Hörer abnahm, während ich in der Leitung blieb.

»Mr. Hitchcock? Hier Nero Wolfe. Wie geht es Ihnen, Sir? ... Ja, auch ich bin bei bester Gesundheit, danke sehr. Als wir vor ein paar Monaten miteinander sprachen, sagte ich, es könnte sein, daß wir eines Tages Ihre Hilfe in Anspruch nehmen würden, und nun ist der Tag da. Ja, ich arbeite an einem Fall. Am Mordfall Milan Stevens.«

Hitchcock sagte, die Londoner Zeitungen seien voll mit Geschichten darüber, und er wisse auch, daß man einen gewissen Milner als Verdächtigen festgenommen und des Mordes angeklagt habe. Dann begann er Fragen zu stellen, doch Wolfe unterbrach ihn. »Mr. Hitchcock, ich kann Ihnen derzeit nichts außergewöhnliches sagen, da ich selbst nicht sehr viel weiß, obwohl Mr. Goodwin und ich davon überzeugt sind, daß der wahre Täter noch nicht gefunden ist. Was ich von Ihnen brauche, sind Informationen über Stevens' Tätigkeiten in Europa, bevor er nach Amerika kam. Er war Dirigent in zahlreichen Städten: natürlich in London, aber auch in Mailand,

München und...« Er wandte sich an mich.

»Wien«, fügte ich hinzu, und er wiederholte es für Hitchcock.

»Meine Frage ist folgende: Gab es Vorkommnisse in einer dieser Städte, die zu einer heftigen Feindschaft gegen Stevens führten? Ich interessiere mich für alles, was Sie finden können, auch wenn der Vorfall noch so trivial erscheint.«

Hitchcock meinte, er könne das zumindest in London sehr leicht herausfinden, und er habe einen Kollegen in Frankfurt, der das gleiche für die deutschen Städte übernehmen könne, in denen Stevens aufgetreten sei. »Außerdem kenne ich einen Mann in Italien, der uns helfen kann«, fügte er hinzu. »Ich nehme an, Sie haben es eilig und benötigen die Informationen sehr schnell?« Wolfe bejahte, und Hitchcock versprach, in spätestens einem Tag wieder anzurufen. Nachdem er meinem Wunsch nachgegeben und in zwei Minuten mir und dem Engländer alles übermittelt hatte, was er von Hitchcock wissen wollte, beschäftigte sich Wolfe anschließend mit einer Durchsicht der Post und füllte die Bestellformulare von zwei neuen Katalogen mit Orchideensämlingen aus.

An diesem Nachmittag um drei Uhr wurden die Beisetzungsfeierlichkeiten für Milan Stevens abgehalten. Ich überlegte mir, ob ich hingehen sollte, fand dann aber, daß ich mehr von Nutzen sein konnte, wenn ich zu Hause blieb, für den Fall, daß Saul, Fred oder Hitchcock anriefen, während Wolfe oben bei seinen Pflanzen war. Aber niemand meldete sich, und gegen halb fünf fiel mir die Decke auf den Kopf, so daß ich Fritz bat, das Telefon für eine Weile zu übernehmen, während ich einen Spaziergang machte. Die Luft war kalt und klar, also ideal, um über das eine oder andere nachzudenken, sagte ich mir. Aber während ich auf der 35. Straße in Richtung Osten ging, fiel mir gar nichts ein, worüber man hätte nachdenken können. Wir standen vor dem Nichts, und ich fragte mich, ob Wolfe nicht doch schon zu lange sein Genie hatte brachliegen lassen. Sowohl das Projekt mit Saul und Fred als auch die Sache mit Hitchcock kamen mir vor wie letzte, verzweifelte Versuche einer Spielernatur, die lange verloren hat und nun alles, was sie noch besitzt, auf eine – oder in diesem Fall auf zwei Karten setzen muß. Ich murmelte noch vor mich hin, als ich um halb sechs zurückkam zu unserem Backsteinhaus, nachdem ich immerhin gut vier Meilen durch die Gegend gelaufen war. »Nur ein Anruf, als Sie weg waren«, sagte Fritz, während ich meinen Mantel aufhängte. »Miss Adjari, vor kurzer Zeit. Ich sagte ihr, daß Mr. Wolfe oben im Gewächshaus sei, und sie meinte, man solle ihn nicht stören, aber die Trauerfeier für Mr. Stevens sei sehr hübsch gewesen, und sie fliege noch heute abend nach London zurück.«

»Die vergeudet keine Zeit, wie?« fuhr ich ihn an, und Fritz sagte, er sei ja nur derjenige, der die Nachricht notiert habe. Als Wolfe um sechs Uhr herunterkam und sich hinter seinem Schreibtisch niederließ, berichtete ich ihm von dem Anruf. Die Reaktion war ein Achselzucken und der Wunsch, den Thermostat etwas herunterzuschalten. »Eine verdammt gute Idee«, sagte ich und stand auf. »Vielleicht stimuliert etwas kühlere Luft Ihre geistigen Aktivitäten – wir könnten es weiß Gott gebrauchen. Soll ich auch noch ein paar Fenster aufreißen, damit –«

»Archie, halten Sie den Mund. Sie reden dummes Zeug. Was soll ich denn tun? Mir ein paar Minuten Sendezeit im Fernsehen kaufen? Eine Reklametafel am Times Square aufstellen? Wie gute Fischer haben wir unsere Leinen ausgelegt. Und wie gute Fischer müssen wir etwas Geduld haben.«

»Was verstehen Sie schon vom Fischen!« zischte ich ihn an, während ich die Temperaturanzeige des Thermostaten niedriger stellte. »Sie haben seit der Erfindung der Patentspule noch keinen Haken ins Wasser getaucht.« Man könnte noch mehr über unser Gespräch berichten, aber das reicht, um Ihnen eine Kostprobe davon zu geben und verständlich zu machen, warum ich beim Abendessen eher schweigsam war, obwohl Wolfe eine Diskussion in Gang bringen wollte über die Frage, wie New York heute aussehen würde, wenn die Holländer nicht vor ein paar Jahrhunderten von den Engländern rausgedrängt worden wären. Es war auch danach im Büro ziemlich still, und als das Telefon endlich klingelte, hätte ich fast meine Kaffeetasse umgestoßen, so temperamentvoll war mein Griff nach dem Hörer.

Ich erwartete Sauls Stimme oder die von Fred, aber es war Hitchcock. »Hallo, ich hab' da das eine oder andere für Sie«, sagte er, während ich Wolfe andeutete, er sollte seinen Hörer ebenfalls abnehmen. »Es ist schon ziemlich spät hier, wissen Sie, aber ich habe eben erst den Rückruf aus Frankfurt entgegengenommen, und ich weiß, daß Sie auf diese Nachricht warten. Erstens sollte ich Ihnen sagen, daß mein Verbindungsmann aus Italien nicht helfen konnte. Es sieht so aus, als ob Stevens' künstlerische Jahre dort ziemlich ereignislos gewesen wären. Und hier in London habe ich auch nicht viel gefunden, außer allgemeinem Gemurmel darüber, daß er ein strenger Zuchtmeister gewesen ist. Aber was München betrifft«, fuhr er fort, »sagt mir mein Verbindungsmann in Frankfurt, daß es dort eine recht unangenehme Geschichte gegeben haben muß. Es geschah vor ungefähr fünfzehn Jahren; wenn Sie wollen, kann er das genaue Datum feststellen. Dabei ging es um einen jungen Oboisten im Münchner Orchester namens Wald, Willy Wald. Der Künstler wurde von Stevens gefeuert, und zwar ziemlich plötzlich. Weniger als eine Woche danach ist Wald bei einem Verkehrsunfall ums Leben gekommen. Er war allein in seinem Wagen, der aus unerklärlichen Gründen in den Bayerischen Alpen von der Straße abgekommen und in eine Felsschlucht gestürzt ist. Die Behörden behandelten die Sache als Verkehrsunfall, aber damals hatte es Spekulationen in der Presse gegeben, ob es nicht Selbstmord gewesen sei. Ziemlich unangenehme Spekulationen, wie Sie sich denken können.

Stevens verteidigte sich damals und gab zu seiner Entschuldigung an, Wald habe nicht gut genug gespielt, um bei einem so qualifizierten Orchester bleiben zu können. Die Sache machte ein paar Tage lang Schlagzeilen, aber nach Auskunft meines Freundes aus Frankfurt hat sich die Presse bald wieder beruhigt, und Stevens hat danach noch mehrere Spielzeiten in München dirigiert. Ich bin nicht sicher, ob Ihnen das hilft, aber Sie sagten, Sie wollten etwas hören, das ungewöhnlich ist.«

»Genau das«, erwiderte Wolfe, »und ich danke Ihnen, daß Sie sich um den Schlaf gebracht und es mir gleich übermittelt haben. Sonst noch etwas?« Hitchcock verneinte, und wir verabschiedeten uns.

»Na, war es das, was Sie erwartet haben?« fragte ich danach.

»Ich weiß nicht«, antwortete Wolfe, lehnte sich in seinem Sessel zurück und verschränkte die Finger über seinem Bauch. Er blieb mehrere Minuten in dieser Stellung, dann blinzelte er und langte nach seinem Buch. Ich wollte etwas sagen, aber das Telefon klingelte.

Diesmal war es Fred. »Archie, ich muß jetzt nach Hause, sonst macht mir Fanny die Hölle heiß. Die Nutten haben mich ausgelacht und beschimpft oder versucht, mit mir ins Geschäft zu kommen, aber bei dem, was wir wollen, hatte ich kein Glück. Ich bin vollkommen gerädert.«

Ich legte eine Hand auf die Sprechmuschel, teilte Wolfe mit, daß Fred für heute Feierabend machen wollte, und er nickte. »Okay, gehen Sie nach Hause; vielleicht haben Sie morgen mehr Glück«, sagte ich und legte auf. »Blöde Redensart«, wandte ich mich dann an Wolfe. »Morgen wird es genauso sein wie heute, und das wissen Sie so gut wie ich, Saul und Fred. Lassen Sie mich mit Hubbard reden; wenn an dem Abend eine Nutte in der Nähe des Hauses gewesen ist, werde ich es herausfinden.«

»Nein«, sagte Wolfe und schüttelte den Kopf. »Das können wir immer noch versuchen, wenn es notwendig sein sollte. Vielleicht hat Saul bessere Neuigkeiten.«

Aber Saul hatte nichts. Um zwanzig nach elf meldete er sich und sagte, er habe mit mehr als drei Dutzend Frauen vom horizontalen Gewerbe gesprochen, ohne Erfolg. »Ich bleibe dabei, Archie. Bitten Sie Mr. Wolfe, daß er uns noch etwas Zeit gibt.«

»Das ist das kleinste Problem«, versicherte ich ihm und sah zu, wie Wolfe die letzten Tropfen Bier aus der Flasche lockte. »Ich glaube, wenn Sie wollen, gibt er Ihnen noch einen ganzen Monat Zeit. Na ja, es ist schließlich sein Geld. Viel Spaß bei der Suche.« Saul hängte ein, und ich verkündete Wolfe, daß die Aufregungen des Tages zuviel für mich gewesen seien und daß ich zu Bett gehen würde. Er blickte kurz auf, nickte und klingelte Fritz, damit er ihm noch eine Flasche Bier brachte.

19

Der Dienstag war eine Fotokopie des Montags: Schnee, jetzt in dünnen Flocken; Wolfe am Schreibtisch, in seine Lektüre vertieft und mich ignorierend, und Saul und Fred irgendwo da draußen auf der Suche nach einer Frau, die es vielleicht gab und vielleicht auch nicht. Ich schnitt mir die Fingernägel, polierte drei Paar Schuhe, wechselte das Farbband meiner Schreibmaschine und brachte zwei Anzüge in die Reinigung. Maria rief kurz nach dem Lunch an, und ich sagte ihr, daß wir mehrere Angeln ausgelegt hätten. Sie war wieder bei Lily, obwohl sie meinte, sie könnte jetzt allmählich wieder in ihre eigene Wohnung gehen und würde vermutlich morgen dorthin umziehen. Ich schlug ihr vor, noch ein paar Tage bei Lily zu bleiben.

»Die Gesellschaft tut Lily gut«, sagte ich. »Dann hat sie jemanden, dem sie erzählen kann, warum die Demokraten Gottes erwähltes Volk sind.« Maria lachte zum erstenmal, seit ich sie kennengelernt hatte, und es klang hübsch. Ich sagte ihr, daß ich, wenn sie Lust hätten, heute abend mit ihr und Lily zu Rusterman gehen wollte auf ein ruhiges Dinner in einem der kleinen Räume im ersten Stock. Sie bedankte sich und bedauerte, ablehnen zu müssen, weil Jerry vorbeikomme und weil sie beide allein sein und möglicherweise einen Spaziergang machen wollten. Um mich nicht total auf dem Abstellgleis zu fühlen, bat ich sie, Lily ans Telefon zu rufen, und verabredete mich mit ihr auf ein Dinner zu zweit. Lily Rowan sagt fast nie nein, wenn sie zum Dinner eingeladen wird.

Sie ließ ein paar Fragen durchsickern, die unseren Fortschritt betrafen, und ich erklärte ihr, daß ich davon nicht so ganz überzeugt sei. »Aber bei Maria war ich nicht so ehrlich«, sagte ich, »also blamiere mich bitte nicht, wenn du mit ihr redest. Wir haben natürlich nicht ewig Zeit für die Aufklärung dieses Falls, aber Wolfe tut so, als wäre das kein Problem. Die Staatsanwaltschaft gehört zwar normalerweise nicht zu den Schnellsten im Lande, aber bei diesem Fall sind alle daran interessiert, daß die Akten bald geschlossen werden können. Ich an ihrer Stelle wäre das übrigens auch.«

Später saßen wir an einem Tisch im ersten Stock von Rustermans Restaurant, und Lily schaute mich über ihr Weinglas hinweg an. »Liebster, bist du denn absolut davon überzeugt, daß es Milner nicht getan hat?«

»Bist du es denn nicht?« erwiderte ich ihre Frage und arbeitete dabei mit meinem Augenbrauentrick. »Du hast in den letzten Tagen genügend Zeit gehabt, um ihn zu beobachten. Hältst du ihn für einen Killer?«

Sie schüttelte den Kopf und lächelte. »Das kann man nun nicht gerade behaupten, und ich glaube, daß meine Intuition, von der du so viel hältst, in diesem Fall wirklich zutrifft. Aber wer käme sonst noch als Mörder von Milan Stevens in Frage?«

»Da mußt du meinen Boss fragen. Weiß der Teufel, vielleicht

denkt er, daß es Selbstmord war und daß Stevens ein drittes Gelenk im rechten Arm hatte, und zwar so, daß er sich selbst den Brieföffner in den Rücken stoßen konnte.«

Das reichte mir für den Abend als Gespräch über berufliche Angelegenheiten, und Lily akzeptierte es. Wir kamen auf andere Themen, zum Beispiel wer aus ihrem Freundeskreis sich von wem scheiden ließ und warum. Das gehörte zwar nicht gerade zu meinen Lieblingsthemen, aber Lily blieb mindestens sechs Minuten dabei und berichtete so amüsant, daß ich tatsächlich unseren Mordfall vergaß. Doch dann mußte sie bemerkt haben, daß ich verstohlene Blicke auf meine Armbanduhr warf, und zum zweitenmal innerhalb einer Woche schlug sie mir vor, daß wir gehen sollten. »Ich weiß, es drängt dich zurück an deinen Schreibtisch, Escamillo. Versprich mir nur eines: Wenn du den Fall geklärt hast, möchte ich unter den ersten sein, die alles darüber erzählt bekommen.« Ich versprach es ihr, dann fuhr ich sie mit dem Taxi zu ihrer Wohnung und kam selbst kurz nach halb elf zu Hause an.

Wenn ich nicht gewußt hätte, wie peinlich genau Wolfe seine Mahlzeiten einhält, hätte ich geschworen, daß er sich nicht von der Stelle bewegt hatte, seit ich weggegangen war. Er saß in der gleichen Position da, hatte dasselbe Buch vor der Nase, dasselbe Tablett mit zwei Bierflaschen und einem Glas auf demselben Platz auf dem Schreibtisch stehen. Es sah sogar so aus, als ob das Bier im Glas noch ebenso hoch stand wie zuvor. »Irgendwelche Anrufe?« fragte ich und ließ mich in meinen Sessel fallen. »Saul? Fred? Der Bürgermeister? Der Präsident?«

»Niemand«, antwortete Wolfe. »War Ihr Dinner gut?«

Ich sagte ihm, es sei zufriedenstellend gewesen, und er nickte. Nach dem Tod von Marco Vukcic war Wolfe viele Jahre lang Treuhänder von Rustermans Restaurant gewesen und hatte sich sehr um die Küche und den Betrieb gekümmert. Er hatte es sich auch angewöhnt, regelmäßig dort zu essen, obwohl er eigentlich viel lieber zu Hause speiste. Seit seine Treuhänderschaft erloschen war, fand er – und ich mußte ihm zustimmen –, daß die Qualität des Essens nachgelassen hatte, obwohl das Restaurant nach meinem Geschmack noch immer der beste Ort für ein angenehmes Dinner war, wenn man von einem alten Backsteinhaus an der 35. Straße West absah.

»Wir hatten heute abend Flunder«, sagte Wolfe und wendete den

Blick nicht von seinem Buch ab. »Sie war fabelhaft.« Er rächte sich für meine Sticheleien am Nachmittag.

»Freut mich zu hören«, sagte ich. »Es heißt ja, daß Fisch Gehirnnahrung ist, nicht wahr? Spüren Sie schon etwas? Bei dem Tempo, in dem wir vorwärtsschreiten, ist Milner lebenslänglich verdonnert, bevor wir uns entschließen, ob wir Saul und Fred von dem Auftrag, die *filles de joie* zu interviewen, entbinden sollen.«

Wolfe legte sein Buch offen auf den Schreibtisch und schaute mich an. »Wo haben Sie den Ausdruck her? Ich begrüße Ihre Bildung, wenn auch nicht Ihre Aussprache.«

»Lassen Sie mich übersetzen«, sagte ich. »Es bedeutet –«

»Ich weiß, was es bedeutet«, knurrte Wolfe und blickte mich mürrisch an. »Und weil wir schon von Übersetzung sprechen...« Er ließ den Satz in der Luft hängen und lehnte sich langsam zurück in seinem Sessel; dabei schloß er die Augen. Ich wollte etwas sagen, hielt mich dann aber zurück. Er blieb eine ganze Weile so sitzen, ich schätze, an die fünf Minuten, und ich schaute ihm zu und wartete.

Und dann geschah es. Zuerst war es nur ein Zucken, aber bald begann der Rhythmus. Seine Lippen wurden eingesogen und ausgestoßen, ein und aus. Ich rührte mich nicht, aber selbst wenn ich etwas gesagt hätte – er hätte es nicht gehört. Wenn er in diesem Zustand ist, kann ihn nichts und niemand dabei stören, was weniger Wucht hat als eine Atombombenexplosion. Da ich etwas für zeitliche Abläufe übrig habe, schaute ich auf meine Uhr, als es begann, dann ging ich zum Getränkeschrank, schenkte mir einen Cognac ein und setzte mich wieder an meinen Schreibtisch.

Dreiundvierzig Minuten und zwei weitere Cognacs später schlug Wolfe die Augen auf und atmete mehrmals tief durch. »Bah, es ist, als ob ich Scheuklappen getragen hätte«, verkündete er. »Die Wahrheit schreit wie ein irisches Klageweib von den Dächern, aber ich hatte meine Ohren und den Geist verschlossen. Der Weg war übersät mit Hinweisen, und ich habe sie alle übersehen. Rufen Sie Saul zurück. Und Fred. Sie sollen aufhören. Die Sache ist unnötig lange fortgesetzt worden.«

Vielleicht ist es Ihnen inzwischen auch klargeworden, mir jedenfalls nicht. Als Lily diese Aufzeichnungen las, ist sie ungefähr an der gleichen Stelle wie Wolfe dahintergekommen, was geschehen war, aber ich sagte ihr, übrigens nicht zum erstenmal, daß die Wahrheit im Leben nicht so leicht zu erkennen ist wie beim Durchblättern eines Manuskripts. Und außerdem wußte Lily schon, als sie dies hier las, wie die Sache ausgegangen war.

Ich bat Wolfe um ein paar Antworten und Erklärungen, und gerade als ich damit begonnen hatte, klingelte das Telefon. Es war Saul. »Archie, ich habe sie«, sagte er. »Sie ist draußen vor der Telefonzelle und hat riesige Angst. Will Mr. Wolfe sie jetzt gleich sprechen?«

»Es ist Saul«, sagte ich zu Wolfe und deckte meine Hand auf die Sprechmuschel. »Die guten Nachrichten kommen jetzt gebündelt herein. Er sagt, er hat die Lady, nach der Sie ihn suchen ließen, und er will wissen, ob er sie herschleppen soll.«

Wolfe nickte grimmig. »Ja, Saul, kommen Sie her mit ihr«, sagte ich ins Telefon. »Haben Sie von Fred gehört? ... Wenn Sie ihn zufällig sehen, sagen Sie ihm, er soll auch herkommen.« Ich legte auf und drehte mich zu Wolfe um. »Okay, ich glaube, jetzt dämmert es auch bei mir. Lassen Sie mich erzählen, wo ich angekommen bin, und Sie können die Lücken ausfüllen.«

In den nächsten zwanzig Minuten füllte Wolfe ein paar Lücken aus, obwohl ich inzwischen in der Lage war, selbst das eine oder andere hinzuzufügen. Als es draußen klingelte, ging ich in die Halle und sah durch das Glas, daß sie in der Tat rotes Haar hatte und alles andere als glücklich wirkte. Und als ich die Tür aufgerissen hatte, stellte Saul sie einfach als Mindy vor. Ich nahm den beiden die Mäntel ab, und sie trotteten ins Büro.

Im Lauf der Jahre hatte Wolfe widerwillig eine ganze Reihe von Frauen befragt und verhört, aber diese setzte allen diesbezüglichen Erlebnissen die Krone auf. Mindy trug einen knallengen braunen Pullover, einen beigefarbenen Minirock und kniehohe weiße Stiefel mit aberwitzig hohen Absätzen – ganz zu schweigen von ihrem langen, roten Haar, das ihr über die Schultern fiel. Ich ließ sie im roten Ledersessel Platz nehmen, und Saul setzte sich auf einen der gelben Stühle.

»Ich bin ihr auf der Fifth Avenue bei der Siebenundsechzigsten Straße begegnet«, berichtete Saul. »Sie schien zunächst nur daran interessiert, vom Geschäft zu reden. Dann, als ich sie fragte, ob sie schon mal weiter oben in den Siebziger Straßen gearbeitet hat, wollte sie weglaufen und beschimpfte mich dabei wüst. Ich packte sie und erklärte ihr, daß ich nichts mit der Polizei zu tun habe, aber viele von den Bullen kenne und sie denen ausliefere, wenn sie mir nicht helfen will. Stimmt's Mindy?«

Sie fluchte und wandte sich dann an mich. »Was soll das eigentlich, verdammt und zugenäht? Wer ist denn der Fette da? Ich hab' doch keinem Ärger gemacht. Zum Teufel mit dem Gequassel.« Sie stand auf, um zu gehen, aber Saul legte ihr entschieden eine Hand auf die Schulter, und sie setzte sich wieder. Er schaute Wolfe an und fuhr fort: »Jedenfalls, schließlich hat sie mir erzählt, daß sie am Mittwochabend dort oben gewesen ist. Bei Hubbard. Und ich sagte ihr, wenn sie nicht mit mir redet, kann sie das gern mit der Polizei tun, aber dann geht es ihr nicht so gut wie bei mir.«

Wolfe warf einen Blick auf Mindy. »Madam, ich kann Ihnen zwar keinen Schutz bieten, das stimmt, aber Ihre Chancen sind bedeutend besser, wenn sie das, was Sie uns sagen können, freiwillig mitteilen.«

»Aber ihr seid doch keine Bullen, oder?« fragte Mindy und setzte sich gerade hin in ihrem Sessel, wobei sie die übereinandergeschlagenen Beine wieder züchtig nebeneinander hinstellte.

»Richtig«, sagte Wolfe. »Trotzdem stecken Sie in der Klemme. Wir wissen, wer Sie sind, und wenn wir Sie der Polizei melden, wird es viel schlimmer, als wenn Sie bei uns freiwillig zugeben, daß Sie einen Teil des Mittwochabends mit Mr. Thomas Hubbard verbracht haben.« Wolfe spielte ein schwaches Blatt; wir kannten ihren Namen nicht, keiner von uns hatte bisher einen Ausweis von ihr zu Gesicht bekommen. Aber sie war nervös und wußte, daß sie nicht so leicht aus dem Haus kommen würde. Jetzt leckte sie sich die Lippen und schaute mich in einer Weise an, die sie vermutlich für verführerisch hielt, bekam dafür aber nicht mehr als ein unverbindliches Lächeln von mir.

Sie wandte sich wieder an Wolfe und Saul; das Spiel mit dem Sex war vorüber. Ich schenkte einen Cognac ein und reichte ihn ihr, und sie trank einen Schluck, bevor sich Wolfe zu Worte meldete. Danach öffnete sie sich wie eine Blume. Sie hieß Mindy Ross, stammte aus Pennsylvania und war dreiundzwanzig Jahre alt. Sie sagte, daß sie ihren ›derzeitigen Beruf‹ wie sie es nannte, seit achtzehn Monaten ausübte, und zwar stets in New York. Sie beantwortete Wolfes Fragen über das, was sie am Mittwochabend gemacht hatte, und ihre

Beschreibung der Ereignisse entsprach genau dem, was Wolfe mir erzählt hatte, bevor Saul anrief.

Wenn er jetzt mit sich selbst hochzufrieden war, so ließ Wolfe es sich nicht anmerken, obwohl er dazu jedes Recht gehabt hätte. »Archie, Miss Ross bleibt über Nacht bei uns. Zeigen Sie ihr das Südzimmer, und erklären Sie ihr unser Alarmsystem.«

»Warten Sie, verdammt«, zischte ihn Mindy an. »Keine Sau hat gesagt, daß ich bei euch übernachte. Ich muß wieder raus –«

»Sie müssen nirgends hin«, fuhr ihr Wolfe über den Mund. »Sie bleiben mindestens noch morgen den ganzen Tag über bei uns. Und Sie werden sich mit einem Männerschlafanzug begnügen müssen, aber wenn Sie es wünschen, kann morgen früh frische Kleidung für Sie besorgt werden.«

Ich stand jetzt neben Mindy. Sie blickte zu mir hoch, dann auf Wolfe und wieder auf mich. Dabei fluchte sie leise, stand auf und ließ sich von mir über die Treppe hinauf in den zweiten Stock führen, in das Zimmer hinter dem meinen, wo Milner zuletzt beherbergt worden war. »Das ist das Zimmer«, sagte ich. »Wir hatten keinen Gast erwartet, aber ich glaube, es ist alles in Ordnung. Hier nebenan finden Sie Bad und Toilette. Mr. Brenner ist Ihnen der Größe nach am ähnlichsten, also besorge ich Ihnen einen Schlafanzug und einen Morgenmantel aus seinem Schrank. Und ich kümmere mich darum, daß Ihnen morgen früh um halb neun das Frühstück aufs Zimmer serviert wird.

Jetzt zu dem, was Mr. Wolfe noch erwähnt hat: Wenn ich ins Bett gehe, schalte ich im ganzen Haus die Alarmanlage ein. Ein Überwachungspunkt befindet sich direkt vor Ihrer Tür; wenn Sie also versuchen sollten, hinauszugehen auf den Korridor...« Ich machte eine Geste mit beiden Händen, um die Sinnlosigkeit eines solchen Unterfangens anzudeuten. »Und selbst wenn es Ihnen gelänge, das Zimmer zu verlassen, wüßten Sie nicht, wie Sie die Haustür aufbekommen würden. Es ist ein Spezialschloß... Noch irgendwelche Fragen?«

Sie hatte sich auf das Bett sinken lassen und saß jetzt da, als ob sie im nächsten Augenblick zu heulen beginnen würde. Die harte Fassade war zerbröckelt. »Jesses, was geht da alles vor? Ich hab' bestimmt keinen Ärger haben wollen. Ich hab' schon genug mit den Bullen und brauch' nicht auch noch das!« Ich sagte etwas, das ich für tröstlich hielt, aber es half nichts, also ging ich hinaus und schloß die Tür hinter mir.

Unten im Büro hatte Saul sich gerade einen Cognac eingeschenkt und unterhielt sich mit Wolfe, als ich hineinkam. »Ein Terminplan für morgen?« fragte ich, während ich mich auf meinen Schreibtischsessel sinken ließ.

»Ja. Ich sagte Saul gerade, daß ich alle Beteiligten morgen abend um neun Uhr hier haben will, also auch ihn und Fred. Wir brauchen außerdem Miss Radovich, Mr. Milner, Mrs. Forrester-Moore und die Leute vom Symphonieorchester, mit denen wir gesprochen haben, natürlich einschließlich Mr. Remmers. Und den Mann an der Rezeption im Haus von Stevens, Mr. Hubbard. Ich habe Saul gebeten, daß er ihn herschafft; können Sie dafür sorgen, daß alle anderen anwesend sind?«

»Und das alles in einem einzigen Tag.« Ich zuckte mit den Schultern. »Ich nehme an, Sie wollen auch Cramer mit dabei haben.«

Wolfe nickte. »Mit dem spreche ich selbst und schlage ihm vor, daß er Sergeant Stebbins mitbringt.«

Danach beschäftigte sich Wolfe noch eine halbe Stunde damit, den Plan für den folgenden Tag auszuarbeiten. Wir wurden einmal unterbrochen, als Fred sich meldete. Ich berichtete ihm, daß Saul die Frau gefunden hatte, nach der wir suchten, und daß er am nächsten Vormittag vorbeikommen sollte, um über den Ablauf am morgigen Abend informiert zu werden. »War schön, wieder für Mr. Wolfe gearbeitet zu haben«, sagte er, »aber Fanny wird sehr froh sein, wenn diese Sache zu Ende ist.«

»Glauben Sie mir, sie ist beinahe zu Ende«, sagte ich, legte den Hörer auf und wandte mich wieder Wolfe zu.

20

Es war dann doch nicht allzu schwer, meine Aufgaben am Mittwochvormittag der Reihe nach zu erledigen. Ich fing an mit Jason Remmers und traf ihn zu Hause an. »Mr. Wolfe hat eine wichtige Mitteilung zu machen im Mordfall Stevens«, sagte ich ins Telefon.

»Er bittet Sie, heute abend um neun Uhr in sein Büro zu kommen, und fragt sich, ob Sie die Herren Meyerhoff, Hirsch und Sommers veranlassen könnten, ebenfalls noch einmal zu ihm zu kommen, zur gleichen Zeit.« Eigentlich hatte Wolfe *mir* aufgetragen, die Orchesterleute einzuladen, aber ich dachte, daß sie eher kommen würden, wenn Remmers sie darum bat. Er meinte, er selbst habe an diesem Abend Zeit, und was die anderen betreffe, würde er zurückrufen. »Es ist außerordentlich wichtig, daß alle hier sind«, betonte ich noch einmal, bevor wir das Gespräch beendeten.

Als nächstes war Lucinda an der Reihe. »Sie sagten mir neulich, daß Sie schon immer Nero Wolfe kennenlernen wollten«, sagte ich, als sie sich gemeldet hatte. »Dazu besteht jetzt eine Chance. Er dachte, Sie würden vielleicht bei einer Besprechung heute abend um neun Uhr anwesend sein wollen; es geht dabei um den Mord an Mr. Stevens.«

»O Archie, ich habe leider schon etwas vor«, sagte sie. »Wissen Sie denn, worüber er im einzelnen sprechen wird?« Ich antwortete ihr, daß ich nicht die leiseste Ahnung hätte. »Ja, dann... Na schön, wenn Sie wirklich wollen, daß ich komme, dann sage ich eben meine Verabredung ab. Ihretwegen, Archie.« Ich erklärte ihr, daß wir beide, Wolfe und ich, ihr dafür sehr dankbar seien und daß wir uns darauf freuten, sie um neun Uhr hier zu sehen.

Natürlich antwortete Maria mit einem begeisterten »Ja«, als ich sie bei Lily anrief. »Sie haben etwas herausgefunden, nicht wahr?« fragte sie.

»Ich kann es noch nicht sicher sagen, aber ich weiß, daß Mr. Wolfe mehrere Leute einladen möchte – einschließlich Gerald Milner.« Sie versprach mir, ihn mitzubringen, und versuchte mich nach weiteren Informationen auszuquetschen, bis ich das Gespräch höflich, aber entschieden beendete.

Um zehn kam Fred, um seine Anweisungen entgegenzunehmen. Er war etwas traurig darüber, daß es wieder einmal Saul war, der das Glück gehabt hatte, Mindy zu finden, doch das wurde mehr als ausgeglichen durch seine Erleichterung darüber, die Aktion abbrechen zu können, die er ›die große Nuttenjagd‹ genannt hatte.

Kurz nachdem er gegangen war, rief Remmers an und teilte mir mit, daß alle drei Leute vom Symphonieorchester herkommen würden. »Nicht, daß sie sich besonders darauf freuen«, sagte er. »Das gilt vor allem für Charlie und Dave.« Ich erwiderte ihm, das Leben sei nun einmal so, und wir würden uns dann also um neun Uhr abends sehen.

Wolfe kam pünktlich wie immer vom Gewächshaus herunter. Er klingelte nach Bier, und nachdem er kurz die Post durchgesehen hatte, erkundigte er sich nach meinen Fortschritten. Als ich ihm sagte, daß wir die gesamte Besetzung heute abend erwarten konnten, beauftragte er mich, Inspektor Cramers Nummer zu wählen.

»Mit Vergnügen«, sagte ich, tippte die Zahlen aus dem Gedächtnis und blieb dann in der Leitung.

»Mr. Cramer? Guten Tag, hier spricht Nero Wolfe. Ich wollte Ihnen mitteilen, daß heute abend um neun Uhr eine Reihe von Leuten hier bei mir erscheinen wird und daß dabei eine Diskussion über den Mord an Milan Stevens vorgesehen ist. Ich nehme an, Sie wollen ebenfalls daran teilnehmen.«

»Verdammt, ich habe Ihnen und Goodwin gesagt, Sie sollen die Finger von der Sache lassen. Was mich betrifft, die Mordkommission hat ihre Arbeit in diesem Fall getan«, erklärte Cramer.

»Es ist natürlich Ihr gutes Recht, das zu denken. Aber ich sollte Ihnen vielleicht sagen, daß ich diese Diskussion abhalten werde, gleichgültig, ob Sie kommen oder nicht. Sie können das Ergebnis ja dann morgen in der *Gazette* nachlesen, da Mr. Cohen zweifellos interessiert sein wird, darüber zu berichten.«

Cramer spuckte ein unanständiges Wort aus. Dann: »Soll das vielleicht wieder einmal einer Ihrer törichten Parade-Auftritte vor versammeltem Publikum werden?«

»Ich würde es etwas anders bezeichnen, aber wenn Sie wissen wollen, ob sich alle Beteiligten in meinem Büro versammeln werden, lautet die Antwort ja. Dennoch werden wir ein Plätzchen für Sie aufheben, und auch für Sergeant Stebbins, falls Sie ihn mitbringen wollen.«

»Ich bringe mit, wen ich will!« bellte er und legte den Hörer auf.

»Rechnen Sie damit, daß Mr. Cramer pünktlich hier sein wird – und mit einem Freund«, sagte Wolfe, lehnte sich zurück und schloß die Augen.

Der Tag kroch dahin, vielleicht deshalb, weil ich alle zwei Minuten auf die Uhr schaute. Um zehn nach vier rief Saul an und berichtete, daß er Tom Hubbard zu Hause angetroffen habe. »Er war ungefähr genauso glücklich, mich zu sehen, wie es Mindy gewesen ist«, sagte Saul. »Ich habe ihm klargemacht, was wir über die Sache vom vergangenen Mittwochabend wissen, und daraufhin konnte er nichts mehr dagegen sagen. Genau gesagt, er war sprachlos. Als er wieder Worte fand, erklärte er mir, daß er heute abend Dienst hat, aber ich meinte, wenn er nicht kommt, würde früher oder später die Polizei bei ihm auftauchen und ihn mitnehmen. Das reichte dann; er hat in meiner Gegenwart jemanden angerufen, der ihn vertreten soll, und ich hole ihn um acht Uhr ab.«

Ich brüllte ein »Zufriedenstellend« in die Muschel, dann rief ich Lon an und teilte ihm mit, daß wir im Lauf des heutigen Abends etwas für die morgigen Ausgaben hätten, eine Exklusiv-Story. Er wollte alles sofort wissen, aber ich bestand darauf, daß er warten mußte, vielleicht bis Mitternacht oder noch länger. Er sagte, er würde notfalls in seinem Büro übernachten.

Nach dem Dinner, als sich Wolfe mit Kaffee an seinen Schreibtisch setzte, begann ich alles herzurichten: einen Satz zusätzlicher Aschenbecher, Stühle aus dem vorderen Salon, eine voll bestückte Bar auf dem kleinen Tisch in der Ecke. Fred war um halb acht eingetroffen und saß jetzt oben im Südzimmer bei Mindy Ross, die mit einer Garnitur neuer und nicht ganz so auffälliger Kleidungsstücke versorgt worden war, dank einer Einkaufsfahrt, die Maria am Nachmittag unternommen hatte.

Saul traf pünktlich um halb neun ein, mit dem sehr nervösen Tom Hubbard im Schlepptau, der aussah, als würde er gleich in Ohnmacht fallen, nachdem er mich erkannt hatte. Als er wieder zu sich gekommen war, versuchte er mich zu fragen, was denn geschehen würde, aber ich nickte nur in Richtung auf Saul, der ihn in den vorderen Salon steuerte und die Tür hinter ihm schloß. Jetzt waren wir bereit zum Empfang unserer Gäste.

Um acht Uhr dreiundvierzig klingelte es wieder. Draußen standen Inspektor Cramer und Sergeant Purley Stebbins. »Ach, Inspektor, Sie haben es also doch geschafft«, sagte ich, als sie hereinkamen. »Und Sie haben sich eine Begleitung mitgebracht. Lange her, was, Stebbins?« Der Sergeant, der seit Menschengedenken mit Cramer zusammenarbeitete und in der Vergangenheit zuviel mit Wolfe und mir zu tun gehabt hat, wie er behauptet, nickte mit seinem langen, knochigen Gesicht, lächelte aber nicht. Aber Purley Stebbins ist nicht bekannt für sein Lächeln, vor allem dann nicht, wenn ich in der Nähe bin. Unter solchen Voraussetzungen könnte man sagen, wir sind bisher immer einigermaßen miteinander ausgekommen, und das bei einer doch recht unterschiedlichen Zielsetzung im gleichen Beruf. Er ist vielleicht nicht der Schlauste in seiner Abteilung, aber Sie werden es nie erleben, daß ich seinen Mut und seine Loyalität in Frage stelle. Wenn ich mir jemanden aussuchen könnte, der mir beisteht in einer Schlägerei gegen die Verteidiger der Pittsburgh Steelers, dann würde ich mir Purley mitnehmen, obwohl ich ihm das natürlich nicht auf die Nase binden werde.

»Sie sind die ersten«, sagte ich, führte sie ins Büro und erklärte die Sitzordnung. »Mr. Wolfe wird in Kürze hier sein, ebenso die anderen, wie ich hoffe.«

»Ha, er wartet natürlich, bis alle da sind, damit er seinen großen Auftritt hat«, hörte ich Cramer zu Stebbins sagen, als ich zurückging in die Halle. Und der Inspektor hatte recht: Wolfe war um Viertel nach acht in die Küche gegangen, unter dem Vorwand, mit Fritz die Menüplanung für die nächste Woche zu besprechen, und er hatte erklärt, er würde ins Büro kommen, sobald unsere Gäste Platz genommen hätten.

Dann trafen alle innerhalb von drei Minuten ein: als erste Maria und Milner, die sich die Hände hielten und versuchten, tapfer zu wirken; dann Meyerhoff, der noch immer so zornig aussah wie am vergangenen Sonntag; anschließend Hirsch und Sommers, beide mit zusammengepreßten Lippen und düsteren Mienen. Direkt hinter ihnen kam der lächelnde, pfeifenrauchende Jason Remmers, und zuletzt, mit einer weißen Pelzstola, Lucinda Forrester-Moore, die sich streckte und mir einen Kuß auf die Wange gab, als ich die Haustür zuzog. »Ich bin die letzte, nicht wahr, Archie?« sagte sie mit schelmischem Lachen, während wir hineingingen.

»Die letzten sind oft die besten«, flüsterte ich und steuerte sie auf den Stuhl zu, der neben meinem Schreibtisch stand.

Jeder nahm den Platz ein, den er von mir angewiesen bekam. In der ersten Reihe saßen Maria im roten Ledersessel, daneben Milner, dann Sommers und natürlich Lucinda neben mir. In der zweiten Reihe hatte Remmers Platz genommen, mir am weitesten entfernt, dann Meyerhoff in der Mitte und Hirsch hinter Lucinda. Es gab noch zwei Stühle an der Wand, aber Cramer und Stebbins zogen es vor, stehenzubleiben.

Ich machte die Besucher miteinander bekannt, soweit nötig, ging dann hinter Wolfes Schreibtisch und drückte auf den Knopf der Rufanlage, das vereinbarte Signal für ihn. Danach fragte ich, was jeder zu trinken wünschte. »Was sollen die Drinks?« fuhr mich Meyerhoff an. »Ich bin weiß Gott nicht hergekommen, um hier mit Ihnen einen netten Abend zu verbringen. Genau gesagt, wollte ich eigentlich gar nicht kommen; ich tue das nur Ihnen zuliebe, Jason«, erklärte er und wandte sich Remmers zu. »Übrigens schon zum zweitenmal. Und wo, zum Teufel, ist dieser Nero Wolfe?«

»Das frage ich mich auch schon die ganze Zeit«, piepste Hirsch. »Ich bin ganz Ihrer Meinung, Charlie: Es ist lächerlich. Wir sitzen hier in einem Raum, gemeinsam mit einem Mann, dem ein Mord zur Last gelegt wird, und wir hören einem anderen Mann zu, der nicht einmal ein Polizeibeamter ist. Dennoch«, – er wandte sich Cramer und Stebbins zu – »kommt sogar die Polizei hierher und scheint die Sache zu tolerieren. Es ist absurd!«

Remmers räusperte sich. »Ich möchte mich bei Ihnen beiden bedanken, und auch bei Ihnen, Don, daß Sie meinem Wunsch Folge geleistet haben. Und wenn ich schon hier bin, möchte ich auch etwas zu trinken, Mr. Goodwin. Scotch auf Eis, bitte. Bin ich der einzige?«

Sommers ließ sich auch einen Scotch geben, und Lucinda entschied sich für Cognac; die übrigen paßten. Während ich die Drinks servierte, tauchte Wolfe in der Tür auf, überblickte kurz die Szene, kam dann herein und machte einen weiten Umweg, um zu seinem Platz hinter dem Schreibtisch zu gelangen. Er verbeugte sich andeutungsweise, ehe er sich auf den Sessel sinken ließ.

»Wie Mr. Remmers möchte auch ich mich bei Ihnen allen bedanken, daß Sie heute abend hergekommen sind«, sagte er und bewegte dabei die Augen von rechts nach links und wieder zurück. »Mit Ausnahme von Mrs. Forrester-Moore sind Sie mir alle bekannt. Madam.« Er neigte seinen Kopf wieder um den berühmten Millimeter und lächelte dazu. »Ich nehme an, Sie haben sich untereinander bekanntgemacht und kennen auch Inspektor Cramer und Sergeant Stebbins?«

»Ja, und ich will wissen, warum sie hier sind«, herrschte ihn Meyerhoff an. »Die Besprechung ist uns nicht als offizielles Verhör im Beisein der Polizei angekündigt worden.«

»Das ist sie auch keineswegs, Mr. Meyerhoff«, sagte Wolfe. »Diese beiden Gentlemen sind aufgrund meiner persönlichen Einladung hergekommen und halten sich mit meinem vollen Einverständnis hier auf.« Er zog die Augenbrauen hoch. »Ich hatte nicht damit gerechnet, daß jemand von Ihnen etwas gegen ihre Anwesenheit einzuwenden hätte. Oder habe ich mich getäuscht?« Wieder richtete sich sein Blick auf den Halbkreis der Anwesenden, und deren Antwort war lastendes Schweigen.

»Gut, dann fahren wir fort«, sagte er, machte es sich auf seinem Sessel bequem und klingelte nach Bier. »Vor genau einer Woche wurde, wie wir alle wissen, Milan Stevens von seiner Nichte, Maria Radovich, erstochen in seiner Wohnung aufgefunden. Wie Sie ebenfalls alle wissen, hatte Mr. Goodwin unten gewartet und war nur kurz danach am Tatort erschienen. Mr. Goodwin und ich hatten Miss Radovich wenige Tage zuvor kennengelernt, weil sie sich um die Sicherheit ihres Onkels Sorgen gemacht und uns deshalb um unsere Hilfe gebeten hatte.

Anlaß für ihre Sorgen waren drei Drohbriefe, die ihr Onkel in den zwei vorausgegangenen Wochen per Post erhalten hatte. Sie hat diese Briefe zu Mr. Goodwin und mir gebracht, und sie befinden sich derzeit im Besitz der Polizei. Miss Radovich teilte uns mit, daß ihr Onkel die Briefe weggeworfen und daß sie sie aus einem Papierkorb geholt hatte. Ist das richtig?« fragte er und wandte sich an Maria. Sie nickte und lehnte sich auf die andere Seite ihres Sessels.

»Der erste dieser Briefe«, fuhr Wolfe fort, »war an Mr. Stevens geschickt worden, kurz nachdem er und Mr. Milner in einem Korridor hinter der Bühne in der Symphony Hall heftig gestritten hatten – ein Streit, der von mehreren Leuten beobachtet und gehört werden konnte. Kein Wunder, daß sich die Nachricht von dem Streit rasch unter den Mitgliedern des Orchesters ausbreitete. Gegenstand dieses Streits – der im Grunde eher eine Schmähung von Mr. Milner durch Mr. Stevens gewesen ist – war Maria Radovich, um deren Hand Mr. Milner bei Mr. Stevens angehalten hatte.« Milners Gesicht und Nacken liefen rot an, und er senkte den Blick.

»Die einfachste Sache der Welt«, sagte Wolfe. »Erst dieser Vorfall im Korridor, dann die Drohbriefe und dann Mr. Milners Besuch in der Wohnung von Stevens, an einem Abend, an dem der Onkel, der sich ihrer Heirat zu widersetzen drohte, allein zu Hause war, wie wiederum viele wußten.

Und dann der Tote, der nicht allzu lange nach Mr. Milners Besuch entdeckt wurde. Das scheint alles zusammenzupassen – jedenfalls ist es das, was die Polizei und das Büro des Staatsanwalts selbst jetzt noch glauben. In der Tat sieht alles so sauber und glatt aus, daß auch ich Mr. Milner zumindest kurze Zeit als Hauptverdächtigen angesehen habe. Hätte er nicht diesen Mord planen und ausführen können, indem er alle Beweise auf sich lenkte und dann damit argumentierte, daß nur ein kompletter Narr sich selbst in dieser Weise belasten würde? Möglich – doch er selbst hat nach dem Mord dieses Argument kein einziges Mal benützt. Und ich habe diese Theorie rasch beiseite gelegt, weil – mit dem gebotenen Respekt vor den anwesenden Beamten – die Mordkommission nicht gerade dafür bekannt ist, daß sie gegenüber so feinsinnigen Argumenten aufgeschlossen wäre. Wenn man ein Verbrechen begeht und dann mit Absicht allen Verdacht auf sich lenkt, um als unschuldig zu erscheinen – nun, dann wird einen die Polizei als Täter verhaften, ohne lange zu fackeln. Und beim Mord eines so wohlbekannten und geschätzten Mannes wie Mr. Stevens konnte man davon ausgehen, daß die Behörden besonders bemüht waren, zu einer schnellen Festnahme zu kommen. Wenn es einen so offensichtlich Verdächtigen gab, würden sie ihn ohne lange Umschweife der Öffentlichkeit präsentieren und auf diese Weise den Druck von oben mindern.

Aber auch diese Drohbriefe machten mir Kopfzerbrechen. Mr. Milner mag vielleicht über die Gerissenheit und den Mut verfügen, den man braucht, um einen solchen Mord zu planen und auszuführen, doch das Verschicken derartiger Briefe hätte für ihn keinerlei Sinn ergeben. Was hätte er dadurch gewinnen können? Nein, diese Briefe dienten dazu, Mr. Stevens vor seinem Tod noch zusätzlich zu zermürben, denn der Haß seines Mörders war so groß, daß ihm selbst der Tod seines Opfers noch nicht Strafe genug war. Mr. Milners Animosität gegenüber Mr. Stevens, wenn man es so nennen will, war jedoch eine Entwicklung neuesten Datums, die nur durch den Konflikt wegen Miss Radovich entstanden war. Wäre er der Mörder, so könnte man als Motiv nicht tödliche Rachegelüste anführen, sondern höchstens die Absicht, das einzige Hindernis zu beseitigen, das seiner Vereinigung mit Miss Radovich im Wege stand.

Diese Drohbriefe jedoch waren ohne jeden Zweifel Instrumente der Rache.«

»Hören Sie, das alles ist mäßig interessant in einer akademischen Weise, aber es beweist doch gar nichts«, wandte Meyerhoff ein. »Kein Gericht dieser Welt würde dem, was Sie uns da eben dargelegt haben, auch nur das geringste Gewicht zubilligen.«

»Vielleicht nicht, Sir. Ich habe Ihnen damit auch nur erklären wollen, warum ich *weiß*, daß Mr. Milner nicht der Mörder ist. Jetzt werde ich –«

»Entschuldigen Sie, aber ich hätte gern einmal die Meinung des Inspektors zu solchen Überlegungen gehört«, sagte Hirsch und wandte sich an Cramer.

»Ich halte sie für kompletten Quatsch«, antwortete Cramer, »aber ich möchte trotzdem gern hören, was Wolfe sonst noch zu sagen hat, damit wir alle wenigstens vor Sonnenaufgang nach Hause kommen. Ich kenne ihn besser als Sie alle hier, und ich kann Ihnen eines verraten: Er wird sich von niemandem drängen lassen. Er wird alles sagen, was er sagen möchte – alles! –, und wenn Sie klug sind, dann halten Sie jetzt den Mund und hören zu.«

»Ich danke Ihnen, Mr. Cramer«, sagte Wolfe. »Ich selbst liebe ebenfalls die Kürze, aber wir haben es hier mit einer schwierigen Folge von Ereignissen zu tun, wie Sie sehr bald einsehen werden. Gut – nachdem ich also Mr. Milner als Täter ausgeschlossen hatte, kam ich dazu, mir die anderen Möglichkeiten zu betrachten. Es gab eine ganze Zahl von Personen, die dafür bekannt waren, daß sie Milan Stevens entweder haßten oder zumindest Gründe dafür hatten, keine besonders freundlichen Gefühle ihm gegenüber zu hegen.« Wieder wanderte sein Blick durch den Raum.

»Mr. Remmers, Sie hatten das volle Gewicht Ihrer beträchtlichen Reputation und Integrität hinter die Ernennung von Mr. Stevens zum Chefdirigenten des New York Symphony Orchestras gelegt, und Ihre Wahl hatte sich als eine Katastrophe erwiesen. Es wäre nicht verwunderlich, wenn Sie sich daraufhin von dem Mann, den Sie so sehr für diesen Posten empfahlen, betrogen gefühlt hätten. Mr. Meyerhoff, Sie hatten die autoritären Methoden des neuen Chefdirigenten und außerdem sein musikalisches Verständnis in Frage gestellt. Und Sie, Mr. Hirsch, waren bitter, vielleicht durchaus mit Recht, weil Sie selbst den Posten des Chefdirigenten angestrebt hatten und weil Ihre Komposition von Stevens abgelehnt worden war. Was Sie, Mr. Sommers, betrifft, so hatten sie das Gefühl, daß der Dirigent Sie in ungerechtfertigter Weise kritisierte und daß er versuchte, Sie aus dem Orchester zu entfernen.« Sommers nickte, sagte aber nichts. »Sie, Miss Radovich, waren unglücklich, weil Ihr Onkel sich Ihrer Wahl eines Ehemannes heftig widersetzte.« Maria zuckte zusammen, als ob sie geschlagen worden wäre, und wollte etwas sagen, riß sich dann aber zurück, als Wolfe fortfuhr. »Mrs. Forrester-Moore: Sie waren enttäuscht, weil Mr. Stevens Ihnen nicht den erwünschten Heiratsantrag gemacht hatte.«

»Das ist doch einfach nicht wahr!« sagte Lucinda, beugte sich dabei nach vorn und ballte die Hände zu Fäusten. »Ich weiß, daß darüber in der Stadt geklatscht wurde, aber es ist ein bösartiges Gerücht, und obendrein entbehrt es jeglicher Grundlage. Wie ich Archie – Mr. Goodwin – sagte, als er mich besuchte: Ich wollte ebensowenig noch einmal heiraten wie Milan. Ich streite keineswegs ab, daß ich ihn gern hatte, aber heiraten... Nein, ganz bestimmt nicht. Sie können das glauben oder nicht, ganz wie Sie wollen.«

Wolfe zog die Stirn in Falten und zuckte mit den Schultern. »Wie auch immer«, sagte er, »ich habe auf diese Weise verschiedenartige Gründe von Feindseligkeiten und Groll gegenüber Milan Stevens ergründet und überdacht. Und jede der betroffenen Personen kann sehr wohl aus diesen Gründen zumindest eine gewisse Bitterkeit oder auch Zorn empfunden haben, aber reichte einer dieser Gründe aus, um einen Mord zu rechtfertigen?« Wieder sah er sich in dem Raum um, hielt kurz bei jedem der Gesichter inne. »Ich glaube nicht. Nein, wer auch immer diesen Brieföffner Mr. Stevens in den Rücken gestoßen hat, er dürfte von tiefliegenderen Emotionen geleitet worden sein, ja, von einem Haß, der wesentlich stärker sein mußte als der, welchen Stevens durch seine vergleichsweise harmlosen Akte der Gefühl- und Taktlosigkeit erzeugte.«

»Finden Sie es harmlos, wenn jemand versucht, die Karriere eines anderen zu zerstören?« Das war die Stimme von Sommers.

»Ich werde Ihre Frage mit einer anderen beantworten, Sir. Würde – oder hat – eine solche Aktion Ihren Zorn so angestachelt, daß Sie bereit waren, einen Mord zu begehen?«

Sommers wandte sich ab. »Nein, natürlich nicht«, murmelte er leise.

»Wenn ich jetzt fortfahren darf«, sagte Wolfe. »Fast von Anfang an war mir klar, daß die Gewalttat vom letzten Mittwochabend ihre Wurzeln in der Vergangenheit haben mußte, vielleicht in einer Zeit, bevor Mr. Stevens in die Vereinigten Staaten gekommen war. Wäre ich weniger schwerfällig und mit klarerem Blick auf die Realitäten begabt gewesen, dann hätte ich die Wahrheit schon viel früher finden müssen, aber ...« Er zog wieder einmal die Schultern einen Zentimeter hoch und ließ sie dann sinken.

»Bevor Sie mit der Lebensgeschichte von Stevens beginnen, möchte ich doch noch ein paar Grundlagen geklärt haben«, knurrte Cramer herüber. »Wie wollen Sie den Besuch von Milner in der Wohnung von Mr. Stevens erklären? Niemand außer ihm hat das Haus durch den Vordereingang betreten, und der hintere Eingang ist von außen versperrt.«

»Wenn ich Sie in diesem Punkt berichtigen darf«, sagte Wolfe. »Der Mann am Empfang *behauptet*, er hätte niemanden hereinkommen sehen. Und ich glaube ihm sogar. Aber wie wäre es, wenn er an diesem Abend zu einem gewissen Zeitpunkt gar nicht an seinem Platz im Foyer gewesen wäre?«

»Mutmaßungen«, sagte Cramer verächtlich.

»Nein, Sir, das sind keineswegs Mutmaßungen«, entgegnete Wolfe. »Der Mann – Mr. Hubbard – war längere Zeit nicht an seinem Platz im Foyer, ja, er war sogar außerhalb des Hauses, für eine Zeitspanne von mindestens zehn bis fünfzehn Minuten. Seine Abwesenheit hat es dem Mörder ermöglicht, das Haus ungesehen zu betreten und wieder zu verlassen.«

In diesem Augenblick begannen alle gleichzeitig zu reden, wobei sie sowohl Wolfe als auch sich gegenseitig mit Fragen bombardierten. »Bitte!« sagte Wolfe über den stark gestiegenen Geräuschpegel. »Wenn ich fortfahren dürfte.«

»Sie sollten lieber das, was Sie behaupten, erst einmal durch Fakten beweisen«, zischte Cramer, »sonst werden Sie sich diesmal für immer aus diesem Beruf zurückziehen müssen.«

»Wann und ob ich mich zurückziehe, ist einzig und allein meine Entscheidung, Mr. Cramer«, erwiderte Wolfe kalt. »Und ich bin durchaus in der Lage, das zu beweisen, was ich eben sagte. Aber es wäre wesentlich einfacher, wenn Sie mich nicht ständig unterbrechen würden.« Er lehnte sich zurück und schloß die Augen, bis das

Gemurmel im Raum verstummt war.

»Mr. Thomas Hubbard, der Mann, der in dem Haus, in dem der Mord geschah, das Foyer bewachen sollte, hegt eine exzessive Neigung für – für Frauen von der Straße, namentlich, wenn sie rothaarig sind. Das ist dort, wo er arbeitet, im ganzen Block bekannt – ja, es ist sogar so etwas wie ein Anlaß zu Scherzen unter seinen Kollegen, den Portiers und Doormen in der Gegend, wie einer meiner Mitarbeiter herausgefunden hat, als er sich dort umsah.

Der Mörder von Milan Stevens muß das auch gewußt haben – es war bestimmt nicht schwer herauszufinden –, und er hat sich diesen Umstand zunutze gemacht. Er hat eine Prostituierte mit rotem Haar ausfindig gemacht und hoch dafür bezahlt, daß sie ins Foyer dieses Hauses schlenderte, Mr. Hubbard in ein Gespräch verwickelte und ihn dann in einen Wagen lockte, der ausschließlich zu diesem Zweck etwas weiter unten in derselben Straße, an einer günstigen, dunklen Stelle parkte. Während sich die beiden im Wagen aufhielten und Mr. Hubbard dementsprechend abgelenkt war, hat der Mörder das Haus betreten. Das war vor dem Zeitpunkt, als Mr. Milner erwartet wurde, und nachdem der Portier Feierabend gemacht hatte, so daß der Vordereingang des Hauses für einige Zeit unbewacht war. Natürlich mußte der Mörder riskieren, von einem der anderen Bewohner des Hauses oder einem Besucher im Foyer oder im Aufzug gesehen zu werden. Falls das geschah, konnte er seine Absicht ja noch immer auf einen späteren Zeitpunkt verlegen und umdisponieren; wer wirklich entschlossen ist, einen Menschen zu töten, findet dazu immer die passende Gelegenheit. Vielleicht wäre Mr. Stevens danach überrascht gewesen, daß Gerald Milner ihn besuchte, aber abgesehen davon wäre der Abend ohne größere Ereignisse vergangen.

Doch alles lief wie geplant. Der Mörder traf niemanden im Foyer und niemanden im Aufzug. Er fuhr mit dem Lift hinauf in Stevens' Etage und klingelte. Stevens fand es zweifellos seltsam, daß jemand schon oben vor der Wohnungstür stand, ohne daß der Mann vom Empfang ihn angekündigt hatte, aber er öffnete seinem Mörder die Tür – es war ja jemand, den er sehr gut kannte. Daß sich die Stichwunden am Rücken befinden, unterstreicht diese Theorie.«

»Warten Sie mal«, unterbrach ihn Cramer. »Diese Geschichte hat mehr Lücken als die Abwehr der Mets. Wieso hat Ihr vermeintlicher Mörder denn gewußt, wann er in die Wohnung gehen und Stevens allein dort antreffen konnte? Und wie ist es ihm gelungen, Milner aus dem Weg zu gehen?«

»Ich werde versuchen, diese Lücken auszufüllen, Sir, wenn Sie es mir gestatten. Jeder in diesem Raum kennt wahrscheinlich den Terminplan von Milan Stevens, zumindest in einem gewissen Umfang. Er verbrachte in der Regel die Mittwochabende zu Hause, wobei er Partituren zukünftiger Aufführungen studierte. Und es war kaum ein Geheimnis, daß sich Miss Radovich jeden Mittwochabend zu Proben in ihrem Tanzstudio aufhielt. Außerdem wußte der Täter ganz genau, wann Gerald Milner eintreffen würde, denn er selbst war es ja, der ihm die Nachricht auf einem von Stevens' Notizzetteln geschickt hatte, er möge um Viertel nach acht in Stevens' Wohnung kommen.«

»Das ist lächerlich!« sagte Hirsch. »Wenn Milan schon tot war, als Milner dort ankam – wer hat dann dem Mann unten im Foyer gesagt, daß er raufkommen soll?«

Wolfe zog die Stirn in Falten und trank einen Schluck Bier. »Ich sage Ihnen noch einmal, es wäre alles viel einfacher, wenn Sie mich nicht ständig unterbrechen würden. Der Mörder hat diese Notiz geschrieben – jeder in diesem Raum hätte unschwer Zugang zu Stevens' Notizzetteln gehabt – und hat Milner auf diese Weise in Stevens' Wohnung eingeladen. Dann wurde die Prostituierte engagiert und über ihre Aufgabe in Kenntnis gesetzt. Sie lockte Hubbard zur angegebenen Zeit aus dem Haus, ich nehme an, um Viertel vor acht, und der Mörder kam unbemerkt nach oben, wurde in die Wohnung von Stevens selbst eingelassen und tötete ihn.

Der Mörder ist nun nicht gleich weggelaufen, sondern blieb mit dem Toten in der Wohnung und wartete auf die Ankunft von Mr. Milner. Als dieser pünktlich um acht Uhr fünfzehn vor dem Haus eintraf, war Mr. Hubbard schon wieder an seinem Platz im Foyer. Die Prostituierte hatte spezielle Anweisungen, daß Hubbard nicht später als fünf Minuten nach acht wieder zurück mußte an den Empfang. Milner betrat das Haus, erklärte, mit Stevens verabredet zu sein, Hubbard wählte die Nummer, und der Mörder nahm den Hörer des Haustelefons ab und murmelte wahrscheinlich etwas wie ›Er soll raufkommen‹ – nur ein paar Worte, nicht genug für Hubbard, um wegen der undeutlichen, verstellten Stimme Verdacht zu schöpfen.

Der Mörder, der das Gebäude gut kannte, verließ dann rasch die Wohnung. Die Wohnungstür ließ er offenstehen, damit Mr. Milner eintreten und seine Fingerabdrücke an der Tür hinterlassen konnte, aber er selbst verschwand durch die hintere Tür, den Lieferanteneingang, fuhr mit dem Lastenaufzug nach unten oder nahm die Feuertreppe, verließ dann das Haus durch den hinteren Eingang und kam hinaus auf den schmalen Durchgang neben dem Haus, der zur Straße hin durch ein Gittertor gesichert ist. Das Tor ist von außen verschlossen, aber von innen kann man es öffnen, indem man den Panik-Riegel zur Seite schiebt. Auf diese Weise verschwand der Mörder in der Dunkelheit, und Mr. Milner betrat die Wohnung und rief Mr. Stevens' Namen, genau wie es der Mörder geplant hatte.

Den Rest kennt die Polizei von Mr. Milners Aussage«, erklärte Wolfe und schaute Cramer dabei an. »Er fand den Toten, und da ihm rasch klarwurde, daß er selbst in erster Linie der Tat verdächtig werden würde, floh er in Panik und hinterließ die Wohnung so, wie sie war – ausgenommen die Fingerabdrücke. Er ließ die Wohnungstür dabei offen. Seine Flucht war ein zusätzliches Geschenk für den Mörder, der vermutlich davon ausging, daß Milner die Polizei anrufen würde, nachdem er den Toten gefunden hatte. Daß er es unterließ, machte die Sache noch schlimmer für ihn.

Jedenfalls war Mr. Milners Anwesenheit in Stevens' Wohnung auf diese Weise eindeutig belegt. Und der Mörder wußte auch, daß Hubbard – wegen dem, was er während seiner Abwesenheit getrieben hatte – niemals freiwillig eingestehen würde, daß er seinen Platz im Foyer auch nur für Minuten verlassen hatte. Man konnte damit rechnen, daß Hubbard notfalls beschwören würde, er sei den ganzen Abend im Dienst gewesen, und daß Milner die einzige Person gewesen sei, die nach Stevens gefragt hatte und sich bei ihm angemeldet hatte.«

»Weit hergeholt, obwohl faszinierend«, sagte Cramer. »Aber was ist mit der Prostituierten? Und was sagt Hubbard zu alledem?«

»Warum fragen wir ihn nicht selbst?« entgegnete Wolfe und berührte den Knopf der Rufanlage an seinem Schreibtisch. Jetzt richteten sich alle Blicke auf die Tür, die wenige Sekunden danach von Saul Panzer geöffnet wurde. Saul trat zur Seite und ließ den aschfahlen Tom Hubbard hinein ins Büro.

»Mr. Hubbard«, sagte Wolfe, »wir kennen uns noch nicht. Mein

Name ist Nero Wolfe; ich glaube, Mr. Cramer ist Ihnen bereits bekannt.« Bevor Cramer oder Hubbard ein Wort sagen konnten, betrat auch Fred Durkin den bereits gut gefüllten Raum und hatte Mindy Ross im Schlepptau.

»Jetzt sind alle hier, die wir brauchen«, sagte Wolfe. »Inspektor, dies ist die junge Frau, von der ich vorhin gesprochen habe. Miss Ross, erkennen Sie diesen Mann?« Wolfe bewegte den Kopf in Richtung auf Hubbard.

»Ja, das ist er«, murmelte sie mürrisch. »Der, von dem ich geredet habe.«

»Was haben Sie mir über diesen Mann gesagt? Bitte, wiederholen Sie es.«

»Er ist der, mit dem ich... Na ja, im Wagen. Muß ich –«

»Das ist ja pervers!« brüllte Hirsch. »Müssen wir uns das anhören? Was beweist es?«

»Halten Sie den Mund!« bellte Cramer. »Sie soll weitersprechen.«

»Miss Ross, wie kam es, daß Sie sich ausgerechnet diesem Mann hier genähert haben?« fragte Wolfe.

»Ich habe Geld bekommen, daß ich hingehe und mit ihm rede und ihn dann – na ja, Sie wissen schon. Daß ich rausgehe in den Wagen mit ihm.«

»Ist die Person, die Ihnen das Geld dafür gab, in diesem Raum?«

»Ja. Er da.« Sie zeigte auf Charles Meyerhoff.

»Ich bleibe nicht hier, um mir das bieten zu lassen!« brüllte Meyerhoff und stand auf, aber Purley Stebbins legte ihm eine Hand auf die Schulter und drückte ihn wieder nach unten auf seinen Stuhl.

»Das ist entwürdigend!« schrie Meyerhoff. »Von einer Hure beschuldigt zu werden. Ich habe Milan Stevens nicht getötet, und ich sage von nun an kein Wort mehr.«

»Technisch gesprochen, ist es sogar die Wahrheit«, bemerkte Wolfe, trank sein Glas leer und tupfte sich die Lippen mit einem Taschentuch ab.

»Was sagen Sie da?« wandte Cramer ein. »Sie haben doch die Aussage von diesem Mädchen gehört.«

Wolfe hielt eine Hand hoch. »Wie ich vorhin erklärte, die Wahrheit sprang mir geradezu ins Gesicht, aber ich habe nicht darauf geachtet. Erstens haben zwei Personen bei einer bestimmten Gelegenheit wortwörtlich dasselbe gesagt. ›Es war eine Sache der Bequemlichkeit‹, hatte es jeder von beiden formuliert. Seltsam, daß zwei Leute exakt dieselben, etwas gestelzten Worte benützten, wenn sie nicht miteinander abgesprochen hatten, was sie sagen wollten – für den Fall, daß man ihnen Fragen stellte. Und wobei würde man ihnen Fragen stellen, wenn nicht in einer Ermittlungssache?

Aber wie gesagt, ich habe mich geweigert, die Zeichen zu erkennen. Dann, durch die Bemühungen eines befreundeten Kollegen in Europa, erfuhr ich, daß Mr. Stevens vor etwa fünfzehn Jahren einen jungen Mann aus dem Münchner Orchester gefeuert hatte, bei dem er derzeit dirigierte, und daß dieser junge Musiker ein paar Tage später mit dem Wagen in einen Abgrund gefahren ist, sich also vermutlich das Leben genommen hat.

Der Tote hieß Willy Wald, und ich übersah wieder einmal eines dieser deutlichen Zeichen, bis Mr. Goodwin zufällig in einem Gespräch das Wort ›übersetzen‹ benützte – und das riß mich aus meinem Schlaf. Mein deutsch-englisches Wörterbuch übersetzte ›Wald‹ mit ›woodland‹ oder ›forest‹. Willy Wald war der jüngere Bruder von Lucinda Forrester-Moore. Habe ich recht, Madam?«

Lucinda hatte die Spur eines Lächelns auf dem Gesicht, während sie Wolfe gelassen anschaute. »Ich wollte Sie seit jeher kennenlernen«, sagte sie mit leiser Stimme. »Ich habe schon so viel von Ihnen gehört.«

»Um so besser. Gestern nachmittag habe ich durch Freunde bei der Presse herausgefunden, daß Sie als Deutsche geboren wurden und neunzehnhundertvierundsechzig in die Vereinigten Staaten eingewandert sind, also in dem Jahr nach dem Tod ihres Bruders. Sie sind nach New York gezogen und haben ein paar Jahre später Mr. Moore geheiratet, wobei Sie seinen Namen annahmen, aber zugleich eine englische Entsprechung Ihres früheren Familiennamens beibehielten.«

»Jetzt zeigt sich, daß es ein Fehler war«, sagte sie und lächelte immer noch.

»Vielleicht«, erwiderte Wolfe mit Achselzucken, »obwohl mein Ego zu der Vermutung neigt, ich hätte die Antwort auch schon aufgrund der doppelten Phrase herausgefunden. Immerhin kann man Ihnen das Kompliment machen, daß Sie in dreizehn Jahren beinahe jede Spur eines Akzents aus Ihrem Englisch verbannt haben.«

»Ich danke Ihnen«, sagte sie und neigte leicht den Kopf.

»Es war außerdem ein taktischer Fehler, Mr. Goodwin noch einmal zu sich zu bitten«, fuhr Wolfe fort. »Damit haben Sie ihr Blatt überreizt. Nach dem Bericht, den er mir über Ihr zweites Gespräch gegeben hat, versuchten Sie, das Wasser zu trüben, indem Sie den Verdacht auf Mr. Hirsch lenkten, und in geringerem Maße auch auf Mr. Sommers – vielleicht als Möglichkeit für den Fall, daß es Mr. Milner gelang, seine Unschuld zu beweisen.« Wolfe wandte sich an Meyerhoff. »Es interessiert Sie vermutlich, Sir, zu erfahren, daß sie nicht den Versuch unternahm, irgendeinen Verdacht auf Sie zu lenken, obwohl ihr Mr. Goodwin dazu die Möglichkeit bot.

Nun, Madam, als ich Mr. Hirsch vorwarf, er habe Milan Stevens mehrmals verbal mit dem Tod gedroht, da reagierte er so, daß ich ihn aus dem Kreis der Verdächtigen ausschließen mußte. Er bewies ziemlich glaubhaft, daß es nicht seine Art war, in dieser Weise zu sprechen.«

Jetzt wandte sich Wolfe wieder Cramer zu, der inzwischen hinter Lucinda stand, während Purley Stebbins an Meyerhoffs rechter Schulter wachte. »Ich sagte, daß der Mord an Stevens meiner Meinung nach das Ergebnis eines tiefsitzenden und starken Hasses sein mußte. Ein Haß, wie er fast nur durch den Tod eines nahestehenden Menschen entsteht, den er wegen eines anderen erleiden mußte. Der Tod eines Geliebten – oder in diesem Fall eines Bruders.

Lucinda Forrester verließ Europa kurz nach dem Tod ihres Bruders, voll Bitterkeit und Haß gegen Milan Stevens, doch von der Überzeugung beherrscht, daß sich ihr wahrscheinlich niemals eine Gelegenheit zur Rache bieten würde. Wie muß sie sich gefühlt haben, als sie Jahre danach erfuhr, daß der Mann, den sie so abgrundtief haßte, in die Stadt zog, in der auch sie lebte. Zufällig hatte sie, eben erst verwitwet, einige Zeit mit einem anderen Mitglied des Symphonieorchesters verbracht, mit Mr. Meyerhoff. Nun allerdings richtete sie bald nach Mr. Stevens' Ankunft hier ihre Aufmerksamkeit ganz auf den Dirigenten. Schon damals hat sie wahrscheinlich Pläne geschmiedet, wie man Stevens ermorden könnte, obwohl ich bezweifle, daß sie diese Gedanken schon ganz zu Anfang mit Mr. Meyerhoff besprochen hat. Und Mr. Stevens, der wahrscheinlich die Schwester von Willy Wald nie kennengelernt hatte, war völlig ahnungslos. Was Mr. Meyerhoff betraf, so wurde er zunehmend unzufriedener über die diktatorische Art von Stevens, das Orchester zu leiten, und über seinen ständigen Machtzuwachs in der Position des Chefdirigenten – auf Kosten von Meyerhoff. Außerdem fühlte sich der Verwaltungsdirektor stark zu Mrs. Forrester-Moore hingezogen.

Diese Kombination der Gefühle von seiten Meyerhoffs war für die Zwecke von Mrs. Forrester-Moore perfekt geeignet. Sie hatte seit Monaten überlegt, wie man den Tod ihres Bruders rächen könnte, für den sie Stevens direkt verantwortlich machte. Als der Maestro und Milner ihre erste öffentliche Auseinandersetzung hatten und sie davon erfuhr – vermutlich von Stevens selbst –, da bot sich ihr die ersehnte Gelegenheit. Aber als sich die Pläne in ihren Gedanken verdichteten, wurde ihr klar, daß sie einen Komplizen brauchte, und sie näherte sich Meyerhoff. Fragen Sie ihn selbst, ob er ihrem Ansinnen zunächst Widerstand leistete oder nicht; jedenfalls gelang es ihr schließlich, sich seiner Hilfe zu versichern, und die beiden machten sich an die Arbeit.

Die Drohbriefe an Stevens waren ihr erster Schritt, denn wie ich vorhin sagte, reichte nicht einmal der Mord an Stevens aus, um ihren Haß zu befriedigen; sie wollte, daß er zuvor seelisch gepeinigt wurde. Dabei waren diese Drohbriefe der Angelpunkt der ganzen Affäre, denn sie waren es, die Mr. Goodwin und mich auf den Fall aufmerksam machten – einen Fall, der zu dieser Zeit noch in keinem Zusammenhang mit einem Kapitalverbrechen stand.

Als nächstes studierte das Paar die Sicherheitsvorkehrungen in dem Haus, in dem Stevens wohnte. Das war Mr. Meyerhoffs Aufgabe, und er erfuhr zweifellos als erstes, daß der Portier um sieben Uhr abends den Dienst beendete, so daß nur noch eine Person, nämlich der Mann im Foyer, zwischen ihnen und einem unbeobachteten Eindringen in das Haus stand. Als nächstes erkundigte sich Mr. Meyerhoff über die Gewohnheiten von Mr. Hubbard. Vielleicht hat er sogar mit derselben Person gesprochen wie Mr. Durkin – jedenfalls kam er dahinter, daß Mr. Hubbard eine Schwäche hatte, die daraufhin mit Raffinesse ausgenützt wurde, wie wir gesehen haben.« Wolfe lehnte sich zurück, schöpfte tief Luft und schenkte sich dann seine zweite Flasche Bier ein, während Hubbard neben der Tür stand und nervös und zappelig zu Boden schaute.

»Es gehörte zu den Aufgaben von Mr. Meyerhoff, eine Frau zu finden, die für das Projekt geeignet war, und einen Zeitpunkt festzulegen, in der sie Mr. Hubbard besuchen sollte – einen Zeitpunkt, zu dem der Portier schon Feierabend gemacht hatte und der noch genügend Zeit bis zur Ankunft von Mr. Milner offenließ. Um sicherzugehen, daß dieser Teil ihres Plans glatt verlief, begleitete Meyerhoff Miss Ross bis zur Tür des Wohnhauses und stellte auch das Auto zur Verfügung, in dem sie und Mr. Hubbard sich näher kennenlernen sollten. Wahrscheinlich beobachtete er die beiden aus einem Versteck, um mit Sicherheit zu wissen, daß Hubbard abgelenkt war, während Mrs. Forrester-Moore das Haus betrat.

Nachdem sie drinnen war, gab es kaum noch Schwierigkeiten. Sie kannte sich aus in dem Gebäude, war oft genug dort gewesen, um Stevens zu besuchen. Sie fuhr mit dem Lift nach oben, klingelte, und Stevens öffnete ihr die Tür, als er gehört hatte, wer draußen stand. Sie gingen in sein Arbeitszimmer, wo er eine Partitur studiert hatte, und als er ihr einmal den Rücken zukehrte, stach ihm die ehemalige Miss Wald, die zweifellos Handschuhe trug, den Brieföffner in den Rücken. Der erste Stich war vermutlich bereits tödlich, so daß Stevens taumelte und zu Boden fiel. Nun war es nicht mehr schwer für sie, ihm die Klinge noch mehrmals in den Rücken zu stechen und so ihr Werk zu vollenden. Miss Radovich meint, sie habe den Brieföffner schon einmal bei ihrem Onkel gesehen, so daß es durchaus möglich ist, daß Mrs. Forrester-Moore ihn bei einem früheren Besuch mitgebracht hat in die Wohnung, und zwar mit voller Absicht, was seine spätere Verwendung betraf. Jedenfalls, nachdem sie Stevens getötet hatte, blieb sie in der Wohnung und wartete auf den Anruf aus dem Foyer, mit dem Milner angekündigt wurde. Als er erfolgte, murmelte sie vermutlich nur ein paar Worte mit verstellter Stimme. Für eine Frau mit ihren schauspielerischen Talenten war es nicht schwer, Stevens' Stimme bei einem kurzen Satz zu imitieren. Nachdem sie mit Mr. Hubbard gesprochen hatte, brauchte sie nur noch über den Hinterausgang zu fliehen, während Milner mit dem Aufzug nach oben kam.«

Cramer wollte etwas zu Lucinda sagen, doch sie begann als erste zu sprechen. »Mr. Wolfe, ich habe Sie törichterweise unterschätzt. Ich hätte wirklich nicht –«

»Lucinda, sag nichts!« brüllte Meyerhoff. »Er versucht doch nur, etwas aus dir herauszulocken. Wir brauchen nicht hierzubleiben und uns diesen bösartigen Verleumdungen auszusetzen.«

»Charles, es ist vorbei«, sagte sie. »Aus und vorbei. Mr. Wolfe, ich wollte eben sagen, trotz Ihrer Einladung hätte ich nicht geglaubt, daß ich in Gefahr sei, namentlich, da Sie sich bis zu diesem Abend nicht einmal die Mühe gemacht hatten, mit mir zu sprechen; statt dessen haben Sie Archie zu mir geschickt. Nicht, daß es mir etwas ausgemacht hätte.« Jetzt wandte sie sich mir zu und zeigte ein trauriges Lächeln, und ich wünschte, daß sich Wolfe geirrt hätte – wenn auch nur einen Augenblick lang. »Das einzige, worin Sie sich getäuscht haben, war Ihre These, daß ich Milan in München nicht kennengelernt hätte. Ich habe ihn tatsächlich einmal gesehen und gesprochen – beim Begräbnis meines Bruders, aber als wir uns dann Jahre später wieder trafen, hat er mich nicht erkannt; mein Aussehen hat sich seit damals sehr verändert.« Ihre Hand bewegte sich in Richtung auf ihr Haar. »Ich war natürlich froh darüber, daß er mich nicht erkannte, da ich mich fast schon von Anfang an entschlossen hatte, an ihm Rache zu nehmen, wie Sie sagten. Es tut mir auch keineswegs leid, daß ich ihn getötet habe. Aber für Mr. Milner tut es mir leid – und auch für dich, Charles«, fügte sie hinzu und wandte sich an Meyerhoff, »obwohl ich glaube, daß deine Abneigung gegen Milan zuletzt fast so stark geworden war wie die meine.«

Jetzt drehte sich Lucinda auf die andere Seite und schaute Maria Radovich an. »Sie verachten mich natürlich, und das ist auch ganz verständlich. Aber ich kann Ihnen bestätigen, daß Ihr Onkel eine Charaktereigenschaft hatte, die Sie vermutlich niemals kennengelernt haben. Er konnte kalt, grausam und herzlos sein, ja, hassenswert. So war er zu meinem Bruder – und natürlich auch zu anderen Musikern im Münchner Orchester. Er hat Willy so sicher getötet, als ob er selbst den Wagen gesteuert hätte. Er hat ihn vor dem gesamten Orchester erniedrigt, hat ihn mit üblen Schimpfnamen bedacht und ihn verspottet. Und Sie wissen selbst, wie er jemanden behandelt hat, an dem Ihnen sehr gelegen ist«, sagte sie mit einem Blick auf Milner. Dann sank sie zurück in ihren Sessel und schaute Wolfe an.

»Madam, da Sie Mr. Goodwin erwähnten, sollte ich Sie darauf hinweisen, daß seine Augen und Ohren sozusagen den meinen entsprechen und daß sie mir in manchen Situationen sogar überlegen sind. Außerdem muß ich Ihnen gestehen, daß Ihre kleine Ansprache ziemlich hohl klingt, vor allem Ihre Sorge um Miss Radovich. Auch ich weiß, daß der Mann, den Sie Milan Stevens nennen, eine dunkle Seite hatte und daß er tatsächlich in der Lage war, andere Menschen in den Tod zu treiben. Ich bin sogar bereit, anzunehmen, daß er die direkte Ursache für den tödlichen Verkehrsunfall Ihres Bruders gewesen ist.«

Jetzt ging Wolfe wieder in Angriffstellung. »Sie haben also, getrieben durch Rachsucht, seine Ermordung geplant und ausgeführt. Hätte das eigentlich nicht genug sein sollen für Sie? Ja, man hätte durchaus geteilter Meinung sein können, was diesen Akt der Vergeltung selbst im Bewußtsein vieler achtbarer Bürger betrifft, wenn nicht sogar in den Augen des Gerichts. Aber Sie mußten noch weitergehen, mußten diese Tat einem Unschuldigen in die Schuhe schieben. Die einfachste Erklärung dafür wäre es, daß Sie es taten, um einer Anklage zu entgehen. Aber ich glaube nicht, daß sie zutrifft. Es war eher ihr Haß auf Mr. Stevens, der so übermächtig war, daß Sie sogar das Leben des Menschen, den er am meisten liebte, das Leben seiner Nichte Maria Radovich, zerstören wollten, indem Sie den Mann vernichteten, den sie liebte. Und die Ironie des Schicksals ist es, daß dieser Mann«, – er zeigte auf Milner –, »sich etwa in der gleichen Position und im gleichen Alter wie Ihr Bruder zum Zeitpunkt seines Todes befand. Madam, ich fürchte, der Haß hat Ihren Verstand zerstört.« Wolfe schaute düster in die Runde und wandte sich dann an Cramer.

»Für den Fall, daß Sie danach fragen, Inspektor: Weder Mr. Meyerhoff noch Mrs. Forrester-Moore haben ein brauchbares Alibi für den letzten Mittwochabend. Er behauptete, er habe noch spät in seinem Büro in der Symphony Hall gearbeitet, aber der Wachmann habe ihn beim Verlassen des Gebäudes nicht gesehen. Und sie war auf einer Dinnerparty an diesem Abend, hat es jedenfalls gegenüber Mr. Goodwin behauptet. Zum Zeitpunkt des Mordes befand sie sich jedoch angeblich in einem Taxi und versuchte, ein Blumengeschäft zu finden, das noch geöffnet war. Aber Sie werden das bestimmt sorgfältig überprüfen.«

Cramer warf Wolfe einen wütenden Blick zu, erwiderte aber nichts. Er hätte auch nicht viel sagen können. Immerhin hatten er und Purley Stebbins in den vergangenen zwei Stunden zusehen können, wie jemand anders ihre Arbeit verrichtete.

21

Am Donnerstag nach dem Frühstück ging ich zu einem Zeitungsstand an der Eighth Avenue und ließ mir die Frühausgabe der *Gazette* geben. Die Schlagzeile lautete ÜBERRASCHUNG IM MORDFALL STEVENS, und darunter stand ein Artikel über die Ereignisse des vergangenen Abends in unserem Backsteinhaus, dazu Fotos von Wolfe und mir. Ich prägte mir ein, Lon dafür zu danken, daß er nun die neueren Aufnahmen verwendete, die ich ihm geschickt hatte.

Es war schon weit nach Mitternacht gewesen, als sich bei uns alles allmählich wieder beruhigte und ich schließlich Zeit hatte, Lon anzurufen. Er hatte mich wegen der unchristlichen Stunde angemekkert, aber immerhin bekam er dann seinen Exklusivbericht, und abgesehen davon war es genau der richtige Moment für die *Gazette*, deren Hauptausgabe ja abends in den Handel ging. Jetzt würden sich zwar die Morgenzeitungen weiß Gott wie bemühen, um gleichzuziehen, aber bei denen lief nun einmal nichts, bevor die ersten Freitagsausgaben am späten Donnerstagabend verkauft werden konnten.

Ich ging zurück nach Hause und legte die Zeitung auf Wolfes Schreibunterlage, zusammen mit seiner Post, als er auch schon mit dem Aufzug herunterkam von seinem Gewächshaus auf dem Dach. »Guten Morgen, Archie, schön, heute mal wieder die Sonne zu sehen, nicht wahr?« sagte er und ließ sich in dem für ihn spezialangefertigten Sessel nieder. Ich wartete, bis er die Post durchgesehen und einen Blick in die Zeitung geworfen hatte, bevor ich mich an ihn wandte.

»Als wir gestern abend alle wieder draußen hatten und ich Lon telefonisch informieren konnte, war es zu spät, um noch irgendwelche Fragen zu stellen, aber ich hätte gern das eine oder andere gewußt«, sagte ich.

»Ach?« Wolfe zog die Augenbrauen hoch.

»Ja. Zum Beispiel: Hatten Sie eigentlich Alexandra Adjari nie verdächtigt, an Stevens' Tod beteiligt gewesen zu sein? Sie schienen sich keine großen Sorgen zu machen, als sie einfach nach London zurückflog und Sie mitten im Durcheinander sitzen ließ... Woher wollen Sie wissen, daß sie nicht früher hierhergekommen ist, als sie behauptete? Sie hätte schon ein paar Tage hier sein können bevor sie uns besuchte, und damit hätte man auch sie zu den Verdächtigen zählen müssen.«

»Der Gedanke ist mir auch gekommen, und ich habe an einem der letzten Vormittage Mr. Cohen vom Gewächshaus aus angerufen. Über seine Verbindungen zu den Leuten vom Zoll konnte er feststellen, daß Miss Adjari tatsächlich an dem Tag in New York eingetroffen ist, als sie uns besuchte.«

»Sie haben also wieder mal hinter meinem Rücken gearbeitet«, sagte ich. »Weil wir gerade von Lon reden: Ich nehme an, er war der ›Kontakt mit der Presse‹, den Sie gestern abend erwähnten, als Sie über Lucindas Vergangenheit sprachen.«

»Ja, auch das war ein Anruf bei Mr. Cohen, als Sie gerade unterwegs waren. Durch eine Auskunft aus dem Archiv der *Gazette* und über europäische Korrespondenten bestätigte er mir, was ich vermutet hatte: daß Lucinda Forrester-Moore tatsächlich eine deutsche Emigrantin ist und daß sie früher Wald hieß.«

»Aber Sie wußten nicht, daß Willy ihr Bruder war?«

»Nein, das konnte ich nicht mit Sicherheit feststellen, aber es schien mir höchst wahrscheinlich zu sein. Ich war meiner Sache so sicher, daß ich es wagte, ihr damit entgegenzutreten.«

Ich mußte grinsen. »Es gab gestern abend das eine oder andere, was mir Spaß gemacht hat, aber am meisten gefreut habe ich mich über das Gesicht von Cramer, als er erkannte, daß an der Tat zwei Leute beteiligt waren. Außerdem ist mir aufgefallen, daß Sie Ihre Scheu überwunden und eine gewisse Biersorte in Anwesenheit des Brauereierben getrunken haben. Und das bringt mich zu meiner letzten Frage: Was hätten Sie getan, wenn Remmers der Mörder gewesen wäre?«

Wolfes Mundwinkel gingen ein wenig nach oben, was die Falten seiner Wangen vertiefte. Bei ihm ist das ein Lächeln. »Ich wußte, daß Sie mich das fragen würden, Archie. Daran erkennt man, wie sorgfältig Sie beobachten.« Er öffnete seine mittlere Schreibtischschublade, langte hinein und zog vier Flaschenkapseln heraus, die er auf seine Schreibunterlage legte.

Ich nahm erst eine, dann die nächste in die Hand und schaute sie an. »Wann?« fragte ich.

»Fritz hat die Flaschen an dem Nachmittag besorgt, als Sie auf der Bank waren, um das Geld für Mr. Milner abzuheben.«

»Und – hat eine von den Marken Gnade gefunden?«

»Passabel, alle vier, und weit besser als dieses unsägliche ›Billy Bier‹, das Sie mir im vergangenen Sommer anzubieten wagten. Dennoch bin ich froh, daß Mr. Remmers nicht zu den Schuldigen gehört. Jeder Wechsel wäre ein Schritt hin zur Mittelmäßigkeit gewesen, und wie Isaac Disraeli schrieb: ›Es ist ein miserabler Geschmack, wenn man sich mit dem Mittelmaß zufriedengibt.‹ Ich hoffe sehr, mein Geschmack wird nie so miserabel, daß ich mich mit einer von diesen Marken zufriedengeben muß.«

Und damit warf er die vier Verschlußkapseln in seinen Papierkorb und klingelte nach Bier.

22

Das Telefon geriet am Vormittag außer Rand und Band – Presseleute, die Erklärungen verlangten, und Fernsehstationen, die mit ihren Kameras und Aufnahmeteams in unserem Backsteinhaus aufkreuzen wollten. Ich brachte sie alle zur Vernunft, gönnte den Zeitungen ein paar Krümel hier und ein paar Krümel dort und ließ die Burschen von den Fernsehanstalten in der Kälte stehen. Der interessanteste Anruf kam gerade, als Wolfe von seinen Orchideen heruntergekommen war.

»Archie, wir stellen den Bericht des zweiten Tages über den Fall Stevens zusammen, zuammen mit einem Artikel über Sie und Wolfe«, sagte Lon Cohen. »Und, ja, wir benützen wieder die neueren Fotos, die Sie mir geschickt haben. Aber ich möchte ein Zitat darüber, ob Wolfe wieder ins Detektivgeschäft einsteigt oder nicht.«

»Das müssen Sie ihn selbst fragen«, sagte ich. Dann legte ich eine Hand auf die Sprechmuschel und drehte mich zu Wolfe herum. »Es ist Lon; er hat eine Frage für Sie, die ich nicht beantworten kann.«

Er schürzte die Lippen, nickte und nahm den Hörer seines Apparats ab, während ich in der Leitung blieb. »Guten Morgen, Mr. Cohen. Was kann ich für Sie tun?«

»Guten Morgen, Sir. Erst einmal möchte ich Ihnen zur Lösung dieses Falles gratulieren. Und wir sind Ihnen sehr verbunden für den Exklusivbericht.«

»Danke. Sie waren uns ebenfalls eine Hilfe, und wie ich sagte, ich will unser gegenseitiges Hilfskonto einigermaßen ausgeglichen halten.«

»Ja, das freut mich; ich hoffe, das, was ich Sie jetzt frage, belastet es nicht zu sehr. Die *Gazette* hätte gern gewußt, ob wir mit Ihrer Erlaubnis den Lesern mitteilen dürfen, daß Sie sich nach diesem Fall wieder in die aktive Praxis begeben.«

»Ich weiß nicht, wie Sie den Begriff ›aktive Praxis‹ definieren«, sagte Wolfe. »Ich habe die Arbeit an Ermittlungen immer als den entscheidenden Teil meiner Existenz betrachtet. Und ich habe gegenwärtig nicht die Absicht, meine Existenz zu beenden.«

Danach herrschte Stille auf Lons Seite. »Heißt das, Sie kehren zur Arbeit zurück?« fragte er schließlich.

»Mr. Cohen, ich sehe keine Veranlassung, mich noch weiter darüber auszulassen. Wie gesagt, ich danke Ihnen für Ihre Hilfe. Jetzt muß ich leider das Gespräch abbrechen, um einen anderen Termin wahrzunehmen. Guten Tag, Sir.«

Wolfe und ich legten gleichzeitig unsere Hörer auf die Gabeln, und ich schaute ihn vermutlich etwas dämlich grinsend an, sagte aber nichts dazu.

»Ich meine mich zu erinnern, daß Sie mit den Keimzeitlisten noch im Rückstand sind, Archie«, sagte er. »Hoffentlich gelingt es Ihnen, sie bis heute abend auf den derzeitigen Stand zu bringen.«

Darauf hätte ich ihm mehrere Antworten geben können, aber ich entschied mich statt dessen, in die Küche zu gehen und mir ein Glas Milch zu besorgen. Außerdem war ich dabei, vor Lachen laut loszuplatzen, und das wollte ich in Gegenwart des großen Mannes vermeiden.

23

Es kam alles ganz nett unter Dach und Fach. Wie Sie vermutlich wissen, wurden Meyerhoff und Lucinda in einem kurzen, wenig Aufsehen erregenden Prozeß zu lebenslänglichen Gefängnisstrafen verurteilt. Was Sie nicht wissen, wenn Sie nicht in New York leben oder regelmäßig die *Times* lesen, ist die Tatsache, daß Maria Radovich und Gerald Milner etwa einen Monat später in einer Seitenkapelle der St. Patricks-Kathedrale getraut wurden. Sowohl Wolfe als auch ich waren eingeladen, und ich ging hin. Maria sah hinreißend aus, und Milner hatte Tränen in den Augen. David Hirsch half ein paar Monate als Chefdirigent beim New York Symphony Orchestra aus, bis man einen Ersatzmann für Stevens gefunden hatte, und Hirschs erste Komposition feierte Premiere und erhielt das, was die Klatschkolumnisten ›überwiegend positive Reaktionen‹ nennen. Zuletzt hörte ich, daß er nach New England gezogen ist und gut mit dem Komponieren vorankommt – obwohl ich mich für solche Dinge nur sehr am Rande interessiere. Milner und Sommers sind noch beim Orchester. In der Woche nachdem Wolfe den Fall gelöst hatte, traf sich Remmers mit den beiden und teilte ihnen mit, daß der Verwaltungsrat ihre Talente zu würdigen wisse und hoffe, daß sie noch lange beim Orchester bleiben.

Das erfuhren wir von Remmers, als er bei uns vorbeischaute, um Wolfe noch einmal zu danken. Er versuchte auch noch einmal, einen Scheck auszuschreiben, als weiteren Ausdruck seines Dankes. Ich war dafür, ihn anzunehmen, aber Wolfe sagte nein. »Mr. Remmers, ich weiß Ihre noble Geste zu schätzen, aber wie ich zuvor bereits sagte, habe ich mit dieser Arbeit eine Schuld aus einer lang zurückliegenden Zeit beglichen.« Remmers jedoch beharrte auf seinem Standpunkt, und Wolfe fand schließlich eine Lösung, die es Remmers ermöglichte, unser altes Backsteinhaus lächelnd zu verlassen.

Wolfe selbst lächelte ein paar Tage danach auch etwas mehr als sonst, als ein kleiner, pfirsichfarbener Umschlag bei uns eintraf, mit schwungvoller Schrift, adressiert an ›Nero Wolfe, Esq.‹, und gepflastert mit Briefmarken, die das Porträt der englischen Königin zeigten. Ich öffne grundsätzlich Wolfes Post, wußte aber, daß er diesen Umschlag wohl lieber selbst aufschlitzen würde, also ließ ich ihn unversehrt auf seiner Schreibunterlage liegen, zusammen mit der übrigen Post. Ich saß an meinem Schreibtisch und tippte eine Keimzeitliste in die Maschine, als er den Umschlag öffnete, den Brief las – und noch einmal las. Schließlich legte er ihn mit spitzen Fingern auf die Schreibtischplatte und schürzte die Lippen. Ich tippte weiter, hörte aber, wie die Luft durch seine Lippen strich. Das ist seine Art zu pfeifen, etwas, was ich höchstens fünfmal im Jahr zu hören bekomme.

Glücklicherweise wurde mir der größte Teil dieser Vorstellung erspart, weil es an der Haustür klingelte und Fritz beim Einkaufen war. Draußen stand ein stämmiger Kerl, der sich als Lou vorstellte. Er hatte eine Rasur nötig, und obendrein fehlte ihm ein Zahn, dort, wo man es sah, aber ich begrüßte ihn dennoch warm und herzlich. Dann erteilte ich ihm den Auftrag, seine Lieferung über die Außentreppe hinunterzubringen in den Keller, und ich ließ ihn durch die Kellertür ein. Es war der erste von zweiundfünfzig Besuchen, die er uns abstatten würde, und ich wollte, daß er sich hier wohl fühlte. Es ist schließlich kein Vergnügen, einen Handwagen zu schieben – mit vier Kisten Remmers darauf.

Ian Fleming

Ian Fleming, geboren am 28. Mai 1908 in London als Sohn eines Bankiers, studierte in München und Genf Psychologie. 1933 ging er für die Nachrichtenagentur Reuter als Korrespondent nach Moskau. Während des Zweiten Weltkriegs war er hochrangiger Verbindungsoffizier beim britischen Geheimdienst. Ab 1953 schrieb er seine James-Bond-007-Romane, die auf Anhieb zu Welterfolgen wurden und, verfilmt, ein Millionenpublikum begeisterten. Am 11. August 1964 starb er im Canterbury Hospital nahe London.

Die bei Scherz erschienenen 007-James-Bond-Romane:

Casino Royale
Countdown für die Ewigkeit
Leben und sterben lassen
Du lebst nur zweimal
Der goldene Colt
Goldfinger
Der Hauch des Todes
Im Angesicht des Todes
Im Dienst Ihrer Majestät
007 James Bond jagt Dr. No
Liebesgrüße aus Athen
Liebesgrüße aus Moskau
Moment mal, Mr. Bond
Mondblitz
Sag niemals nie
Der Spion, der mich liebte

Die NERO-WOLFE-Romane

Allegro mordioso für Nero Wolfe
Abendmahl mit Nero Wolfe
Blutige Blaubeeren
Heikle Gäste
Nero Wolfe in Montenegro
Die Sünden der Väter
Tod in zwei Raten
Das tönende Alibi
Verworrene Fäden
Verwünschte Geschichten
Die zerbrochene Vase